Prophétie

« NéO / Plus / fantastique »
dirigée
par Hélène Oswald

NéO/Plus :

Parus :

Cet ouvrage a été réalisé
sous la direction de Xavier Legrand-Ferronnière

Couverture illustrée par
KeleK

Maquette : NéO

David Seltzer

Prophétie

Roman

Traduit de l'américain
par Georges Cohen

La première édition française
de cet ouvrage
a été publiée par «Les Presses de la Renaissance» en 1979

Titre original
Prophecy

Remerciements

L'auteur souhaite remercier Bob Rosen, John Frankenheimer, Michael Eisner, Robert Lescher, George Walsh, Gloria Hammond, Mary Ellen Ernest, Barbara Jacoby et Sylvia Lundgren pour l'aide qu'ils lui ont apportée.

Il adresse également ses remerciements tout particuliers à Nguyen Van Trung, Thuy Thi Phuong, Thimothy Ethan et Emily Ann.

Si vous souhaitez être tenu au courant de nos publications, il vous suffit d'adresser vos nom et adresse à NéO, 5, rue Cochin, 75005 Paris.

ISBN: 2-7304-0436-8

© Paramount Pictures Corporation

© NéO – SocoInvest 1987
5, rue Cochin, 75005 Paris

Prologue

La neige tombait sur la forêt de Manatee qu'enveloppait le terrifiant silence de l'hiver. Elle tombait depuis cinq jours, ensevelissait les arbres qui étaient le pain des bûcherons, glaçait la rivière où les Indiens trouvaient leur nourriture. Les habitants de la forêt se calfeutraient dans de petits abris et se nourrissaient de quelques maigres vivres qui leur permettraient de subsister jusqu'au printemps.

Les autres créatures de ces lieux étaient mieux préparées. Par une évolution qui avait duré des millions d'années, elles s'étaient adaptées, dans leur corps et leur rythme biologique, à la famine et au froid. Les insectes assuraient l'avenir de leur progéniture en déposant leurs œufs sous l'eau, sous la pellicule de gel, où ils étaient imperméables aux éléments climatiques. Les oiseaux émigraient vers des climats plus chauds, les reptiles au sang froid et les créatures amphibies alignaient leur température corporelle sur celle de l'environnement et devenaient aussi durs que la glace, puis dégelaient pour retrouver une vie normale au retour du printemps. Les quelques rares créatures au sang chaud qui parvenaient à survivre grâce à la maigre végétation enfouie sous la neige restaient éveillées pendant tout l'hiver, mais leurs corps et leurs effectifs s'étiolaient. Quant à celles qui avaient besoin d'une nourriture plus consistante, elles hibernaient, tombant dans une sorte de coma où leurs battements de cœur et leur respiration devenaient à peine perceptibles.

Cachés sous le blanc manteau qui effaçait la frontière entre le Canada et l'Etat du Maine, des dizaines de milliers d'animaux disparaissaient dans le sommeil et le silence obscur de leur antre. Certains ressortaient à l'air libre, avec des rejetons venus au monde pendant leur sommeil ; d'autres ne ressortiraient plus jamais, morts paisiblement de vieillesse ou de faim, définitivement ensevelis dans cette terre qui leur servait de tombe. Invisibles aux yeux des hommes, ces poches secrètes de vie suspendue avaient servi tout au long des années, parfois même pendant des siècles et des siècles. C'était aussi bien le trou minuscule de l'écureuil que l'énorme caverne de l'ours.

Mais cette année-là avait vu un nouvel antre d'hibernation, de taille et de forme inhabituelles. Niché au cœur de falaises rocailleuses, au bord d'un lac gelé, il avait près de dix mètres de haut et plus de six de large et était pleine de la puanteur dégagée par la charogne. Son locataire avait connu un sommeil agité. Il lui tardait de revoir le printemps.

Alors que la terre et le soleil se rapprochaient, la neige qui couvrait la forêt de Manatee commençait à fondre et ce dégel poussait les créatures vivantes à se réveiller. Sorti de son sanctuaire creusé dans la montagne, plus haut que la cime des arbres, un ours brun s'éveilla parmi les premiers et déplaça ses trois cents kilos à la recherche d'une proie. Le sol était encore couvert d'une mince couche blanche, où venaient s'inscrire les empreintes de ses pattes, tandis qu'il descendait vers le lac ; puis la bête brisa la glace d'une patte massive et but jusqu'à satiété. Rassasié, il examina l'environnement, décelant le son de l'écorce arrachée à la base d'un arbre. En suivant ce bruit, il repéra au loin un énorme daim qui se nourrissait

8

et qui, ayant senti un danger, avait dressé la tête, arborant des bois majestueux.

L'ours avançait lentement, certain que l'animal ne pourrait pas lui échapper ; le daim semblait le savoir, lui aussi, et restait là, courbé, comme résigné, attendant l'arrivée du lourd spectre de la mort. Dans un sursaut de dernière minute, il fit un mouvement tandis que l'ours chargeait ; la poursuite resta silencieuse, ponctuée seulement par le son feutré des pattes et des sabots sur la neige et un dernier grognement de respiration, tandis que l'ours rattrapait promptement sa proie. D'un seul mouvement, ses griffes déchirèrent l'une des pattes de derrière du daim et celui-ci s'affaissa, libérant son sang dans la neige, se démenant un moment avant de voir l'ours tomber sur lui pour la tuerie définitive.

L'opération ne fut pas rapide. L'ours n'avait pas à se presser. Rien, dans cette forêt, ne pouvait lui arracher son repas.

Mais tout à coup, l'animal entendit un son derrière lui. Un cri perçant, une voix comme jamais il n'en avait entendu. Une ombre se dessina soudain au-dessus de sa tête et l'ours sursauta, en criant comme une pauvre souris terrifiée. Il essaya de se sauver mais fut immédiatement projeté en l'air avec une force telle que sa peau fut littéralement décollée ; le torse dénudé de la bête vint s'aplatir sur le sol. Les jambes continuaient à remuer, alors même que la tête avait été tranchée net.

Le daim blessé se releva péniblement, en tirant sur son arrière-train affaibli, et se réfugia au milieu d'un épais massif d'arbres. De là, il contempla d'un œil indifférent son prédateur devenu proie.

La tête de l'ours fut dévorée sur-le-champ, et son corps ramené jusqu'à l'immense tanière creusée dans les rochers. Il y serait avalé à loisir, et ses os balancés sur le tas de carcasses qui allait s'élever de plus en plus haut, tout au long du printemps, en un échafaudage macabre qui atteindrait finalement les dix mètres, jusqu'au plafond de la tanière. L'architecte de cette caverne n'appréciait guère les sabots et les griffes : il les avait coupés et laissés pourrir sur le sol.

1

Pour Robert Vern, la venue du printemps, à Washington, n'était pas que cerisiers en fleurs et barques sur le fleuve Potomac. Dans son calendrier intime, le changement de saison modifiait aussi les petites misères de l'homme. L'hiver était le temps des conduites de gaz rompues, des enfants battus, des pneumonies et des asphyxies ; le printemps donnait un bref avant-goût des problèmes de l'été, morsures de rat et écoulement des eaux d'égout.

Robert Vern travaillait depuis quatre ans pour le ministère de la Santé, et, entre-temps, il avait vu les taudis passer de Charybde en Scylla. Un sentiment d'échec personnel l'accablait. Il était médecin. Ses malades : le ghetto tout entier.

Dans un réseau complexe de causes et d'effets, la transformation des mœurs nationales avait des effets dramatiques sur le développement urbain. L'armée des jeunes employés appartenant aux classes moyennes, qui, autrefois, se mariaient et procréaient dans les jolies banlieues où leurs enfants fréquentaient les « bonnes » écoles, conservait à présent le célibat et envahissait le cœur de la ville. Cela créait un boom immobilier engraissant tous les propriétaires. Les zones autrefois réservées aux H.L.M. étaient remodelées et les ghettos se resserraient. Dans un seul ensemble d'immeubles qui abritait jadis deux mille Noirs, on en mettait aujourd'hui six mille. Des familles de huit personnes habitaient dans une seule et même pièce, et certaines d'entre elles étaient obligés de vivre dans les escaliers de secours et sur les trottoirs. Ces pauvres gens étaient prêts à accepter n'importe quel logement, au point d'être totalement à la merci des maîtres des taudis. Si elles se plaignaient de ne pas avoir d'eau, elles étaient jetées à la rue.

S'il y avait une catégorie de gens dont Robert Vern voulait se venger, c'était bien les propriétaires de taudis. Lors de ses interminables tournées dans ces pauvres quartiers, Vern voyait partout la marque de leur cupidité. Il les avait attaqués en justice et affrontés devant les tribunaux, mais, finalement, même s'ils étaient condamnés à des sanctions, c'étaient eux, les vainqueurs. C'étaient eux, les propriétaires, et il y avait pénurie de logements. Les locataires avaient mieux à faire qu'à courir les tribunaux pour témoigner.

Et puis, il y avait les hommes politiques. La foule infinie des bureaucrates bronzés à la lampe solaire, qui se faisaient photographier en posant la première pierre d'un ensemble d'habitations et qui disparaissaient dès que l'opération était interrompue faute de crédits et qu'il ne restait plus que des ghettos bouffés par le crime. Il ne semblait y avoir aucune solution à ce problème. Personne, excepté Robert Vern, ne s'en souciait.

Aux yeux de tous ses collègues, Vern était un trouble-fête, un idéaliste qui refusait de devenir adulte. Il paraissait même plus jeune que son âge ! Avec son grand corps et son beau visage de jeune homme, il aurait été plus à sa place dans une équipe de football, à l'université, qu'à Washington, muni d'une trousse de médecin. L'ère de la jeunesse et du dynamisme était révolue dans la capitale fédérale, morte avec Kennedy ; mais Robert Vern appartenait encore à cette époque : pour lui, l'énergie d'un seul homme sachant encore différencier le Bien du Mal finirait par triompher. En société, sa conversation se faisait diatribe, et sa foi était quelque peu effrayante. On n'osait pas devenir son ami de peur d'être embarqué avec lui dans sa grande bagarre contre l'injustice.

Et pourtant, lorsqu'il traitait les pauvres et les déshérités, c'était un homme d'une douceur et d'une gentillesse extrêmes. Il avait littéralement mal pour eux et se sentait parfois coupable d'être né du bon côté de la barrière.

Il avait discuté avec un psychiatre, un jour, dans une réunion destinée à recueillir des fonds pour les services psychiatriques de la communauté ; après une longue conversation, son confrère lui avait conseillé une cure psychanalytique. Pour lui, Robert souffrait de ce qu'il appelait « le syndrome du sauveur », névrose qui conduit un individu à se prendre pour Dieu, afin de compenser un quelconque sentiment de culpabilité ou tout simplement un manque de respect de soi. Ces « malades », avait expliqué le psychiatre, ne se sentent utiles que lorsqu'ils côtoient les faibles et les démunis. Tous ceux qui ont besoin d'eux.

Cette analyse superficielle avait irrité Robert, mais il savait qu'il y avait là un fond de vérité. Il y avait, de toute évidence, un fossé entre ce qu'il VOULAIT accomplir et ce qu'il POUVAIT faire effectivement. Robert craignait d'agir plus pour satisfaire ses propres besoins que ceux des autres. A trente-neuf ans, il était à un tournant : quel était son but dans la vie, qu'avait-il fait jusque-là ?

Il se rappelait que, même dans son enfance, il avait éprouvé le désir de guérir. Lorsqu'il avait acheté des poissons tropicaux pour son aquarium, il avait toujours laissé de côté les plus sains et choisi ceux qui étaient couverts de taches blanches ou qui se déplaçaient péniblement ou dont les nageoires étaient abîmées. Il s'était consacré à eux jour et nuit, en soignant l'icthiomyatose ou l'hydropisie avec le dévouement qu'il avait déjà vu chez son père, médecin de campagne décédé alors que Robert n'avait que douze ans.

Robert avait été boursier au lycée, puis à la faculté de Médecine. Et, après avoir obtenu son diplôme avec mention, il avait repoussé les satisfactions de la médecine privée pour se consacrer aux déshérités. Avec les Volontaires de la Paix, il était parti au Brésil, où il était devenu expert en maladies provoquées par la misère sociale, puis, deux ans plus tard, à New York, il en avait fait sa spécialité. Il avait travaillé à l'hôpital Bellevue, qui est à la médecine ce que Ford est à l'industrie automobile : une chaîne, que les malades suivent à une cadence telle qu'ils finissent par tous se ressembler, sans parler des médecins qui y laissent leur identité. Robert y faisait des journées de vingt heures et c'est là, une nuit où il se sentait particulièrement seul et désemparé, qu'il rencontra une jeune femme nommée Maggie.

Maggie Duffy, ou plutôt, depuis sept ans, Maggie Vern était alors étudiante à l'école de musique Juilliard. Elle était venue à l'hôpital avec son violoncelle et deux violonistes de ses amis pour donner un petit concert, en cette veille de Noël, dans le service pédiatrique.

Malgré les années, c'était encore le plus beau souvenir que Robert avait de sa femme. Elle avait joué du Brahms, émue aux larmes devant le spectacle des enfants malades. Entre chaque morceau, elle se tamponnait le visage avec un Kleenex, qu'elle replaçait soigneusement entre les cordes du violoncelle, tout en haut de l'instrument. Lorsqu'elle jouait, elle semblait parfaitement sereine, exprimant un seul et même sentiment : la compassion.

Robert et Maggie passèrent cette nuit de Noël ensemble, à déambuler dans les rues froides et désertes autour de Times Square, dans un vide inhabituel pour un soir de réveillon. On eût dit qu'ils étaient les deux derniers survivants sur terre. Comme s'il y avait urgence, comme si toute future rencontre entre eux était exclue, ils se mirent à se raconter leur vie, dans les moindres détails. Le matin de Noël, à l'aube, devant un café et une tarte aux cerises, chacun d'eux savait, au fond de lui-même, qu'il avait trouvé un compagnon pour la vie.

Ce que Robert admirait le plus chez Maggie, c'était son optimisme, sa naïveté, son caractère ouvert, sa vulnérabilité. A maints égards, elle avait l'innocence d'un enfant : facilement blessée, facilement consolée, tantôt exubérante, tantôt pensive ; elle réagissait immédiatement et instinctivement à tout ce qui l'entourait. Alors que Robert se plaisait dans les provinces de l'esprit, elle suivait les diktats de ses sentiments. En un mot, c'était le couple parfait.

Le premier appartement qu'ils occupèrent à New York

était tout près de la place Columbus ; le matin, Robert aimait voir Maggie par la fenêtre, lorsqu'elle partait à son cours de musique en traînant son violoncelle derrière elle. Elle emportait souvent un verre d'eau pour nourrir une petite plante qui, par quelque miracle, avait réussi à percer l'asphalte, en plein milieu de la rue, et à survivre à la circulation. Maggie s'arrêtait un moment, parlait à la plante et lui donnait un mot ou deux d'encouragement, si bien que les passants la prenaient pour une cinglée. Mais elle n'était pas cinglée. Elle n'était que Maggie, et Robert l'aimait autant qu'au début et plus que tout.

Mais leur intimité des jours de New York était maintenant du passé. Leur installation à Washington avait été comme le passage d'un champ de fleurs à un torrent tourmenté qui les avait séparés. Maggie était à présent première violoncelliste de l'orchestre symphonique de Washington, et elle passait ses jours à répéter et ses soirées à interpréter ; Robert, de son côté, était englouti dans un combat sans fin qu'il était d'ailleurs en train de perdre. Ces derniers mois, il dormait lorsque Maggie rentrait d'un concert, et il partait le matin alors qu'elle dormait encore. Finis les moments où ils se retrouvaient à boire un verre de vin et à échanger leurs sentiments ; finies les longues veilles et les grasses matinées où ils oubliaient les tracas du monde et faisaient l'amour. A présent, leurs relations étaient fragmentaires et superficielles, leurs conversations purement fonctionnelles et leurs rapports sexuels froids et rares. Ils en étaient tous deux gênés mais n'osaient pas en parler. C'était le genre de cercle vicieux dont on ne pouvait pas sortir.

Et puis Maggie fit des heures supplémentaires, étant forcée d'assister à des répétitions, la saison des abonnements arrivant ; Robert, lui, était plus que jamais pris par les urgences. Si bien que depuis trois jours, ils ne communiquaient pratiquement plus que par téléphone et par des messages qu'ils se laissaient sur le lit ou le réfrigérateur. Ces petites notes étaient simples et avaient un petit air de tristesse. Elles disaient invariablement « Je t'aime ».

Assis à côté du chauffeur, dans une ambulance lancée dans une course folle vers les quartiers pauvres, Robert s'efforça de ne plus penser à Maggie. Il se sentait

15

impuissant devant la distance inquiétante qui les séparait aujourd'hui. Il se força à revenir aux problèmes du pourrissement urbain, échafaudant une thèse qui, d'une certaine manière, le consola de ses autres soucis. Si les quartiers pauvres étaient de plus en plus étranglés par l'arrivée de jeunes employés célibataires, peut-être l'effondrement même de l'institution du mariage allait-il avoir un effet positif : moins de mariages signifiait moins d'enfants. Moins d'innocentes victimes emportées dans l'incessant tourbillon.

Mais le fait de penser aux enfants le ramena à Maggie. C'était ça le sujet le plus délicat, celui qui les séparait vraiment ; ils n'avaient qu'à le mentionner, en passant, et ils se retrouvaient immanquablement ennemis. A trente ans, Maggie commençait à s'inquiéter. Robert, lui, avait vu suffisamment d'enfants affamés pour considérer que c'était là le problème mondial le plus grave ; aussi était-il convaincu de l'injustice qu'il y avait à mettre un enfant au monde dans un univers aussi difficile.

Robert ferma les yeux, comme pour avoir la paix. L'ambulance ralentit. Exaspéré, le chauffeur poussa un soupir.

« J'aurais dû prendre la Grand-Rue ! »

Robert suivit le regard du chauffeur vers l'avenue de Pennsylvanie où une manifestation, devant la Maison Blanche, bloquait la circulation.

« Reculez ! »

Mais c'était trop tard. Ils étaient coincés dans l'embouteillage.

« Mettez la sirène, ordonna Robert au chauffeur, et foncez dedans. »

Le véhicule s'avança timidement et Robert observa les manifestants. C'étaient des Indiens — une centaine peut-être — qui, le visage outrageusement maquillé de peintures guerrières, étaient munis d'arcs et de flèches et poussaient des cris aigus. Prenant la première cible venue pour passer sa colère, un groupe attaqua l'ambulance en tapant de toutes ses forces sur le capot. L'un des jeunes militants se mit à danser autour de la voiture, une lance à la main.

« Vingt dieux ! » s'exclama le chauffeur.

Robert gardait les yeux rivés sur ce spectacle. Il

16

connaissait ce syndrome. C'était la rage du désespoir. Il en avait vu des manifestations dans les taudis. Tout homme blanc représentait l'establishment, quels que fussent ses motifs personnels. Et ceux qui venaient apporter leur aide étaient toujours écrasés les premiers par le poids de cette colère. Les pompiers essuyaient les coups de feu de tireurs embusqués, les assistants sociaux étaient menacés. Les bons avaient la même couleur de peau que les méchants, mais les méchants étaient hors de portée.

« Qu'est-ce qu'ils essayent de prouver, bon Dieu ? » demanda le chauffeur.

Robert ne répondit pas. Il s'était subitement rappelé avoir promis à Victor Shusette d'assister à l'audience sur les affaires indiennes. Il regarda sa montre. C'était trop tard. Il n'aurait pas le temps d'y retourner. Un appel en urgence des quartiers pauvres signifiait toujours une vie à sauver. A présent, au milieu de l'embouteillage, Robert se demandait s'il n'était pas trop tard également pour arriver à temps dans le ghetto.

« Je l'ai montré au monsieur, et lui a dit que c'était la varicelle ! »

La Noire qui criait ainsi aux oreilles de Robert était enragée, à juste titre d'ailleurs. Son bébé de six mois, que Robert examinait dans son berceau, était couvert de morsures de rat qui suppuraient. Entassés dans la pièce unique, il y avait les cinq autres enfants de cette femme, et une masse de gens venus de la rue, attirés par le bruit de l'ambulance. La pièce était pleine à craquer, la chaleur insupportable.

« Je lui ai dit : " Y'a des rats ici ! ", criait la femme, en pleurs. Il me dit : " C'est la varicelle ! " Alors, je lui dis : " Y'a pas de varicelle ici, y'a que des rats ! Des rats qui m'ont mordu mon bébé ! " »

Robert enleva son stéthoscope et prit le pouls de l'enfant.

« Tu sais ce qu'il m'a dit ? reprit la Noire, toujours à tue-tête. Il dit que les rats doivent avoir un peu d'espace pour vivre, eux aussi ! » Elle éclata en sanglots, avec tous ses enfants agrippés à elle. « Voilà ce que ce salopard de propriétaire m'a dit ! Les rats doivent avoir aussi de la place ! »

Robert chercha du regard les deux ambulanciers, dont les visages blancs étaient à peine visibles au fond de la pièce bondée. Il leur fit un signe, et ils commencèrent à se frayer un chemin.

« Qu'est-ce que vous allez FAIRE ? demanda la femme.

— Je vais amener votre bébé à l'hôpital.

— Et après ?

— Il sera guéri.

— Et puis, il reviendra ici pour être encore mordu !

— Peut-être pas, si je m'en occupe.

— Vous pouvez même pas vous occuper de la merde ! », ricana la Noire.

Robert tint bon et reçut l'insulte sans broncher. Elle approcha son visage du sien.

« Tu es déjà venu ici, dit-elle dans un grognement, tu m'as déjà dit ça !

— Non, répliqua Robert, je ne suis jamais venu ici.

— L'hiver dernier. A l'étage au-dessus. La bonne femme morte d'une pneumonie lorsqu'ils lui ont coupé le chauffage. Vous avez sorti un cadavre de là en disant qu'on nous remettrait le chauffage. »

Robert se rappelait. « On vous l'a remis, le chauffage ! dit-il calmement.

— Oui, pendant une semaine ! Et puis ils l'ont recoupé ! »

Ses yeux pleins de rage ne lâchaient plus ceux de Robert, qui commençait à avoir l'estomac tout retourné.

« Vous allez prendre mon bébé et l'engraisser pour le donner à nourrir aux rats ?

— Où est-ce que je peux trouver votre propriétaire ?

— Voilà une putain de bonne question !

— Vous savez où il habite ?

— Bien sûr. Il habite la VIRGINIE. Avec vous tous, salauds de riches !

— J'essaye de vous aider...

— Saloperie ! Saloperie ! Vous gagnez votre vie, ici, c'est tout ! vous vous en foutez de ce qui se passe ici ! »

La pièce tomba dans le silence le plus complet et la femme se prit le visage dans les mains. Robert lui toucha

18

l'épaule, mais elle se retira d'un geste coléreux. « Allez-y, EMPORTEZ-LE ! criait-elle. Faites-le adopter ou ce que vous voudrez ! Je ne veux pas qu'il revienne ici !

— Est-ce que vous viendrez avec moi au tribunal ? demanda Robert.

— Non !

— Je peux attaquer votre propriétaire en justice si vous venez déposer une plainte.

— Il nous jetterait tous dehors ! »

Cette femme avait raison. Elle savait d'expérience que, dans ces parages, il était dangereux d'être isolé. C'est pourquoi, lorsque la frustration avait atteint le point limite, elle était exprimée par la foule.

« Fichez le camp d'ici ! hurla-t-elle à Robert. Et emportez mon pauvre bébé malade avec vous ! »

Robert acquiesça de la tête, reconnaissant sa défaite, et il fit signe aux ambulanciers de se diriger vers la porte. Il les suivit mais s'arrêta un instant pour voir une dernière fois la femme en pleurs, entourée de ses cinq enfants.

« Elle pense pas ce qu'elle dit, lança un homme dans la foule. C'est pas votre faute si vous pouvez pas nous aider. »

Robert eut subitement la gorge serrée. Il se tourna vers la porte et quitta la pièce.

Les rues étaient remplies de gens torse nu, la chaleur étant inhabituelle pour la saison. En se frayant un chemin jusqu'à l'ambulance, Robert pensa que si cette chaleur subsistait, l'été serait catastrophique. Généralement, la quantité de projectiles — briques ou bouteilles — lancés sur les véhicules officiels était directement proportionnelle à la durée de la chaleur estivale. D'après les premiers signes annonciateurs, cette année-là verrait un véritable déluge avant juillet.

Prenant place à l'arrière de l'ambulance, Robert souffla un peu, s'épongea le front, puis tourna son regard vers le bébé. Ses yeux regardaient vers le haut, immobiles ; le bambin ne bougeait plus. Tandis que la sirène de l'ambulance commençait sa complainte, Robert se pencha vers sa trousse et en tira une seringue d'une main tremblante. Puis, le visage blanc de frayeur, il colla l'oreille sur la poitrine inerte du bébé. Il écouta un moment ; et, subitement, il éclata en sanglots. Puis le bébé se mit à pleurer, lui aussi. Il était vivant !

Robert Vern venait de prendre conscience à quel point il était proche de la dépression nerveuse.

2

« La situation dans notre forêt, monsieur le sénateur, ressemble à peu près à ceci... »

Dans la pièce réservée aux audiences de la sous-commission sénatoriale, cinq sénateurs, assis derrière une énorme table, dans un îlot de lumière, écoutaient les paroles d'un jeune Indien qui témoignait avec éloquence et passion. Il était venu protester contre l'expropriation de sa tribu, quelque huit cents kilomètres carrés de terre non cultivée, sur le point d'être rasés par l'industrie du bois.

« Si j'arrivais chez vous, vous me souhaiteriez proba-blement la bienvenue. Si j'avais besoin d'être nourri et hébergé, il est probable que vous m'offririez le gîte et le couvert. Et même, si je vous demandais avec insistance de me fournir une pièce, vous seriez peut-être assez aimable pour me l'offrir, si vous en aviez une. »

L'Indien marqua un temps d'arrêt et reprit, d'une voix plus tendue :

« Mais si j'affirmais que votre maison et tous vos biens m'appartiennent et si je vous expulsais, vous seriez sans doute très en colère ! Or, c'est exactement ce qui arrive aujourd'hui au peuple qui est né sur ces terres ! »

Quelques applaudissements surgirent de la galerie des visiteurs, qui était dans l'obscurité complète ; mais le marteau du président de la séance y remit bon ordre. Victor Shusette essaya de regarder l'heure à sa montre. Il était évident que Robert Vern ne viendrait plus. Shusette pensa qu'il aurait mieux fait de rester chez lui, lui aussi. A cinquante-six ans, il se sentait trop vieux et trop las pour faire face à la situation délicate où se trouvait l'organisme dont il était membre. L'agence pour la protection de l'environnement était en principe apolitique. Mais à présent, elle était entraînée malgré elle dans un tourbillon politique inextricable.

« Je comprends vos sentiments, monsieur Hawks, déclara l'un des sénateurs.

— Mais est-ce que vous comprenez bien *les faits*, monsieur le sénateur ?

— C'est bien de cela que je veux parler... les faits...

— Eh bien, parlons-en, des faits ! L'achat de l'ensemble des terres indiennes du Nord-Est s'est fait conformément aux dispositions du traité N° 9... »

Le sénateur éleva la voix. « Voudriez-vous me laisser terminer, s'il vous plaît ?

— Et le traité N° 9 n'a jamais été ratifié par le Congrès !

— Monsieur Hawks...

— Jamais, dans l'histoire de ce pays, on n'avait vu appliquer un traité sans l'approbation du Congrès. Il s'agit de *votre* constitution ! de *vos* lois ! de *votre* prétendue justice. Et je veux vous poser une question !... »

Le sénateur se mit à frapper quelques coups avec son marteau.

« Je vous pose une question ! Aurait-on agi ainsi envers des Blancs ? »

Des applaudissements éclatèrent de nouveau dans la partie obscure de la salle. Et de nouveaux coups de marteau rétablirent le silence.

« Est-ce bientôt fini, monsieur Hawks ?

— J'ai fini... pour le moment ! »

Des rires retentirent dans la pièce : l'Indien souriait. Il savait exactement à quel moment il fallait changer de

22

tactique, à quel moment attaquer et à quel moment battre provisoirement en retraite. Quelques sénateurs souriaient, eux aussi. Ils se savaient manœuvrés par un maître du combat verbal.

John Hawks était un homme dont on ne se débarrassait pas facilement. Il était éloquent, parfaitement équilibré et avait le bon droit de son côté. Personne ne savait exactement d'où il avait surgi ; son ascension en tant que porte-parole militant avait été fulgurante. Trois semaines plus tôt, personne ne le connaissait. A présent, il était le représentant élu d'un groupe qui se désignait sous les initiales « P.O. ». Cela signifiait « Peuple originel ». Le groupe avait été rapidement constitué, avec des représentants des Masaquoddy, des Ashinabeg, des Yurok, des Wampanoag et des Cree, tribus minuscules installées le long de la frontière du Maine et du Canada et qui s'efforçaient de protéger leurs terres contre l'intrusion de la Société « Papeteries Pitney ».

« Ce que je voulais vous dire, monsieur Hawks, reprit le sénateur, c'est que je comprends vos sentiments, mais le blocus que vous faites dans votre forêt est contraire à la loi.

— La loi n'apporte pas la justice, déclara Hawks.

— Le blocus amènera un affrontement.

— Le fait d'éviter l'affrontement n'apporte pas non plus la justice.

— Vous savez que la Cour suprême a donné l'ordre de mettre fin à ce blocus ?

— De quelle Cour suprême parlez-vous, monsieur le sénateur ? »

Le sénateur lança à Hawks un regard méfiant, puis dit : « La Cour suprême des Etats-Unis. »

John Hawks se cala dans son siège et sourit : « Ce n'est pas une cour très suprême, monsieur le sénateur. Ma cour suprême l'est beaucoup plus ! »

La pièce sombre retentit de sifflements et d'acclamations ; Victor Shusette en avait assez entendu.

Quittant le Sénat, il se retrouva en haut de l'escalier, à l'entrée du vieux bâtiment, et regarda le soleil en face. Les branches des cerisiers commençaient à être toutes blanches et leur parfum emplissait l'air, mais Victor n'en éprouva pas le même plaisir qu'autrefois. Avec ce prin-

23

temps était arrivé un problème. Après avoir consacré toute sa vie à mettre sur pied l'agence pour la protection de l'environnement et à en faire une force respectée, il la voyait maintenant exposée au danger. Dans le différend qui opposait la société d'exploitation du bois aux Indiens, l'agence était manipulée comme un pion. La société Pitney comptait utiliser son droit d'extraire le bois de la forêt de Manatee; mais les Indiens constituaient un obstacle. La compagnie avait les moyens financiers de gagner la guerre sur le plan juridique, mais les Indiens, eux, avaient acquis la sympathie de tout le pays. En conséquence, la Cour suprême hésitait à se prononcer. Et elle s'était adressée à Shusette pour obtenir un rapport de la Protection de l'environnement et sortir ainsi de l'impasse.

Mais c'était plus compliqué qu'il n'y paraissait. Les compagnies d'exploitation de bois fournissaient un emploi à plus de la moitié de la population active du Maine. Les travailleurs du Maine soutenaient les sénateurs de leur Etat. Les sénateurs détenaient les cordons de la bourse qui faisait vivre l'agence pour la protection de l'environnement. Un sénateur en particulier — le sénateur républicain du Maine — avait déjà commencé à travailler le territoire en profondeur. Il avait invité Shusette à venir pêcher le saumon dès l'ouverture de la saison, dans sa résidence personnelle, près de la rivière Kennebec.

On disait souvent qu'à Washington une main lavait l'autre. Or Shusette avait remarqué que, de manière très commode, les hommes politiques étaient une race ne possédant qu'une main. La main droite. Pour serrer d'autres mains, faire toutes sortes de gestes et montrer du doigt le visage des autres. Leur main gauche restait généralement cachée dans leur poche ou serrée comme un poing, sans doute pour dissimuler le véritable sens de toutes ces poignées de mains, de tous ces gestes, de tous ces doigts pointés.

Dans le cas du sénateur républicain du Maine, la main gauche cachait un sac à malices plein de promesses et de menaces. La promesse que, si l'agence de Shusette rédigeait un rapport positif ou tout au moins suffisamment ambigu, le sénateur honorerait ce sacrifice du

24

premier round en cédant lui-même au second. Si, par exemple, l'agence concluait que l'abattage du bois sur une grande échelle dans la forêt de Manatee ne porterait pas préjudice à l'environnement, le sénateur soutiendrait une proposition suggérant de « limiter » la coupe et de ne pas procéder à un abattage total. Mais si au contraire le rapport de l'agence était totalement négatif, le sénateur pourrait déclencher la guerre, avec l'appui financier du « lobby » du bois. Il pourrait faire campagne pour discréditer le rapport ; il pourrait même proposer une loi en vue de réduire la participation de l'agence au débat sur l'abattage du bois.

L'affrontement entre les Papeteries Pitney et une poignée d'Indiens qui se donnaient le nom de « Peuple originel » n'était pas une simple escarmouche. Le résultat de ce différend à propos d'un territoire précis constituerait un précédent et le rapport de l'agence pour la protection de l'environnement serait une arme puissante aux mains d'un camp ou de l'autre. Shusette se demanda combien d'enquêteurs de l'agence avaient déjà pu être contactés par les sociétés formant le lobby du bois, combien d'entre eux étaient déjà invités à des réceptions ou avaient même reçu des propositions de postes politiques. A sa connaissance, ces employés formaient un groupe consciencieux et incorruptible. Mais les pressions qu'ils allaient tous subir seraient considérables.

C'est pour toutes ces raisons que Victor Shusette avait songé à Robert Vern. Ce dernier était extérieur à l'agence ; son intégrité était hors de doute, son engagement dans la défense des droits de l'homme n'avait pas son pareil. Il n'avait aucune ambition politique et était capable de résister à n'importe quel politicien. Il avait aussi le don de calmer les esprits dans les situations explosives du genre de celle à laquelle on assistait dans la forêt de Manatee. De plus, Vern était au bout du rouleau dans les services de santé publique. Shusette savait que Robert Vern était prêt, psychologiquement, à changer de vie.

« Rob ? »
Victor Shusette avança en hésitant, dans le sombre

25

couloir de l'hôpital, vers une silhouette isolée qui semblait s'appuyer contre le mur. Il était plus de minuit et Victor avait cherché Robert partout ; il venait même de téléphoner à sa femme et l'avait réveillée, pour apprendre que Robert n'était pas encore rentré. A tout hasard, Victor s'était rendu à l'hôpital. Il avait appris que Robert y était depuis deux heures de l'après-midi pour tenter de sauver le bébé du ghetto.

La silhouette *ressemblait* à celle de Robert, mais Shusette n'était pas sûr que ce fût lui. Il savait que Robert ne restait pas en place une minute. Depuis leur première rencontre au commissariat central, un an auparavant, leurs conversations avaient toujours eu lieu en catastrophe. Shusette s'efforçant de tenir le rythme alors que Robert courait d'un endroit à un autre. Au contraire, l'homme qui se tenait devant lui était de toute évidence épuisé, vidé de toute énergie.

« Victor ! dit Robert, qu'est-ce que tu fais là ? »

Victor marqua un temps d'arrêt et examina son ami. « Tu vas bien ? »

Robert acquiesça de la tête. « Tu as une cigarette ?

— Tu fumes ?

— Pas depuis l'âge de vingt-deux ans !

— Tu t'y remets ?

— Ça se pourrait bien ! »

Shusette sortit une cigarette, que Robert alluma ; il en tira une bouffée sans avaler, car elle n'était pas à son goût.

« Je la prends ! » dit Shusette.

Robert lui passa la cigarette, avant de se diriger vers un banc, où il s'effondra, épuisé.

« Comment va le bébé ? interrogea Victor.

— Il est encore faible. Mais comment es-tu au courant de ça ?

— Je te surveille de près ! »

Robert n'était pas d'humeur à apprécier la plaisanterie. Il s'allongea sur le banc et ramena un bras sur ses yeux, comme s'il s'installait pour la nuit.

« Tu ne rentres pas chez toi ? lui demanda Victor.

— J'attends un électrocardiogramme.

— Tu n'as pas envie de parler ?

— Non !

26

— Je vais te laisser si tu es trop fatigué.

— Je suis encore capable de t'écouter. »

Shusette fit une pause et jeta un coup d'œil dans le couloir pour essayer de trouver une chaise. Il n'y en avait pas. Il se laissa glisser le long du mur et s'assit par terre. De loin, on aurait pu les prendre pour deux clochards.

« Je voulais te parler de l'audience de ce matin...

— Je regrette de l'avoir manquée !

— Oui, c'est dommage ! Ça valait vraiment le coup ! Les Indiens sont sur le sentier de la guerre...

— Quelques-uns d'entre eux ont attaqué mon ambulance.

— Ils ont de bonnes raisons... d'être en colère, je veux dire.

— N'est-ce pas notre cas à tous ?

— Cette papeterie... la papeterie Pitney... ils ont acquis les droits d'exploitation du bois sur 40 000 hectares de forêt, en se fondant sur les dispositions du traité N° 9. Or, les Indiens font valoir que ce traité n'a jamais été ratifié par le Congrès.

— Oui, j'ai lu un article là-dessus.

— Les Indiens ont bloqué l'accès à la forêt, si bien que la compagnie d'exploitation du bois n'a aucun moyen de pénétrer sur le terrain... et la Cour suprême a ordonné l'arrêt de ce blocus... Chacune des parties essaie d'arracher le morceau, et toute l'affaire est en suspens en attendant le rapport de l'agence pour la protection de l'environnement. »

Shusette arrêta un moment de parler pour donner à Robert le temps d'ingurgiter les faits. Victor ne voulait pas le brusquer.

« C'est un différend territorial, grommela Robert. Qu'est-ce que l'agence pour la protection de l'environnement vient faire là-dedans ?

— C'est un piège juridique ! Personne n'a le courage de prendre une décision.

— Ping-pong politique, marmonna encore Robert.

— Oui, c'est le grand championnat ! renchérit Shusette. Les auteurs de ce rapport, quels qu'ils soient, ont le sort de l'industrie du bois entre leurs mains. Je dirais même celui de tout l'environnement, sur notre bonne planète ! L'environnement des terres, en tout cas.

— Il ne restera plus que le ciel et les océans !

— Ça ne ferait pas de mal qu'on en gagne un sur les trois ! »

Robert se redressa, en se frottant les yeux. « Parfois, je t'envie, Victor !

— Comment ça ?

— La terre, l'eau, le ciel... ça me paraît très simple ! »

Cette réflexion amusa Shusette : « Vraiment ?

— Là au moins les problèmes sont clairs. Tu te bats, et puis tu gagnes ou tu perds.

— Je perds, en général !

— Mais même tes échecs sont décisifs ! Comme tes victoires.

— C'est juste ! »

Robert poussa un long soupir. « Quant à moi... je ne fais qu'un peu de " ménage "! Je suis comme une bonne dans une maison pleine de gosses ravageurs. Je range une pièce, et le temps de passer dans la pièce voisine, la première est de nouveau sens dessus dessous ! » Le visage de Robert prenait un air très sombre, sa voix était basse et sans vie. « Je me tiens au beau milieu de cette pagaille et je crie. " Ça suffit maintenant ! " Mais personne ne m'écoute. » Robert jeta un regard furtif vers Shusette, dont on ne voyait pratiquement que la cigarette allumée dans l'obscurité presque totale. « Comment fait-on pour se faire écouter ? »

Shusette secoua la tête.

« Un jour, ma femme m'a raconté qu'elle avait rencontré un artiste, reprit Robert, un peintre. Il lui avait dit qu'une grande œuvre d'art n'est jamais terminée. Elle est simplement abandonnée. » Robert fit un sourire triste, comme s'il ne le destinait qu'à lui-même. « Je me demande si on ne peut pas en dire autant des bonnes intentions !

— On dirait que tu as envie de tout plaquer !

— Vraiment ?

— C'est le cas ?

— Peut-être bien. »

Shusette fit de grands efforts pour se remettre debout. Le corps tout endolori, il se traîna jusqu'au banc et s'assit à côté de Robert. « Tu veux que je te dise ? déclara-t-il.

Vas-y ! Si j'avais voulu imaginer ce que tu allais dire, je n'aurais pas mieux fait ! »

Robert lui lança un regard interrogateur.

« J'attendais que tu en aies marre de ce que tu fais.

— Mais pourquoi ?

— J'aimerais que tu viennes travailler avec moi à l'agence pour la protection de l'environnement. »

Robert secoua la tête.

« C'est un poisson plus gros, Rob ! » L'enjeu est plus important. Tu passes ta nuit ici à essayer de sauver un pauvre bébé malade, alors que tu pourrais avoir le sort de toute l'espèce entre tes mains. Tu fais un procès pour remettre un peu d'ordre dans un malheureux taudis, alors qu'avec la même énergie, tu pourrais nettoyer tout l'univers sur lequel reposent ces taudis. »

Robert restait muet.

« Tu veux du pouvoir ? reprit Shusette. Je suis prêt à te donner un job qui te permettra d'influer sur l'ensemble des terres de ce pays. » Shusette fixa Robert avec intensité. « Je veux te placer au carrefour des événements et de ton époque, à un endroit où tu auras de l'influence sur le monde entier. »

Robert ne disait toujours rien. Shusette savait que quelque chose le gênait.

« Je veux parler de ce fameux différend territorial !

— Ce n'est pas mon domaine, Vic.

— Mais j'ai confiance en toi !

— Tu peux compter sur moi pour les taudis. Pas pour les arbres !

— Je t'apprendrai ce qu'il y a à savoir. Ça n'a rien de mystérieux, tu peux le trouver dans les livres ! »

Robert étudia le visage de Shusette dans l'obscurité. « Mais pourquoi moi en particulier ?

— Parce que tu es intelligent, tu as du tact et tu es intègre.

— C'est très flatteur, mais ça ne résout pas le problème ! »

Shusette se leva et resta debout face à Robert. « Je vais te parler franchement. Cette affaire est vraiment explosive, et si je ne manœuvre pas avec habileté, toute l'agence peut sauter ! Le lobby du bois me met le couteau sous la gorge. C'est une véritable bombe politique... cette forêt devient un vrai champ de bataille. »

Robert restait sceptique : « Ça ne peut pas être à ce point-là !

— Pour *toi*, non ! Tu as l'habitude des champs de bataille. Moi, j'ai tous les experts forestiers qu'il me faut ! Mais j'ai besoin de quelqu'un qui sache parler aux gens. Et ça, c'est ta spécialité ! Je te mets au courant en quelques jours et il n'y aura pas mieux que toi pour régler ce problème. »

Robert réfléchit sans rien dire, puis se leva. Il déambula dans le couloir, et le bruit de ses pas résonna dans le silence général. Il était tenté par la proposition de Shusette et, en même temps, il avait l'impression de trahir. Comme si, en envisageant simplement un changement d'activité, il trompait déjà tous ceux qui comptaient sur lui. Par exemple, la femme noire et son bébé. Robert repensa à la promesse qu'il avait faite de les aider.

« Qu'est-ce que tu en penses ? lui demanda Shusette.

— Je me fais l'impression d'un homme marié qui rêve de prendre une maîtresse ! répliqua Robert.

— C'est peut-être une façon intéressante de voir la chose. Ce n'est qu'une maîtresse. Quelqu'un à l'essai ! »

Shusette voyait que son ami hésitait. « Accorde-moi seulement deux semaines de ta vie, dit-il. J'ai vraiment besoin de toi cette fois-ci ! »

3

Le lendemain, la manifestation des Indiens devant la Maison Blanche s'était encore enfiévrée. Maggie Vern l'observa depuis le taxi qui la conduisait chez le médecin. Celui qu'elle avait déjà vu deux jours avant. Robert n'était pas du tout rentré la nuit précédente ; il était resté à l'hôpital pour lutter contre la mort du pauvre bébé. Il avait appelé sa femme pour lui dire qu'il repasserait probablement la nuit à l'hôpital, après sa journée à son cabinet. Et c'était aussi bien ainsi. Maggie n'était pas en mesure de lui faire face.

Chez son médecin, le regard perdu dans un magazine, elle attendait son tour avec d'autres femmes ayant atteint divers stades de grossesse. Elle avait les mains moites et ses doigts de pied lui faisaient mal tant ils se cabraient dans ses chaussures. C'était chez elle un signe de nervosité. Parfois, elle s'apercevait qu'elle avait eu une dure journée uniquement par la douleur qu'elle ressentait aux doigts de pied, la nuit. Et ces deux dernières nuits, avant de connaître les résultats des tests, elle avait éprouvé une douleur lancinante.

Maggie savait déjà que si les tests se révélaient positifs, elle devrait faire face à une épreuve trop lourde pour elle. Son mari était un homme d'une grande force de caractère, éloquent et passionné, toujours à même de la convaincre que c'était lui qui avait raison. En ce qui concernait les enfants, elle avait entendu Robert réciter sa litanie à maintes reprises : il y avait dix millions d'enfants non désirés dans le monde ; la régulation démographique était la responsabilité de chacun, quelle que soit sa situation économique ; la société était en train d'échouer, de même que l'environnement ; il était parfaitement irresponsable de mettre au monde un seul enfant de plus.

Les premières années, Maggie avait été d'accord avec son mari. Les convictions de Robert étaient devenues les siennes. Elle avait trouvé stimulant le fait de tout partager avec lui. Maggie avait grandi dans le milieu privilégié des hauts quartiers de New York et n'avait connu que les membres et les produits très sains de la haute bourgeoisie. Si bien que Robert Vern lui était apparu comme une personnalité fascinante et pleine d'élan. Un homme de son temps, mû par une grande passion et convaincu sans l'ombre d'un doute qu'il tenait l'avenir au creux de la main. En comparaison, sa vie à elle lui avait paru anodine, ses horizons limités, son intellect inconsistant. Pendant ces premières années, son sentiment vis-à-vis de Robert avait été la gratitude ; c'était un véritable miracle que ce géant ait pu l'aimer !

Peu à peu, cette gratitude était devenue un ressentiment qui montait en elle. Mais son complexe d'infériorité vis-à-vis de Robert n'avait pas disparu. Maggie éprouvait une sorte de honte à ne pas être capable de voir plus haut que ses besoins personnels. Elle se trouvait égoïste dans sa recherche du bonheur.

Paradoxalement, leur vie à Washington faisait des envieux parmi ceux qui observaient leur couple de l'extérieur. Maggie et Robert avaient réussi chacun dans son domaine, étaient reconnus dans leur activité et il leur arrivait de côtoyer des personnalités qui faisaient l'Histoire. Maggie avait joué du violoncelle à la Maison Blanche ; Robert avait été placé à côté d'Andrew Young, à la tribune, lors d'un colloque sur la faim dans le monde.

Aux yeux de tous ceux qui les connaissaient, Robert et Maggie apparaissaient comme de fortes personnalités, indépendantes et arrivées. En somme, la quintessence du couple moderne.

Mais pour Maggie, cela n'avait plus rien d'un couple. Leur union était une sorte d'accord sur le gîte et le couvert entre deux personnes qui menaient des vies séparées et dont les valeurs divergeaient un peu plus chaque jour. Lorsqu'ils se retrouvaient, ils parlaient des événements du jour, comme pour masquer un besoin criant d'intimité. Ils n'échangeaient plus leurs sentiments personnels, leurs espoirs et leurs rêves secrets. Comme si cette pratique d'autrefois était devenue une langue morte, une langue de l'enfance qui ne collait plus à leurs rôles d'adultes.

A une certaine époque, Maggie avait cru qu'ils se rapprocheraient de nouveau avec le temps. Mais rien de tel ne s'était produit et la patience de Maggie était à bout. Ces dernières semaines, elle avait lutté contre la dépression. Pas ce qu'elle appelait parfois le cafard. Cette fois, c'était autre chose : le désir, chaque matin au réveil, de refermer les yeux et de trouver l'oubli dans des ténèbres proches de la mort. A certains moments de la journée, Maggie avait même pensé au suicide, sans raison apparente. Elle s'était imaginé une fin étrange : le fameux jour où, chaque année, les gens sont censés donner leur sang et obtenir en échange une fleur à la boutonnière, elle s'était demandé si, allant d'hôpital en hôpital, elle pourrait rendre tout simplement le dernier soupir après avoir donné tout son sang. Noble mort. Une mort qui aurait même pu recevoir l'approbation de Robert, puisqu'elle faisait le don total d'elle-même aux nécessiteux.

Mais sa dépression s'était atténuée le jour où elle s'aperçut qu'elle n'avait pas ses règles et qu'elle pourrait donc être enceinte. Pour la première fois depuis des mois, Maggie ne se sentait plus seule. D'une certaine manière, elle sentait autour d'elle chaleur et amour. L'amour de Robert, même s'il n'était au courant de rien.

Maggie n'avait pas cherché à avoir un enfant. Elle avait simplement relâché ses précautions. Elle était très rarement avec Robert, dans le même lit au même moment et, si cela se produisait, ils avaient si peu d'énergie pour faire l'amour que le simple fait, pour Maggie, de placer son diaphragme soulignait encore le rejet de Robert. Lorsqu'elle devait sortir l'instrument, au matin, sans qu'il ait servi à rien, Maggie ressentait encore plus le fait de n'être pas désirée.

Elle savait fort bien qu'une grossesse éventuelle provoquerait une crise plus grave que jamais. L'événement amènerait angoisse et récriminations et la forcerait peut-être à prendre le type de décision qu'elle n'osait même pas envisager. Robert refuserait d'avoir un enfant. Et pourtant, Maggie en ressentait un besoin plus fort que tout.

« Maggie ? »

Le médecin qui l'appelait à présent, Maggie le connaissait depuis leur installation à Washington. Peter Hamlisch avait été leur voisin de palier, à leur premier appartement, à Georgetown. Lors de sa première visite, au début de la semaine, Maggie avait été reçue par un technicien du laboratoire. C'était donc la première fois depuis trois ans qu'elle revoyait Peter.

« Grands dieux ! s'exclama-t-il, laisse-moi te regarder !

— Je suis si moche que ça ? dit Maggie avec le sourire.

— Superbe, tu veux dire ! Entre donc. »

Maggie le suivit dans le couloir, jusqu'à son cabinet, dont Peter referma la porte avant d'inviter Maggie à s'asseoir. Mais elle resta debout.

« Incroyable ! dit Peter, ça fait bien deux ans, non ?

— Presque trois !

— Comment va Robert ?

— Très bien. Il travaille beaucoup.

— Toujours des horaires impossibles ?

— Hélas, oui !

— Et toi, comment ça va ?

— Je suis très prise.

— On voudrait bien aller au concert mais...

— Oh, ça ne fait rien !

— J'ai vu ta photo, à la Maison Blanche.

— Horrible ! »

Peter sourit. Il était ravi de la retrouver. « Tu es resplendissante. Remarque, les femmes enceintes le sont toujours ! »

34

Maggie ne réagit pas tout de suite. Puis la nouvelle la frappa, au fond d'elle-même.

« Assieds-toi, reprit Hamlisch en riant. Je ne pensais pas que tu allais être aussi surprise. En général, les femmes sont assez sûres de ces choses-là !

— Tu en es absolument certain ? demanda Maggie d'une voix tremblante.

— Absolument ! » répondit Hamlisch, quelque peu intrigué par le ton de Maggie.

Elle s'assit doucement et se sentait le théâtre de tant d'émotions adverses qu'une sorte d'engourdissement domina le tout.

« Tu te sens bien ? »

Elle acquiesça de la tête et s'efforça de sourire, mais en vain.

L'intercom d'Hamlisch sonna. Le médecin appuya sur l'un des boutons. « Faites attendre », dit-il. Puis il se tourna de nouveau vers Maggie.

« Je vois que ce n'est pas une bonne nouvelle. »

Maggie secoua la tête, sans savoir quoi répondre.

« J'avais cru que c'était une grossesse planifiée. Sinon, je ne me serais pas montré aussi content. »

Maggie passa ses doigts sur ses lèvres complètement desséchées.

« Ce n'est pas la fin du monde, tu sais ! reprit Hamlisch. Ta grossesse est très peu avancée... des tas de femmes passent par là tous les jours de la semaine. »

Maggie fit un petit mouvement de la tête et plaça une main sur ses yeux pour tenter de contenir les larmes qu'elle sentait venir.

Hamlisch lui prit l'autre main, et ce contact physique libéra les émotions de Maggie. Elle se mit à pleurer tout doucement, comme un enfant.

« Bon, tu restes là dix minutes ou un quart d'heure, lui dit Hamlisch, j'ai un malade à voir et ensuite, je t'invite à déjeuner. »

Ils n'allèrent pas déjeuner. Maggie n'avait pas faim. Ils se mirent simplement à marcher dans les rues de Washington, accablées de chaleur. Maggie parlait tout en s'essuyant les yeux, jusqu'à ce qu'elle n'eût plus rien à dire. Elle avait expliqué à Peter, sous toutes les formes possibles et imaginables, le pourquoi et le comment de l'échec de son mariage, ainsi que le besoin très fort qu'elle avait de rester avec Robert, sans savoir comment se rapprocher de nouveau de lui. Maggie se sentait gênée de divulguer ainsi son malheur, mais aussi soulagée de pouvoir l'exprimer.

Hamlisch l'avait écoutée, pratiquement sans rien dire, lui posant seulement une question par-ci par-là, et l'encourageant à poursuivre jusqu'à être certain qu'elle avait dit tout ce qu'elle avait sur le cœur. Il compatissait et comprenait. En fait, il les aimait tous les deux, Maggie et Robert.

Maggie et Hamlisch s'étaient arrêtés près du bassin, face au monument élevé en hommage à Washington, l'endroit précis où Maggie était venue un jour manifester avec vingt mille Noirs afin de soutenir leur combat pour la liberté. L'herbe avait repoussé après avoir été écrasée par des milliers de pieds ; un groupe d'enfants jouait avec des petits bateaux sous les regards de Maggie et d'Hamlisch.

« Sais-tu, dit Hamlisch après avoir poussé un soupir, qu'on a dit qu'Einstein était un visionnaire non pas tant pour ce qu'il voyait mais plutôt pour ce qu'il *refusait* de voir ?

— Ce n'était pas Einstein, c'était B.F. Skinner, déclara Maggie d'une voix douce.

— Vraiment ?

— C'était dans la revue *Scientific Monthly.* Robert la reçoit. »

Hamlisch s'assit au bord du bassin ; Maggie fit de même. Elle se tamponna de nouveau les yeux avec son mouchoir.

« Je pensais justement à Robert en te disant cela, reprit Hamlisch.

— Je sais.

— Il a des œillères, en quelque sorte, mais c'est le cas de tous les bâtisseurs.

— Donc, tu me trouves égoïste ? » demanda Maggie, non pas sur la défensive mais plutôt pour s'entendre confirmer ce dont elle était elle-même persuadée.

« Je pense que tu es dans une impasse. »

Maggie trempa son mouchoir dans l'eau, le tordit, puis se le passa sur le front et les yeux. « Grands dieux ! J'ai tellement pleuré ces derniers temps que je vais sûrement me déshydrater complètement !

— Est-ce que tu l'aimes toujours, Maggie ?

— Oui. » Elle avait répondu sans émotion et sans hésitation. Elle ne faisait que constater.

« Et si tu devais faire un choix ?

— J'en suis incapable !

— Si tu pouvais attendre un peu... je veux dire pour avoir un enfant... peut-être dans quelques années Robert serait-il moins intransigeant à ce sujet.

— Je ne peux pas faire ça ! »

Son regard se fit désemparé. « Je suis incapable de tuer quoi que ce soit... je ne pourrai pas faire ça ! » Elle se tourna vers Hamlisch pour essayer de lui faire comprendre. « J'aime déjà cet être qui est en moi, et je sens qu'il m'aime aussi, d'une certaine manière. » Elle secoua la tête, se sentant idiote. « Est-ce que je dis des bêtises ?

— Pas du tout.

— Quoi qu'il arrive, je ne pourrai jamais... » Maggie eut subitement la voix cassée et se raidit dans sa position. « Quoi qu'il arrive, ce bébé viendra au monde. »

Hamlisch la dévisagea. « Donc, ta décision est prise... » Elle ne répondit pas.

« Quand comptes-tu le dire à Robert ? »

Maggie se leva et s'éloigna légèrement de Peter. « Combien de temps avant que ça se voie ? demanda-t-elle.

— Deux mois, peut-être trois. Les femmes qui veulent vraiment le cacher peuvent aller parfois jusqu'à quatre mois. »

Peter avait deviné les pensées de Maggie.

« Ce n'est pas une bonne idée, Maggie ! J'ai déjà vu des femmes passer par là. En général, ce sont des filles célibataires qui essaient de ne tenir aucun compte de leur grossesse jusqu'à ce qu'il soit trop tard pour avorter. En fait, elles s'affaiblissent psychologiquement. Or, s'il y a un moment dans la vie où il faut absolument se montrer adulte, c'est bien la période de la grossesse.

— Quand est-il *trop tard* pour un avortement ?

— Ne prends pas cette voie, Maggie ! »

Elle savait bien qu'il avait raison.

« Quels que soient les sentiments de Robert à ce sujet,

ajouta Hamlisch, c'est sa vie à lui aussi ! Il a le droit de prendre ses décisions tout comme toi.

— Ça m'a juste effleuré l'esprit ! dit Maggie tout bas.

— Va le voir tout de suite à son bureau, lui conseilla Hamlisch. Mets les choses sur le tapis !

— J'ai très peur, Peter ! murmura Maggie.

— Ecoute, il te dira non, et tu te mettras en colère. Et je crois que la colère vaut mieux que la peur dans ton état. »

Peter la prit par la main et ils regagnèrent la rue ; il repéra un taxi et l'appela. Maggie donna au chauffeur l'adresse des bureaux de la santé publique.

Mais Robert n'était pas là lorsqu'elle arriva. Maggie attendit deux heures pleines, pendant lesquelles une telle angoisse monta en elle qu'elle comprit qu'elle ne pourrait pas faire face à Robert. Et Maggie finit par s'enfuir. La confrontation attendrait. Maggie en choisirait soigneusement le moment.

Robert rentra à deux heures du matin. Le bébé du ghetto était mort. L'infection provoquée par les morsures de rat avait été aggravée par l'anémie. Le cœur avait cédé devant toutes ces attaques. Robert avait déjà vu des bébés mourir. Mais cette fois, il avait été encore plus durement frappé, car il avait eu un sentiment d'inutilité encore plus fort que d'habitude.

Robert entra tout doucement dans la chambre à coucher, en essayant de ne pas réveiller Maggie. La douce lumière de la lune pénétrait par la fenêtre et illuminait le visage de Maggie dans son sommeil. Robert s'assit à côté d'elle et en repoussant une mèche de cheveux qui lui tombait sur l'œil, il remarqua une légère marque qui allait du coin de l'œil à la paroi du nez. C'était une rigole tracée par les larmes. Maggie avait pleuré.

Robert examina Maggie pendant un bon moment. Il se sentait tout triste d'ignorer le motif de ces larmes. Il songea à réveiller sa femme, puis y renonça. Elle avait une répétition très tôt le lendemain. Robert se pencha et embrassa Maggie, en espérant qu'elle se sentirait en sécurité. Puis il se déshabilla et s'allongea près d'elle.

Il eut de la difficulté à trouver le sommeil car son esprit

bouillonnait. Il repensa à la proposition que lui avait faite Victor Shusette. Il se dit qu'après tout, il avait peut-être besoin de changer d'emploi. La seule solution était de travailler à son compte. C'était en quelque sorte inévitable, mais Robert y voyait encore une sorte de retraite. Il se sentait encore assez jeune pour accomplir quelque chose sur une grande échelle, et ce travail pour le compte de l'agence pour la protection de l'environnement aurait encore d'autres avantages : finis les appels en urgence ou les nuits de garde à l'hôpital ; finis les témoignages matinaux au tribunal. Autrement dit, il aurait davantage de temps à consacrer à Maggie, et cela seul valait peut-être le changement.

Tandis que le sommeil le gagnait, Robert se mit à penser aux arbres. Il ne tarda pas à rêver.

Il se vit déambuler le long des taudis. Les immeubles élevés et déjetés, avec leurs escaliers de secours en zigzag, étaient nichés au beau milieu d'arbres immenses. Les escaliers extérieurs étaient remplis de corps. Des corps de Noirs. Par centaines. Les Noirs tenaient tous des lances. Maggie était à son côté, morte de peur. Les corps noirs se mirent tout à coup à descendre en un grand flot ; les visages étaient couverts de peintures guerrières, les voix poussaient des cris perçants. Robert prit Maggie dans ses bras et se mit à courir dans la forêt, mais se perdit au milieu de tous ces arbres. Maggie hurlait et s'agrippait à lui, en le suppliant de lui sauver la vie ; mais tout à coup, ils arrivèrent au bord d'un précipice et furent bloqués. Robert se mit à regarder droit le soleil. Et subitement, venant du centre de l'astre, une lance se dirigea tout droit sur lui.

Robert se réveilla, pantelant. Son corps était trempé de sueur. Il se leva sur des jambes tremblantes et tira les rideaux pour cacher la lumière de la lune. Mais celle-ci était si intense que Robert voyait encore le disque lunaire à travers les rideaux. Il se recoucha, referma les yeux non sans peine et trouva cette fois un sommeil profond, qui ne fut troublé par aucun rêve.

4

La lune qui éclairait la chambre de Robert Vern brillait aussi sur la forêt de Manatee, en illuminant avec douceur la cime des arbres, qui formaient une masse compacte. La brise était tiède et agitait la surface des lacs où se dessinait un canevas de taches lumineuses, reflets de lune.

Depuis la création, cette étendue de cinq cents kilomètres carrés avait pu rester intacte, telle que Dieu l'avait conçue. Le soleil matinal filtrait toujours à travers les arbres, avec la netteté de rayons laser dans le brouillard ; les grands sapins sombres et les baumes rouges formaient un dessin heurté sur l'horizon montagneux. L'aube arrivait toujours avec le concert discordant des plongeons, et le crépuscule avec le battement sourd des ailes des coqs de bruyère. Quant aux ténèbres, elles étaient toujours ponctuées par un cri soudain et inattendu.

C'était l'endroit précis où le fleuve Manatee rejoignait l'Espee pour former une ligne de faîte que les Indiens Masaquoddy, Ashinabeg et Wampanoag connaissaient sous soixante noms différents. Tous ces noms se référaient à la vie opulente qui habitait ces lieux.

Et pourtant, ces dernières années, les noms indiens avaient été remplacés par d'autres noms. La plus grande pièce d'eau — le lac comportant un îlot en son centre et qu'on appelait autrefois le lac Wabagoon — était connue désormais sous le nom de lac Mary, d'après celui de la femme de Morris Pitney, industriel natif de Georgie, qui était arrivé dans la région en 1930 et avait fondé les Papeteries Pitney sur les rives de l'Espee, fleuve au cours très rapide. L'étang qu'on appelait jadis Talak'tah était désormais désigné, sur les cartes des services forestiers, sous le nom d'étang du Fer-Plat parce qu'il avait rappelé à Mary Pitney le fer qu'elle utilisait pour repasser les pantalons de son époux.

Les Pitney n'étaient plus de ce monde, mais ils avaient laissé une empreinte permanente sur le paysage. Les Papeteries Pitney, désormais en d'autres mains, étaient devenues, sur les graphiques des courtiers et des économistes de Wall Street, un conglomérat appartenant à cinq propriétaires terriens fantômes qui possédaient plus de la moitié du Maine et ne voyaient dans les forêts de cette région qu'une moisson d'argent prête à être récoltée. Les grands pins qui portaient autrefois le nom d'ancêtres indiens — chacun d'eux étant considéré comme un individu — avaient été comptés et mesurés, classés par taille et par poids et dotés d'une petite étiquette portant un prix.

Les principaux produits des Papeteries Pitney étaient le papier d'emballage, les sacs d'épicerie et le papier hygiénique. Eu égard à ce dernier et aux fumées nocives qui s'étendaient sur près de quatre kilomètres au-dessus du fleuve Espee, les Indiens appelaient la papeterie « D'Hanat Y'oah'tha » : le pet géant.

A la différence de ceux des plaines de l'Ouest américain, les Indiens des forêts avaient été un peuple passif, conditionnés — peut-être par la douceur de leur environnement — pour accepter les modifications de leur style de vie et s'accommoder des intrus qui venaient s'installer dans leur domaine. Ainsi, les petites tribus des Masaquoddy, des Ashinabeg, des Yurok et des Wampanoag n'avaient pas hésité à donner aux papeteries une petite partie de l'immense forêt. Les bûcherons occupaient donc une certaine place avec leurs camions et leurs scies mécaniques, mais les deux civilisations vivaient des vies séparées. Leurs chemins se croisaient parfois, mais elles n'avaient tout au plus que curiosité l'une pour l'autre. Les bûcherons abattaient les arbres, lesquels étaient transformés ensuite en pâte à papier ; les Indiens pêchaient le saumon et faisaient sécher le poisson au soleil. Ces deux activités n'entretenaient aucun rapport.

Puis, lorsque leur tempérament, normalement très doux, se modifia insidieusement, les Indiens ne firent toujours pas le rapport. Ils furent désorientés par le changement et craignirent de se voir accuser d'être alcooliques si l'on apprenait qu'ils se livraient à des actes de violence : cela avait toujours été le jugement historique des Blancs, qui s'étaient toujours évertués à se décharger de la responsabilité des offenses commises à l'égard des Indiens.

Et, à vrai dire, la métamorphose anormale du comportement des Indiens — qu'ils avaient baptisée « katahna » (ou « possession ») — ressemblait effectivement aux manifestations de l'alcoolisme : vertiges, hallucinations, perte de la coordination et accès de colère fréquents et inexplicables. Un homme s'était attaqué à sa femme et à ses enfants, un autre s'était jeté dans le lac Mary et s'y était noyé. Les incidents avaient d'abord été rares et isolés et avaient pu s'expliquer par les mouvements des astres ou la personnalité des individus « possédés ». Mais à présent, l'affection se généralisait et inquiétait davantage, parce qu'elle était plus difficile à déceler. Les symptômes jadis frappants étaient désormais dissimulés : la communauté tout entière était prise d'une sorte de léthargie, une espèce de brouillard qui descendait sur elle, telles des ténèbres sulfureuses, et qui ne la lâchait que très rarement.

Les Masaquoddy avaient également un autre secret, jamais divulgué pour ne pas amener la honte sur la tribu : un taux croissant d'enfants mort-nés et anormaux. Par tradition, la femme indienne mettait ses enfants au monde seule, dans la forêt, si bien que, pendant longtemps, les femmes ne s'étaient pas même communiqué entre elles l'horrible secret. La preuve concrète des transformations chimiques que subissait leur corps était enterrée dans des trous peu profonds, dans toute la forêt de Manatee.

Romona Peters, Indienne Masaquoddy à cent pour cent, âgée de vingt-huit ans, fut le premier membre de la tribu à réunir suffisamment de preuves pour faire naître le doute et l'inquiétude. Elle portait aussi le nom indien d'Oliana, ou « Biche de printemps ». C'est en raison de son teint clair et de la forme de ses yeux qu'elle avait été ainsi surnommée par son grand-père, Hector M'Rai, ancien chef de la tribu et qui en était à présent le doyen. En vérité, la douce apparence de Romona était trompeuse. Elle avait en fait le courage d'une renarde. A douze ans, elle avait été violée par un bûcheron, dans la forêt, et était allée toute seule jusqu'à la ville de Manatee pour en informer le shérif. Elle apprit ainsi pour la première fois que le mot « justice » ne s'appliquait guère à l'Indien d'Amérique.

Et c'est à partir de cette époque qu'elle fit tous les efforts possibles et imaginables pour acquérir les connaissances qui lui permettraient d'agir et de changer la face des choses. Mais c'était un objectif difficile à atteindre, car, comme toutes les Indiennes dont la force de travail était indispensable au village, Romona avait dû quitter l'école à treize ans. Cependant, elle fit de la bibliothèque publique d'Androscoggin sa nouvelle école : elle y passait chaque minute disponible à étudier des livres dont le sens lui échappait le plus souvent ; mais Romona s'efforçait de comprendre au maximum le vocabulaire et les conceptions du monde blanc. Pendant toute son adolescence, la bibliothèque était devenue le centre de sa vie, tout à la fois son paradis et son enfer. Romona y était souvent moquée par les Blancs, qui ricanaient en la voyant faire constamment le chemin de la salle d'étude à l'énorme dictionnaire posé sur un support, ce grand livre qui, seul, permettait à Romona de saisir ce qu'elle lisait. A cet endroit, la moquette était tellement usée que Romona en fut rendue coupable et que le bibliothécaire finit par lui interdire de consulter le dictionnaire plus d'une fois par jour. Cet acte de cruauté parfaitement arbitraire fut le facteur déterminant qui mit un terme aux progrès de Romona. Celle-ci avait fini par renoncer, car le sentiment de frustration et d'humiliation avait été trop lourd à porter.

Mais à la suite des derniers événements, Romona était retournée à la bibliothèque. Elle avait vu une femme revenir de la forêt où elle aurait dû mettre son enfant au monde : l'Indienne était dans un état de choc, les bras vides et le ventre plat. Romona l'interrogea jusqu'à ce que la femme, à bout, lui montrât les restes horribles. C'était un fœtus mort-né, pourtant presque arrivé à terme. Mais il ressemblait davantage à un petit animal qu'à un être humain. Sa tête était démesurée, ses yeux énormes, aplatis et sans paupières. Ses doigts étaient longs et effilés, telles des griffes ; ses jambes étaient beaucoup plus courtes que les bras et arrondies, comme un simple prolongement du postérieur.

La femme supplia Romona de garder le secret et Romona accepta. Mais elle parvint à accompagner une autre Indienne sur le point d'accoucher et à lui servir de sage-femme. L'horrible chose se reproduisit, mais dans une variante moins grave. Une fois de plus, le fœtus mort-né ressemblait à un animal. Certes, il y avait encore des naissances réussies, des enfants normaux. Mais, tel un son discordant dans l'harmonie générale, enfants mort-nés et fœtus difformes apparaissaient régulièrement ; les nouveau-nés étaient parfois vivants et leurs mères terrifiées étouffaient vite leurs premiers cris, qui retentissaient dans la forêt.

Instinctivement, Romona était portée à rechercher une aide extérieure, mais son expérience des autorités officielles du monde blanc avait été si effrayante qu'elle hésitait. Romona ne voulait retourner vers cet univers qu'armée de toutes les connaissances possibles. C'est pourquoi elle reprit le chemin de la bibliothèque, car elle était certaine de trouver dans cette vaste réserve d'informations la réponse au problème de la transformation physiologique que subissait son peuple.

A présent, Romona avait encore plus de difficultés qu'avant à prendre un peu de son temps pour s'échapper à la bibliothèque : elle avait la charge de son grand-père vieillissant, Hector M'Rai, qui, lui aussi, souffrait des effets paralysants de cette « possession ». Au cours des six derniers mois, son cerveau s'était affaibli et ses mains s'étaient mises à trembler. Mais ce n'était pas simplement les effets de l'âge. Pour avoir passé toute son enfance sur ses genoux et avoir été sa petite protégée, Romona Peters savait bien que son grand-père n'était pas homme à être frappé de sénilité.

Chez les Masaquoddy, Hector M'Rai avait déjà les dimensions de la légende. Il avait été six fois incarné, parlait encore l'ancienne langue et était un puits de science indienne.

Il vivait à l'écart de la communauté, dans une petite enceinte qu'il avait construite de ses propres mains et selon des conceptions architecturales dont il était le seul dépositaire. Hector M'Rai avait baptisé sa demeure « M'ay-an-dan'ta », le Jardin d'Eden. Elle se composait de trois habitations faites de tronçons de bois mal équarris et de peaux d'animaux, habitations dont la forme rappelait les tentes indiennes traditionnelles mais qui différaient totalement des cabanes en planches ondulées où vivaient les autres membres de la tribu et qui s'affaissaient chaque jour un peu plus. Au beau milieu de cette forêt en mutation, le campement du grand-père était une oasis où le temps s'était arrêté. Une sorte de musée. Un sanctuaire où était préservée une vie par ailleurs éteinte.

Romona avait du mal à s'arracher à son grand-père car, chaque fois qu'elle le quittait, elle craignait de ne plus le retrouver vivant. Et pourtant, tous les jours, juste avant le coucher du soleil, elle se rendait jusqu'à la ville pour se plonger dans les encyclopédies et les brochures médicales de la bibliothèque publique. Romona savait qu'il existait un lien entre les « possessions » et les enfants mort-nés, et c'était ce lien qu'elle cherchait à découvrir.

C'est dans la préface d'un ouvrage traitant de la nutrition que Romona trouva la première clé. Le livre disait que l'activité alimentaire était le facteur le plus déterminant de tous ceux qui influaient à la fois sur la santé et le *comportement* humains. Plus encore, les *attributs culturels* de toute une communauté pouvaient même être modifiés par la manière dont le groupe se nourrissait. Ainsi, l'ouvrage évoquait la tribu africaine des El Molo, dont les membres étaient devenus agressifs et avaient été pris de crises d'épilepsie en raison d'un état nerveux provoqué par le manque de protéines dû lui-même à la pénurie de gibier, décimé par les chasseurs. Les *protéines*, disait le livre qu'étudiait Romona, constituaient le maillon synaptique de la chaîne des réactions neuromusculaires.

Romona avait noté tous les mots qu'elle ne comprenait pas. Elle en avait écrit soixante-sept sur une même page. Certaines expressions, comme « lien synaptique », ne figuraient même pas dans le dictionnaire.

L'ouvrage en question comportait aussi un chapitre sur les soins prénatals. Et de nouveau, Romona vit qu'on y parlait des protéines comme le facteur le plus important du développement normal du fœtus humain. Romona consulta le fichier qu'elle connaissait depuis son jeune âge et découvrit l'existence d'un livre consacré tout entier aux protéines. Au dos du livre se trouvait un tableau indiquant les aliments les plus riches en protéines. Et soudain, ce fut la confusion la plus totale dans l'esprit de Romona : le tout premier aliment de la liste était le poisson. Le régime alimentaire des Indiens ne pouvait être pauvre en protéines puisqu'ils vivaient avant tout de la pêche. Leur nourriture était composée à quatre-vingts pour cent de poisson. Romona s'évertua, avec toute la logique dont elle était capable, à trouver un sens à cette énigme. Le régime alimentaire en était la clé. Mais qu'est-ce qui, dans ce régime, pouvait bien causer les dégâts biologiques dont elle était témoin ?

Romona savait bien que la nourriture des Masaquoddy était restée pratiquement la même depuis des siècles, exception faite des conserves, nouvel élément pour la génération actuelle. Ces conserves provenaient toutes du même magasin, le seul de tout Manatee où les Indiens pussent se fournir. Se pouvait-il qu'on les empoisonnât ? Sûrement pas, pensa Romona, puisque toutes les boîtes étaient parfaitement scellées !

Romona ne sut jamais à quel point elle était proche de la solution de l'énigme car ses recherches durent subitement s'interrompre. Du jour au lendemain, une flambée de violence opposa les Indiens aux habitants de la ville, et il était désormais dangereux pour Romona de s'y aventurer.

Dans la forêt, un groupe de bûcherons était tombé par hasard sur un Indien au comportement étrange et complètement désaxé. Il était comme perdu au milieu d'un environnement pourtant familier et tournait littéralement en rond, en se cognant aux arbres. Les bûcherons s'étaient moqués de lui, avec une ironie méprisante qui avait provoqué sa colère. L'Indien les avait attaqués et les bûcherons l'avaient battu à mort. L'événement amena des représailles : dix jours plus tard, on découvrit le corps d'un bûcheron battu de la même manière par les Indiens. Le bruit se répandit rapidement : les Indiens étaient ivres et cherchaient la bagarre. Les bûcherons n'étaient que trop heureux de leur donner satisfaction. Ils se vengèrent à leur tour en attaquant un petit village de pêcheurs. Peu de temps après, on constata la disparition dans la forêt de deux bûcherons qui avaient fait partie d'une équipe de nuit, et l'on raconta que les Indiens les avaient tués.

Après avoir vécu en paix avec leur environnement pendant des milliers d'années, les Indiens vivaient à présent dans la peur. Ils avaient peur de se rendre jusqu'à leurs filets le matin, éteignaient leurs feux la nuit et écoutaient les hurlements de deux chiens de chasse qui cherchaient les traces des deux bûcherons portés disparus.

Dans le silence et l'obscurité de la demeure de son grand-père, Romona Peters écoutait elle aussi le duo cacophonique des chiens et observait la lumière des trois torches utilisées par les secouristes qui suivaient les deux animaux. Les lumières étaient comme de minuscules lucioles qui dansaient et virevoltaient au loin, sur la montagne. Tous les soirs depuis une semaine, Romona et son grand-père suivaient la progression de l'équipe de secouristes. Et cette nuit-là, ils avaient compris qu'il se passait du nouveau. Les bruits et les mouvements avaient un caractère dramatique qu'ils n'avaient jamais eu auparavant.

Dans le village indien, à trois kilomètres plus loin, toute la communauté des Masaquoddy observait elle aussi et sentait, tout comme Romona et M'Rai, l'accélération subite du rythme des événements. En fait, les mouvements des secouristes étaient suivis par des milliers de regards. Ceux des animaux de la nuit — prédateurs et proies — qui, blottis dans le silence, se mettaient subitement sur leurs gardes en sentant ce crescendo.

Les secouristes eux-mêmes sentaient le changement. Au bout d'une semaine de recherches vaines, les chiens étaient soudain pris de cette espèce d'hystérie qui montrait qu'on était près du but. Stimulées par une odeur, vers la tombée de la nuit, les bêtes étaient subitement parties comme des boulets, hurlant leurs aboiements dans leur hâte et tirant de toute la masse de leur corps sur le harnais et la laisse de plus de dix mètres qui les reliaient chacune à un sauveteur.

Lorsqu'ils partaient ainsi sur une piste, les chiens étaient difficilement contrôlables ; la masse de leurs quatre-vingt-dix kilos ne fonctionnait plus que comme un prolongement de leur nez ; les yeux et le cerveau abandonnaient aussi leurs fonctions normales ; les animaux étaient totalement esclaves de la source de l'odeur qui les attirait, tels des toxicomanes guidés par le parfum de l'opium. Dans leur déchaînement, les chiens ne tenaient aucun compte de l'obscurité ou des obstacles. S'ils n'avaient pas été littéralement liés à leurs maîtres, ils se seraient jetés aveuglément contre des balustrades ou du haut des falaises.

Tandis que les cris canins devenaient de plus en plus aigus dans l'intensité du moment, les hommes suivaient tant bien que mal derrière, en vacillant et en recevant des branches en plein sur le visage, entraînés qu'ils étaient sur ce terrain périlleux. Sur ce territoire qui leur était peu familier — les hauteurs montagneuses —, ils progressaient à une allure dangereuse mais ne voulaient pas ralentir les bêtes de peur de leur faire perdre la piste. Derrière les deux hommes qui tenaient les chiens en laisse se trouvait un troisième individu, ployant sous le poids d'un émetteur-récepteur accroché à son dos.

« Freinez-les un peu ! dit le troisième homme en haletant.

— Ils sont excités ! cria l'un des deux autres. On est sûrement près du but ! »

Parvenus au bas d'une côte, les chiens ralentirent leur

allure. Mais une fois au sommet et en amorçant la descente de l'autre côté, la pente accéléra leur mouvement hâtif et ils devinrent de véritables bolides. Les hommes dévalaient la pente tête baissée, entraînés dans un mouvement qu'ils ne pouvaient plus arrêter. Subitement, leurs yeux découvrirent les méandres d'un cours d'eau qui grondait à travers la forêt et s'arrêtait de manière abrupte dans les ténèbres qui débutaient un peu plus loin.

« De l'eau ! Ce sont des chutes d'eau !

— C'est une chute libre !

— Arrêtez les bêtes ! »

Les deux hommes tenant les laisses se rejetèrent en arrière en enfonçant leurs talons dans le sol. Mais les chiens se refusaient à stopper et tiraient encore plus fort devant cette résistance, en se rapprochant chaque minute un peu plus du gouffre béant qu'on devinait au-devant grâce au clair de lune.

« MON DIEU !...

— Je ne peux plus...

— Aidez-moi ! »

L'un des hommes s'agrippa à un tronc d'arbre et, tout en tenant bon, tira son chien en arrière et réussit à l'assommer à moitié. Mais l'autre individu, qui tenait le deuxième animal, trébucha et tomba ; réduit à l'impuissance, il se contenta de pousser des cris tandis que son chien filait vers le bord du précipice.

C'est alors que, d'un mouvement soudain et extrêmement rapide, l'homme à la radio bondit d'une traite sur son collègue entraîné malgré lui. Au même moment, le chien franchissait le bord de la falaise.

Mais son saut dans le vide ne dura qu'un instant : au sommet de la falaise, l'ancre humaine avait tenu bon.

A guère plus d'un mètre du bord, le radio s'accrochait fermement à l'autre homme, qui se trouvait plaqué au sol. Le chien se balança dans le vide.

« A l'aide ! » criait le radio, tandis qu'avec son collègue, ils glissaient inexorablement vers le bord de la falaise et que la laisse tremblait sous les mouvements du chien qui luttait au-dessous. Le second chasseur défit rapidement sa ceinture et l'attacha à un arbre. Son chien était affalé au sol, encore abruti par la secousse, les yeux figés vers le ciel.

« Aidez-nous, bon Dieu ! »

Le second chasseur se précipita vers ses collègues, leur tomba dessus et agrippa la laisse tendue en la tirant de toutes ses forces. Désespérément réunis dans une même étreinte, les trois hommes rampèrent en arrière tel un crabe à six pattes, jusqu'au moment où ils furent séparés d'environ trois mètres du bord de la falaise. Ils s'arrêtèrent enfin derrière une souche d'arbre. L'homme qui avait été traîné au sol par son chien était plein de bleus et d'écorchures ; les deux autres continuaient à l'agripper fermement car le chien, qui semblait peser une tonne, était toujours suspendu à l'autre bout de la laisse.

Les deux hommes qui se trouvaient au-dessus de lui se regardèrent, complètement terrorisés et paralysés par l'inévitable fatalité.

« Ça va ? demandèrent-ils au troisième.

— Je n'ai pas pu me libérer...

— C'est la première fois que les chiens font un truc pareil...

— En tout cas, ce qu'ils ont reniflé est bel et bien dans ce ravin.

— Si c'est là en bas, c'est sûrement un cadavre !

— Remontons le chien. »

De leurs mains tremblantes, ils attrapèrent la laisse tendue et l'enroulèrent plusieurs fois autour de leurs poignets pour mieux tenir.

« Ho hisse ! »

Ils tirèrent à l'unisson et gagnèrent environ un mètre et demi, ce qui relâcha un peu la tension de la laisse. Puis ils la reprirent d'une main ferme.

« Ho hisse ! »

Ils tirèrent de plus belle. Mais cette fois en vain. Comme si le poids du chien avait subitement augmenté au-delà de leurs forces. Ils enfoncèrent leurs talons dans le sol et continuèrent à tirer en serrant les dents et en se jetant des regards d'effroi. C'était désormais une véritable lutte, une épreuve de force, comme si l'on tirait également à l'autre bout.

« Oh, mon Dieu !... » gémit l'un des hommes, tandis qu'ils étaient brusquement attirés vers le bord.

« Retenez-moi ! cria le chasseur encore attaché à la laisse. Aidez-moi ! »

L'un des deux autres s'accrocha à la ceinture de son collègue entraîné dans le mouvement et se rendit lui-même prisonnier dans la mêlée. Le troisième individu essayait de rester en dehors, mais l'homme qui était au sol s'agrippa à lui, tel un noyé luttant pour rester à la surface.

« Non !... » cria l'un d'eux en sanglotant tandis qu'ils partaient tous trois en avant sans aucun moyen d'arrêter le mouvement. Soudain, d'un seul coup, leurs corps quittèrent le sol et furent projetés dans le vide ; leurs hurlements se répercutèrent dans un écho pendant leur chute.

Seul un des trois hommes resta encore un moment en vie, le temps d'apercevoir la chose qui les avait inexorablement attirés. Elle était là, debout au-dessus de lui, émit un petit cri aigu et, en levant un bras, révéla une peau où les veines se dessinaient tel un branchage, le tout sur fond de clair de lune. Voilà tout ce que l'homme vit avant que sa tête fût arrachée à son corps et que la réaction chimique qu'on appelle mémoire se dissipât en un éclair, le temps que la tête s'écrase contre un arbre.

5

Dans le train qui l'emmenait de Washington vers l'Etat du Maine, John Hawks, silencieux et austère, vit le lever du soleil au-dessus du majestueux mont Katahdin. Un spectacle qu'il n'avait pas vu depuis sept ans.

Son dernier pèlerinage jusqu'à son lieu de naissance — il avait alors vingt et un ans — l'avait profondément déçu. Il avait voulu retrouver les liens ancestraux, se replonger dans une culture qu'il avait abandonnée. Mais, en revoyant les Masaquoddy — son peuple —, il avait retrouvé en fait un néant culturel. Le village de son enfance, dont la beauté et la magie étaient restées gravées dans son esprit, était devenu un dépotoir, ensemble de huttes faites de matières-déchets, sol jonché d'appareils inutilisables, carcasses d'automobiles.

La proximité du monde blanc avait exigé un tribut. Avec la naissance d'un complexe d'infériorité, les Masa-quoddy avaient été pris également d'une fringale de singeries. On achetait des machines à laver alors qu'il n'y avait aucune source de courant électrique, les postes à transistors abondaient bien qu'on ne pût capter que des parasites à cause de la barrière montagneuse. On acquérait des voitures et on les jetait presque aussitôt à la ferraille parce que l'argent manquait pour l'essence. Chez les femmes, de blancs soutiens-gorge de Prisunic mettaient un obstacle entre leurs vestes de peau aux couleurs de terre et le brun chaud de leur propre peau.

Et pourtant, malgré ces faiblesses matérialistes, les Masaquoddy gardaient leur orgueil. Assez d'orgueil pour éviter tout contact avec les Blancs. Assez d'orgueil pour considérer John Hawks comme une partie du monde blanc.

John Hawks avait probablement du sang blanc. Il en était tout à la fois béni et maudit. Ce mélange remontait trop loin dans sa généalogie pour qu'on puisse en retrouver l'origine, mais il était visible sur le visage même de Hawks. Ses traits étaient fins, son teint clair. Jadis, il avait éprouvé un malin plaisir à passer pour un Blanc. Mais aujourd'hui, cette idée lui faisait horreur, car elle avait complètement embrouillé les cartes de sa vie.

C'est précisément en raison de son physique qu'à l'âge de douze ans, il avait été choisi par Mary Pitney pour quitter le village des Masaquoddy et être éduqué dans un pensionnat de Portland. Propriétaires de la fabrique de bois située sur les rives du fleuve Espee, les Pitney se considéraient comme des philanthropes. Ils étaient alors septuagénaires et voulaient, avant qu'il ne fût trop tard, gagner leur passeport pour le Paradis. Deux autres enfants indiens avaient été choisis, l'un de la tribu des Yurok et l'autre parmi les Ashinabeg. Hawks était le troisième. Le jeune Yurok s'était suicidé alors qu'il était encore adolescent. L'Ashinabeg était mort au Vietnam.

Hawks avait été le seul survivant de cette épreuve, survivant par trahison : il avait perdu l'accent de sa tribu, s'était vêtu à la manière des enfants blancs et avait appris que le Blanc était supérieur au Peau-Rouge. Pendant de nombreuses années, il s'était consciemment évertué à oublier ses origines ; il avait même inventé une histoire de descendance d'une riche famille bostonienne dont, disait-il, tous les membres étaient décédés. Les Pitney étaient morts alors qu'il avait seize ans, mais lui avaient laissé un compte en banque à Portland pour subvenir aux besoins de son éducation ; John Hawks était vraiment orphelin. Il ne pouvait compter que sur lui-même pour se retrouver face à face avec la vérité.

Mais à présent, il lui fallait payer pour cette longue trahison. Pris pour un Blanc dans une région essentiellement peuplée d'Indiens, il avait souvent le privilège de participer à des conversations normalement réservées aux Blancs. Les plaisanteries qui s'y faisaient sur le dos des Indiens lui étaient une véritable torture, mais il se forçait à rire.

Après le pensionnat, Hawks obtint une bourse pour l'université du Maine, à Orono. Et c'est là que la vérité éclata au grand jour et l'humilia à tout jamais. Il s'était épris d'une jeune fille de bonne famille, riche et élevée à Boston. Ayant appris que John venait lui-même d'une riche famille bostonienne, elle prit la liberté de faire des recherches. Hawks dut quitter le collège peu de temps après et le son des rires moqueurs lui retentissait encore aux oreilles.

A la fois pris de colère et de honte, Hawks retourna à son village natal, pour s'apercevoir que les siens ne l'acceptaient pas non plus. Il porta des vêtements de peau et essaya de persuader les Indiens de réadopter le style de vie ancestral, mais ils se moquèrent de lui. Comme si un agneau était venu dire au loup comment il devait se comporter. Un seul être manifesta de la gentillesse à Hawks. C'était Romona Peters. Avec son grand-père, elle était la seule habitante du village à essayer de perpétuer le mode de vie indien.

Aux yeux de Romona, John Hawks incarnait tout ce qu'elle ne pouvait pas être : il avait de l'éducation et une connaissance du monde extérieur à la forêt. De son côté, elle avait une pureté que John enviait. Elle était Indienne pur sang et n'avait aucun désir de copier le monde blanc.

Ils eurent le coup de foudre et, bien que ce fût interdit par la loi indienne, ils devinrent amants. Mais les différences qui les avaient rapprochés les éloignèrent également l'un de l'autre. Cela se passa en 1971, alors que les Papeteries Pitney donnaient les premiers signes de leur volonté de revendiquer l'ensemble du territoire indien. Des ouvriers commençaient en effet à abattre les vieux bâtiments démodés de la fabrique de pâte à papier et à construire une gigantesque usine sur les rives du

54

fleuve Espee. John Hawks était le seul à se douter des ennuis que cette évolution causerait. Pour avoir suivi régulièrement les informations dans les journaux et à la télévision, il était au courant des trafics immobiliers dans le Nord-Ouest du pays et savait déjà qu'une fois terminée, la nouvelle usine pourrait bien absorber toute la forêt. Hawks tenta de se rallier l'ensemble des Masaquoddy, mais ces derniers lui opposèrent une résistance. Romona elle-même lui était hostile. Elle était pacifiste et affirmait qu'un affrontement ne ferait qu'amener la chute de leur peuple. De plus, elle estimait qu'un tel affrontement était prématuré. Romona pensait aussi que la colère de Hawks visait directement la famille Pitney, qui avait bouleversé la vie du jeune Indien, plutôt que la création d'une nouvelle usine.

John et Romona eurent même des mots, et John quitta la forêt de Manatee, en croyant alors que son départ était définitif.

Il partit là où les choses bougeaient et observa d'autres tribus qui se battaient pour conserver leurs terres. Ayant été témoin d'autant de défaites que de combats, John apprit qu'une seule tactique permettait d'arrêter la progression des promoteurs immobiliers, et cette tacti-que était la violence. Non que la violence contînt en elle les graines de la victoire — il n'y aurait jamais, en fait, de vraie victoire —, mais elle apportait au moins une satisfaction. Hawks aimait bien se lancer dans des joutes oratoires avec les industriels et les hommes politiques, et les battre ainsi sur leur propre terrain, mais il savait que, finalement, ses adversaires le jugeaient inoffensif. Tel un chien à qui l'on aurait appris à marcher sur les deux pattes de derrière, mais qui devrait finalement retrouver sa position à quatre pattes. En vérité, le chien n'était respecté que lorsqu'il montrait les dents.

De destruction de forêt en destruction de forêt, de tribu en tribu, Hawks avait fini par se retrouver à Washington, où tous les manifestants venaient en masse pour protes-ter contre l'appropriation des terres indiennes. A sa grande surprise, Hawks retrouva des représentants de sa propre région, lesquels attendaient impatiemment quel-qu'un qui pût les unir et devenir leur porte-parole. C'était l'occasion que Hawks attendait lui-même. Il avait prédit les événements qui avaient lieu ; à présent, les siens se tournaient vers lui pour qu'il les sauvât.

Et ce n'était pas seulement l'occasion de représenter son peuple. Enfin, John était reconnu comme un véritable Indien. Malgré quelques gènes ataviques et un vocabulaire qui semblait sorti tout droit du dictionnaire des Blancs, John pouvait à présent crier à la face du monde que, dans son cœur et dans son esprit, il était en harmonie avec son peuple.

Les trois réunions qu'il avait eues avec la sous-commission de la Chambre pour les affaires indiennes avaient été un geste symbolique, aussi bien de la part de John que de celle des membres de la sous-commission. Dans la guerre des mots, le camp du gouvernement était fortement handicapé : le mot « justice » avait à peu près autant de sens que « court de tennis ». C'était une réalité valable uniquement pour ceux qui pouvaient y accéder financièrement. Il était clair que, pour le trust industriel, il serait aussi facile de raser la forêt que de tondre de l'herbe, en ne rencontrant que très peu ou aucune résistance du peuple qui en était le propriétaire en droit. Mais les industriels auraient à déchanter : John Hawks, lui, était prêt à se battre.

Tandis que le train contournait le mont Katahdin, Hawks pensa à Romona. Il se demanda si elle habitait toujours là, et si elle viendrait l'accueillir. Il avait souvent pensé à elle, pendant toutes ces années, et il y avait même eu des périodes où l'image de Romona avait constamment occupé son esprit. John savait bien que, si on ne l'avait pas enlevé à son village alors qu'il était enfant, il aurait grandi avec Romona et l'aurait épousée. Il aurait été pêcheur et elle mère de plusieurs enfants. John maudissait les Pitney d'avoir ainsi bouleversé sa vie ; et à présent, il était heureux d'avoir une occasion de revanche.

Il se souvint d'une conversation qu'il avait eue avec le grand-père de Romona, sept ans plus tôt : le vieil homme l'avait solennellement mis en garde contre les forces de la colère. « Le but d'une famille n'est pas d'en vaincre une autre », avait dit M'Rai, avant d'ajouter : « Une famille qui en montre du doigt une autre en prétendant qu'elle est l'adversaire à abattre a une attitude tout aussi

56

négative que si elle se détruisait elle-même. » Mais Hawks lui avait répondu que si un homme refusait de se battre pour ses biens, il *méritait* de se les faire arracher.

« Lorsque les choses vous appartiennent vraiment, avait répliqué le vieil homme, on n'a pas besoin de se battre pour les garder. »

« Il ne faut compter sur personne pour nous aider », avait encore dit Hawks, du moins si son souvenir était exact.

« La forêt nous aidera, avait repris M'rai, Katahdin nous aidera. »

Hawks avait été stupéfait par la naïveté puérile du vieil homme. Mais c'est ce qui faisait aussi toute la beauté du personnage, cette foi qu'il avait dans les légendes d'autrefois.

La légende de Katahdin était peut-être la toute première à être enseignée aux enfants Masaquoddy : il s'agissait de cette bête mythique dont l'apparence physique était un combiné de toutes les créatures de Dieu. La légende disait qu'en cas de besoin, Katahdin émergeait de son sommeil afin de défendre toute créature de Dieu qui avait besoin de protection.

Hawks ferma les yeux et imagina le vieil homme au milieu d'une terre profanée et désolée, celle-là même qui fut jadis couverte d'arbres. Et John se demanda si le vieux M'rai perdrait finalement sa foi enfantine en Katahdin.

« C'est une " forêt boréale ", Maggie, est-ce que tu sais ce que cela veut dire ? »

Robert Vern était dans la chambre à coucher de leur petit appartement de Georgetown ; il faisait une valise tout en parlant à sa femme, sa voix couvrant tout juste la musique qui venait du salon. C'était la pièce où se trouvait Maggie : installée sur une chaise haute, elle jouait un solo de violoncelle, sur un accompagnement qui sortait à pleine puissance des haut-parleurs de son magnétophone portatif. Il s'agissait du concerto pour violoncelle de Schumann, pièce difficile inscrite au programme de l'orchestre symphonique de Washington, pour la saison des abonnements. Ayant été choisie pour l'interpréter, Maggie était dans l'incapacité d'accompagner Robert dans l'Etat du Maine.

« Maggie, tu m'entends ? »

Robert attendait une réponse, mais en vain. Il avait pourtant parlé assez fort. Mais Maggie, tout simplement, ne répondait pas.

Depuis une semaine, elle était de cette humeur sombre et muette et Robert en était très inquiet. Tout semblait avoir commencé le soir où il avait trouvé Maggie en larmes.

Le lendemain matin, il était resté à la maison pour lui en parler, mais elle s'était montrée peu communicative et avait fait croire à un mauvais rêve, sans plus. Mais Robert se doutait que c'était plus sérieux. Plusieurs nuits de suite, il avait remarqué un flacon de valium sur la table de chevet de Maggie ; or, elle n'avait jamais eu recours à des tranquillisants pour trouver le sommeil. Robert avait tenté d'aborder le sujet à deux reprises, mais, les deux fois, Maggie avait détourné la conversation. Comme si elle avait soudain peur de lui. Parfois même, elle le regardait avec des yeux accusateurs.

A présent, Robert craignait lui-même de trop insister car, en cherchant une solution à ce problème, il avait désormais l'estomac noué. Etant donné qu'ils avaient souvent été séparés, Maggie avait peut-être été attirée par un autre homme. Mais Robert ne pouvait pas supporter cette idée. Au cours de leurs sept années de mariage, il était resté fidèle à Maggie ; il lui était complètement dévoué et avait du mal à imaginer que Maggie fût autrement. Mais si elle avait effectivement un amant, Robert savait bien qu'il en était responsable. Il avait toujours considéré que l'amour de Maggie lui était acquis et que sa femme était toujours là à l'attendre.

L'idée d'être trompé par Maggie lui causait une telle angoisse qu'il l'écartait automatiquement de son esprit et se concentrait plutôt sur la tâche qui l'attendait. Robert prit une pile de gros livres et la plaça à côté de sa trousse médicale. Les ouvrages avaient pour titres : *Erosion du sol, Hydroculture, Dangers de l'industrie* ; ce n'était là que quelques livres parmi une bonne dizaine qu'il avait dû consulter après avoir accepté l'offre de Victor de se joindre à l'agence pour la protection de l'environnement.

Cette décision avait mis Robert mal à l'aise. D'une certaine manière, il avait l'impression d'avoir fait une erreur, d'être dépassé, dans un domaine qui n'était pas le sien. Cependant, il s'était engagé, et seulement pour les quinze jours à venir.

Depuis six jours, il s'était tout entier consacré à des recherches, en obtenant une autorisation spéciale pour rester à la bibliothèque du Congrès après les heures de fermeture, et il avait passé tout un week-end avec un pionnier des travaux en forêt qui avait opéré toute sa vie dans le New Jersey. Robert avait appris à recueillir des échantillons du sol et à analyser leur faculté d'absorber l'eau, ou leur teneur minérale ; à présent, il était capable d'identifier plus de quarante types différents de conifères. Il savait même, par un simple examen sous l'écorce de l'arbre, en déterminer l'âge, l'état de santé et la quantité d'eau reçue.

A présent, quelques heures seulement avant son départ pour le Maine, il se sentait presque prêt. Les livres feraient le reste. Il les étudierait dans l'avion.

Refermant sa valise, Robert resta un moment assis sur le lit à écouter Maggie. Il enviait son activité musicale parce qu'elle y trouvait l'apaisement plutôt qu'une frustration quelconque. Lorsqu'elle jouait du violoncelle, elle exprimait ses sentiments de manière simple, directe et très claire. Il faut dire que Maggie était une musicienne de talent.

Robert se leva pour se diriger vers la porte ouverte ; il observa Maggie. Elle lui faisait face et croisa son regard un instant.

« C'est très beau ! » dit Robert.

Elle acquiesça de la tête tout en continuant à jouer.

« Bramhs ? demanda-t-il.

— Schumann.

— Beau morceau pour le violoncelle.

— Schumann adorait cet instrument, répondit Maggie tout en continuant. Il a dit un jour que c'était le seul instrument qu'on pût étreindre comme un amant ou une maîtresse.

— En tout cas, c'est très reposant le soir, reprit Robert.

— Parle-m'en. »

Robert vit de nouveau dans les yeux de Maggie qu'elle

l'accusait de ne pas l'avoir satisfaite. Il entra dans la pièce et s'assit sur le bras du fauteuil où elle jouait.

« Tu sais... si ce travail me plaît... je serai plus souvent avec toi à la maison, comme avant.

— Vraiment ?

— Oui... il paraît que les arbres ne tombent pas malades au beau milieu de la nuit !

— Je parie que si ! mais ils ne peuvent en parler à personne. »

Robert était assis juste derrière Maggie. Il était sous le charme de son cou altier et du parfum de sa chevelure. Il se risqua à lui embrasser l'épaule.

Maggie s'arrêta de jouer, mais sans se retourner ; la musique continuait sur le magnétophone tandis que Maggie regardait droit devant elle.

« Qu'est-ce qu'une forêt boréale ? » interrogea-t-elle.

Robert fut surpris un instant, puis se rappela qu'il avait lui-même posé la question, depuis la chambre à coucher. « Tu m'as bien entendu !

— Ha ha.

— Pourquoi n'as-tu rien répondu ?

— On ne peut pas crier quand on joue du Schumann.

— Une forêt boréale... est une forêt qui est restée vierge depuis le commencement des temps. »

Maggie baissa la tête, sans rien dire.

« Est-ce que ça t'attriste ? lui demanda Robert.

— Oui, je crois.

— Pourquoi ?

— Parce que c'est quelque chose que je peux sentir. »

Robert la toucha et Maggie se retourna enfin vers lui.

« Qu'est-ce qui ne va pas, Maggie ? » demanda Robert tout bas.

Le regard de Maggie se fit brumeux et elle se détourna de nouveau.

« Allons, libère-toi !

— Je ne peux pas, murmura Maggie.

— Pourquoi ?

— Parce que ce n'est pas simple. En fait, c'est... très compliqué. Ce n'est pas facile à dire. »

Maggie chercha le regard de Robert pour essayer de lui faire comprendre. « J'ai besoin d'heures entières. De jours entiers. J'ai besoin d'*être avec toi*. De me sentir près

60

de toi. J'ai besoin de tout ce temps qu'apparemment nous n'avons pas. »

Robert la tira doucement vers lui, jusqu'à ce que sa tête vint reposer sur sa poitrine.

« Tu te rappelles quand on était là tous les deux, à parler ? demanda-t-elle d'un ton triste. Comme ça... sans arrêt... à dire tout ce qui nous passait par la tête ! Mon Dieu, on parlait comme ça toute la nuit, en buvant du vin... et lorsque le matin arrivait, nous baissions les stores... et, avant même qu'on s'en aperçût, c'était de nouveau la nuit. »

Il acquiesça de la tête.

« Pourquoi est-ce qu'on ne le fait plus ? demanda-t-elle d'un ton plaintif.

— Nous sommes deux personnes très occupées, Maggie !

— Et l'une des deux est très seule ! »

Robert secoua la tête tout doucement. C'était une façon de dire son impuissance.

« Je ne sais pas comment faire, Maggie...

— Je sais ce que tu ressens à l'égard de ton travail, et je t'admire pour ça...

— C'est plus qu'un travail...

— Exactement ! C'est comme si tu avais une maîtresse. Et encore, si c'était une maîtresse, je pourrais au moins rivaliser !

— Je n'ai pas de maîtresse, dit Robert, tout doucement.

— Bien sûr que non, mais...

— Et *toi* ? »

Les mots étaient partis sans qu'il pût les contrôler. « Moi quoi ?

— Tu as un amant ? »

Maggie fut prise au dépourvu. « Bien sûr que non ! »

Robert étudia son visage. « Tu en es sûre ?

— Enfin ! si je ne l'étais pas, ce serait un bien piètre amant !

— Je parle sérieusement ! » reprit Robert.

Maggie ne put s'empêcher de rire, mais s'arrêta aussitôt car elle vit à quel point il était peiné.

« Je n'ai aimé qu'un homme dans ma vie, dit-elle alors calmement. N'est-ce pas un peu idiot à trente ans ? Si je l'avouais aux autres musiciennes de l'orchestre, elles se moqueraient de moi à m'en faire honte sur scène. Sais-tu qu'une de ces filles est... » Maggie s'arrêta net, en éclatant de rire.

Ce brusque changement d'humeur était si inopportun qu'il désorienta Robert. Mais il ne put s'empêcher de rire avec elle.

« Une de ces filles est quoi ? demanda-t-il.

« Pour commencer, elle joue de la clarinette, si tu vois un peu le symbole !

— Je vois !

— Bon, à part ça, elle n'aime ni la pilule ni le diaphragme. La pilule la rend malade et le diaphragme n'est pas efficace à cent pour cent... Enfin, je veux dire qu'il arrive vraiment de tomber enceinte avec un diaphragme.

— En principe, non.

— Mais ça arrive, n'est-ce pas ?

— En théorie. »

Robert arborait un petit sourire, mais sentait quelque chose de faux dans cette conversation. C'était du babillage.

« Bon, enfin, cette fille pense qu'on peut tomber enceinte avec un diaphragme, donc elle achète ces... tu sais... comment ça s'appelle ? Ces trucs pour les hommes. Des capotes ?

— Hum, hum.

— Elle va donc au dispensaire de l'université et en achète plusieurs dizaines. Je les ai vues ! Elle les a tout le temps dans son sac. Les capotes sont toutes reliées dans un grand étui en plastique, comme des cartouches de mitraillette ou quelque chose dans ce goût-là ; et voilà que la fille en demande une centaine d'un coup, ouvre son grand sac de plage et ils les lui font tomber là-dedans, directement du comptoir ! »

Maggie s'arrêta pour éclater de rire de nouveau, en portant une main devant sa bouche. « Tu imagines le tableau ?

— Non, madame !

— Tu sais avec combien de types elle a couché ? Entre cinq cents et mille ! C'est elle-même qui me l'a dit. Tu te rends compte, elle ne se souvient même pas de cinq cents gars, rien que ça ! »

Tout cela était si bizarre que Robert se remit à rire, lui aussi.

« Qui est cette fille ?

— Je ne te le dirai pas ! »

Leurs rires s'estompèrent et ils se retrouvèrent les yeux dans les yeux tandis que la musique classique continuait en fond sonore. Chacun soutint le regard de l'autre, et l'atmosphère se détendit jusqu'à ce qu'un des deux se sentît l'obligation de parler. Mais ils n'en avaient pas envie.

« Sais-tu ce qui vient de se passer, Robert ? dit Maggie tout bas.

— Quoi donc ?

— Nous avons ri ensemble ! Ça faisait combien de temps que ça n'était pas arrivé ? »

Robert secoua la tête en approuvant d'un air triste. « Il y avait longtemps !

— C'est de cela que j'ai *besoin*, Robert. Me sentir bien avec toi. Libre, détendue. Si nous passions un peu plus de temps ainsi, je pourrais dire ce que j'ai sur le cœur.

— Mais qu'est-ce que tu as sur le cœur, Maggie ? »

Elle se raidit et sentit ses doigts de pied se relever. « Tu pars dans trois heures... et il me faut plus de temps que ça.

— Pars avec moi.

— C'est impossible.

— Nous aurions quinze jours à nous, Maggie. Sans téléphone. Sans urgences. Ils me mettent dans une cabane de bois... sur une île, au milieu d'un lac. Rien que des arbres et de l'eau autour.

— Je ne peux pas tout plaquer.

— Pourquoi pas ? »

Maggie savait qu'elle tentait d'éviter l'inévitable. Inconsciemment, elle faisait ce que le Dr Hamlisch lui avait déconseillé : elle esquivait la question de la grossesse. Si elle partait avec Robert, elle devrait forcément le lui dire. Et elle devrait faire face à la conversation qu'elle craignait le plus au monde. Mais peut-être la chose serait plus facile dans ce cadre très parti-

culier. Si le problème pouvait être abordé, ce serait bien
là !

« Est-ce qu'il fait très froid, là-bas ? demanda-t-elle.

— Tu n'as pas répondu à ma question !

— Mais si ! Dis-moi ce que je dois emporter. »

6

Le soleil matinal était feutré derrière une paroi nuageuse accrochée très bas sur la forêt de Manatee. L'humidité se levait et l'on entendait au loin des grondements de tonnerre, sur l'horizon montagneux. La voix de deux grands plongeons qui se trouvaient sur le lac Mary résonna dans cet espace clos par les nuages, tandis que des animaux de toutes tailles et de toutes sortes émergeaient des arbres pour se livrer à leurs rituels matinaux du laver, du boire et du manger, auprès du lac.

Plus haut, au pied d'une falaise, une famille de ratons laveurs dégustait de la chair humaine, en grognant et en se battant autour des morceaux de viande qui pourrissaient au sol. Le cadavre d'un homme suspendu au-dessus des animaux, le cou serré dans une laisse, ne les effrayait en rien. L'odeur humaine, si particulière, s'était dissipée depuis des heures et il ne restait que la puanteur d'une carcasse en décomposition, laquelle narguait les ratons laveurs, qui ne pouvaient l'atteindre.

Sur le plateau, en haut de la falaise, une laisse mâchée et attachée à un arbre était tout ce qu'il restait du seul chien de chasse qui avait survécu au massacre. Il avait rongé l'attache épaisse et, grâce à son odorat, s'était de nouveau laissé guider vers des lieux plus civilisés. A un poste forestier, un garde avait fait appel au shérif, dont les hommes avaient essayé à plusieurs reprises de persuader le chien de les mener de nouveau dans la forêt. Mais l'animal avait refusé. Il ne voulait même plus regarder dans cette direction-là. Deux jours étaient passés sans nouvelles de l'équipe de secouristes, et, quelques jours plus tard, il était évident qu'ils ne reviendraient jamais.

Le shérif du comté de Manatee faisait tous les efforts possibles pour ne pas ébruiter ces disparitions, mais certaines personnes bien placées étaient déjà au courant. Ainsi, Bethel Isely, directeur général des Papeteries Pitney.

Isely avait quarante-quatre ans. Il était né et avait été élevé à Atlanta, en Georgie. Après une école de relations publiques, il avait été engagé, six mois auparavant, par les Papeteries Pitney. Il s'était installé dans la région avec sa femme et ses trois enfants. Il savait peu de choses de l'industrie du bois, mais c'était un maître dans l'art de manipuler l'opinion publique. Sous sa direction, l'usine avait organisé deux barbecues pour les habitants de la ville et offert une importante somme aux trois Eglises locales. Les quelques voix contestataires qui s'étaient fait entendre à propos du projet d'expansion des papeteries avaient été finalement étouffées sous une avalanche de brochures soulignant les effets positifs de l'abattage et du ramassage des arbres.

Isely prenait son travail très au sérieux et avait les convictions qui s'imposaient en la matière. On pouvait aussi bien défendre que condamner la coupe du bois et, pour sa part, Isely trouvait tous les arguments possibles pour soutenir le camp qui le faisait vivre. En fait, son métier et ses convictions n'avaient jamais fait meilleur ménage. Les Pitney lui avaient offert une maison, deux voitures et un salaire de soixante-dix mille dollars par an.

Mais Isely savait que tout cela serait compromis si l'homme de l'agence pour la protection de l'environnement, qui arrivait ce jour-là, faisait un rapport négatif. Aussi, prenant toutes les précautions possibles, Isely s'était-il mis à faire des heures supplémentaires et des recherches sur tous les aspects concevables de la coupe du bois. Il s'était même intéressé à l'homme de l'agence lui-même, et avait découvert qu'il s'agissait de Robert Vern, docteur en médecine, marié à une musicienne nommée Maggie. Ne négligeant aucune piste, Isely s'était même documenté sur le violoncelle et les symphonies. Il espérait que Vern serait accompagné de sa femme, car il lui serait alors plus facile de le persuader de transformer cette visite en séjour de vacances.

Isely était fin prêt, capable de répondre à n'importe quelle question, disposé à consacrer tout son temps à Vern. Les Papeteries Pitney étaient un modèle d'efficacité et effectuaient un travail de qualité. Isely pouvait donc être fier de ce qu'il aurait à montrer.

En s'habillant pour se rendre à l'aéroport, il jeta un coup d'œil par la fenêtre pour voir à quoi ressemblait le ciel. Il semblait bien que la saison des pluies printanières allait commencer.

Non loin de là, John Hawks se préparait, lui aussi. Mais non pas à l'arrivée de Robert Vern. Hawks ignorait qu'un homme de l'agence pour la protection de l'environnement arrivait ce jour-là; et même s'il l'avait su, cela n'aurait rien changé à ses plans. La barricade s'érigeait. A dater de ce jour, aucun véhicule de la société d'exploitation du bois ne pourrait utiliser la principale route menant à la forêt. Hawks savait que la compagnie pouvait envoyer ses hommes par ferry-boat sur le fleuve Espee ou encore par hydravion jusqu'au lac Mary. Mais ce faisant, elle perdrait du temps et de l'argent et réduirait considérablement sa productivité. Par conséquent, le blocus routier forcerait la société à prendre les Indiens au sérieux.

Hawks n'était arrivé sur les lieux que depuis vingt-quatre heures, était allé directement au village et y avait recruté une « armée » de dix hommes robustes. Les choses avaient changé depuis la première tentative de Hawks, sept ans auparavant. Les Masaquoddy avaient accumulé suffisamment de colère pour vouloir se battre aujourd'hui. A présent, ils étaient persécutés de toutes parts, accusés à tort d'être des assassins et des ivrognes.

Hawks n'avait pas eu beaucoup de temps pour assimiler les mille problèmes qui assaillaient les habitants du village. Il s'était surtout intéressé aux « katahnas », cette possession des corps et des esprits qui s'emparait des individus sans avertissements. Les Indiens lui montrèrent un homme qui en était victime : il était brûlant de fièvre et en proie à des hallucinations.

A ce moment précis, les « katahnas » n'étaient pas trop répandues. Craignant tout contact avec les bûcherons ou les habitants de la ville, les Indiens n'allaient plus pêcher et vivaient en vase clos dans leur village ; ils se nourrissaient du petit gibier qu'ils trouvaient autour d'eux ou de leur stock de conserves. Aussi mystérieusement qu'elles s'étaient abattues sur le village, les possessions avaient subitement diminué en nombre. Au cours des trois semaines passées, un seul homme avait été affecté.

Hawks ne savait que penser de cette étrange maladie et, comme elle traversait une période de récession, il ne comprit pas très bien les proportions alarmantes qu'elle avait prises dans le village. Il avait décidé d'étudier ce problème plus tard. Ce jour-là, sa priorité était le blocus.

Avec son armée de malabars, Hawks s'avançait dans la forêt, vers la grand-route. Les hommes avaient de seize à trente ans, et aucun d'eux n'avait jamais tenu tête à un Blanc. Hawks leur avait conseillé de laisser les armes « au vestiaire ». Ils défendraient la forêt avec leur seule force vitale, mais, au moins, ne seraient pas accusés de mettre des vies en danger. La seule chose qui ressemblât à une arme était une hache à long manche qu'ils avaient emportée avec eux pour construire un abri en cas de pluie.

En progressant silencieusement dans la forêt, ils passèrent tout près du camp du vieil homme. Hawks aperçut les mâts croisés des tentes de M'rai qui émergeaient au milieu des arbres. A son arrivée au village, Hawks avait demandé des nouvelles du vieil homme et appris que M'rai souffrait lui aussi, fréquemment, de « katahnas ». Les Indiens disaient qu'il perdait l'esprit et avait souvent des hallucinations ; il errait seul dans la forêt, la nuit, et se racontait la légende de Katahdin, la bête qui, disait-il, venait s'abreuver sur les rives de son lagon secret.

Ce soi-disant lagon était, pour les Masaquoddy, un lieu

sacré, le sanctuaire personnel du doyen de la tribu. On racontait que tout y prenait des dimensions considérables, que tout y était plus grand que nature. Mais Hawks se rappelait y avoir pénétré clandestinement, étant enfant et avoir été profondément déçu : le « lagon » n'était qu'un simple étang, comme tant d'autres dans la forêt.

Le mythe du lagon secret était parvenu un beau jour jusqu'aux oreilles de quelques hippies de New York, et ces derniers y étaient allés planter des graines de marijuana dans l'espoir qu'elles pousseraient merveilleusement bien. Mais les hippies avaient été chassés par les Indiens, et des représentants de l'ordre avaient arraché les graines. Hawks se demanda tout de même s'il en subsistait quelques-unes, si par hasard le vieil homme ne mâchonnait pas du chanvre en méditant près de l'étang et si ce n'était pas là l'explication de ses visions.

S'approchant du camp de M'rai, Hawks s'arrêta un moment pour jeter un coup d'œil à travers la futaie. Tout était comme il l'avait laissé autrefois : une véritable oasis de paix et de beauté. Trois énormes tentes en peau, de forme conique, se dressaient et composaient un cercle, dont le centre était occupé par un grand brasero de pierre. Entre deux perches, séchaient des peaux d'animaux et des morceaux de viande ; un arc était posé contre un arbre : c'était une arme que Hawks avait lui-même utilisée dans son enfance, lorsque M'rai l'avait initié au tir à l'arc.

Une odeur de graisse animale flottait dans l'air. Encore un souvenir d'enfance pour Hawks. Il se sentit soudain transporté dans le temps.

« Noa'hgna'aught N'hak'tah », lui dit l'un des hommes qui se tenait derrière lui. Il voulait ainsi avertir Hawks que nul n'était autorisé à pénétrer dans le camp du vieil homme sans y être invité. Ce langage, que Hawks avait entendu dans son enfance, lui était encore familier ; il en avait une assez bonne connaissance et pouvait lui-même se faire comprendre en le parlant.

« D'hana'ht Yo'ahtha », répondit Hawks en montrant du doigt la direction de la route. Les autres hommes poursuivirent leur chemin, laissant Hawks derrière eux. Depuis son retour dans la forêt, Hawks avait freiné son désir de demander des nouvelles de Romona. Mais à présent, il ne pouvait passer en ces lieux sans voir si elle était toujours là.

Pénétrant dans l'enceinte du camp, il appela Romona : « A'hanspanitah Oliana... ? »

Au bout d'un moment, le repli d'une des tentes s'ouvrit et Romona apparut. Elle était encore plus belle que dans son souvenir. Sa noire chevelure avait le brillant d'un pelage d'animal ; elle tombait avec grâce sur ses épaules, telle une magnifique cascade. Elle avait un corps svelte et agile, droit comme seul celui d'une Indienne peut l'être. Mais ses yeux avaient l'air vulnérables et emplis de douleur.

Elle se tenait en silence, paralysée par la vue de Hawks. « Grâce au Ciel, dit-elle tout bas.

— Je suis revenu pour de bon.

— Cette fois, je combattrai à tes côtés, John, dit-elle, toujours à voix basse. Je me battrai avec toi... nous sommes en train de mourir.

— Viens avec moi tout de suite.

— Où ça ?

— Le premier combat se livre aujourd'hui. »

Romona suivit Hawks sans hésiter. Elle le voyait avancer avec aisance devant elle, comme s'il n'avait jamais quitté la forêt. Il était redevenu complètement indien : Romona le voyait à la façon dont ses pieds touchaient le sol. Elle avait tant de choses à lui dire. A propos des enfants mort-nés et de la maladie. Mais, pour le moment, il n'avait qu'un but en tête. Romona attendrait qu'il fût prêt.

Tandis que le petit bimoteur Cessna traversait la couche de nuages, Robert et Maggie jetèrent un coup d'œil par la vitre et eurent ainsi leur premier contact avec la forêt, qui s'étendait au-dessous. Le violoncelle de Maggie se dressait sur un siège vide, derrière elle, et à côté se trouvait la trousse de Robert. Ces symboles de leurs deux personnalités, qui avaient été aussi les instruments de leur longue séparation, voyageaient de leur côté, comme isolés de leurs maîtres.

Quelques heures auparavant, Maggie avait précipitamment téléphoné au chef de l'orchestre symphonique de Washington et lui avait promis de continuer à jouer Schumann pendant ses deux semaines de vacances ; il leur suffisait de la remplacer jusqu'à son retour. Le chef d'orchestre s'était plaint, mais Maggie avait tenu bon ; la fermeté de sa décision lui avait fait l'effet d'une dose de vitamines. Elle se sentait sûre d'elle et fière d'avoir fait un pas vers la solution de son dilemme.

De son côté, Robert lui était très reconnaissant d'être venue. Depuis des mois, ils ne s'étaient jamais sentis aussi à l'aise que pendant ce voyage en avion. Ils avaient fait tout le trajet la main dans la main, en se remémorant des souvenirs agréables ou drôles et en appréciant le fait d'être si près l'un de l'autre. Ils étaient dominés par une sensation de bien-être, l'impression que tout irait de nouveau pour le mieux entre eux.

« N'est-ce pas magnifique... ? » dit Maggie tout bas, en regardant les lacs et les arbres au-dessous.

Robert acquiesça de la tête ; il était lui aussi totalement charmé par le paysage. « J'avais oublié que le monde pouvait encore ressembler à ça.

— C'est peut-être là notre problème, non ?... l'arbre qui cache la forêt ! »

Robert sourit en signe d'approbation.

« C'est vrai, reprit Maggie, pensive, je crois que nous sommes tellement absorbés par les *détails* que nous en oublions le sens profond de la vie.

— Quel est le sens profond de la vie ? demanda alors Robert sur le ton de la plaisanterie, mais en souhaitant sincèrement une réponse sérieuse de Maggie.

« Le sens est en nous... notre moi intérieur. Si nous sommes vides de ce côté-là, alors il n'y a rien !

— Tu te sens vide à l'intérieur ?

— Non, répondit Maggie en gardant son air sérieux.

— Moi non plus... pas en ce moment, en tout cas. »

Ils se regardèrent un instant et Robert embrassa Maggie sur la joue.

« Est-ce que tout cela est vrai ? demanda Maggie. Est-ce que j'ai fait exactement ce qu'il fallait ces derniers temps ? »

Robert se mit à rire et prit tendrement la tête de Maggie contre son épaule, tout en regardant par la vitre.

« Tu te rends compte, dit-il sur le ton de la réflexion, hier encore, je marchais dans les rues d'une ville où chaque immeuble abrite six mille personnes entassées les unes sur les autres et côte à côte ; et tout ce qu'elles demandent, c'est un peu d'espace pour s'étendre la nuit et se lever le matin ! »

Maggie observa Robert. Il fixait la forêt.

« Aujourd'hui, je survole quelque huit cents kilomètres carrés d'une terre sauvage revendiquée par une poignée d'individus ! » Robert secoua la tête, comme pour signifier son incapacité à comprendre ce mystère. « Des enfants meurent de malnutrition tandis que des agriculteurs jettent aux égouts des excédents de lait...

— Pourquoi font-ils une chose pareille ?

— Pour faire monter les prix !

— Mais c'est affreux !

— C'est comme ça... c'est le profit ! Les taudis... les arbres... la faim... »

La voix de Robert traînait et son regard était rempli de désespoir.

« Je peux te dire quelque chose ? demanda Maggie d'une voix douce.

— Hum hum...

— C'est merveilleux que tu t'inquiètes de tout ça. Moi, je n'en suis pas capable ! » Elle marqua un temps d'arrêt, comme pour ordonner ses idées. « Mais ce qui m'inquiète, moi, dans tout ça, c'est que tu as l'air de te considérer comme personnellement responsable de ces malheurs.

— Oui, je crois que tu as raison !

— Tu ne peux pas tout faire, Robert. Le monde est trop vaste ! »

Il acquiesça de la tête et la regarda de manière appréciative.

« Est-ce que tu as lu *La dimension cachée ?* demanda Maggie.

— C'est quoi ?

— Ben, un livre, pardi ! »

Robert jeta un coup d'œil sur le livre qu'il avait sur les genoux. « Je parie que ça ne vaut pas *L'hydroponique et les dangers de l'industrie,* plaisanta-t-il, ça, c'est un livre passionnant !

72

— Ne me dévoile pas la fin ! » dit Maggie sur le même ton sarcastique.

Puis Robert sourit d'un air triste et secoua la tête. « Cette fin me fait peur, vraiment peur ! »

L'avion était descendu à très basse altitude et l'aéroport d'Androscoggin apparut. Ce n'était qu'un grand morceau de béton au milieu du vide ; Robert aperçut deux voitures jaunes qui déplaçaient de la poussière sur la petite route pierreuse menant au bâtiment de l'aéroport ; les véhicules se dirigeaient rapidement vers l'aire d'atterrissage.

En quelques minutes, l'avion se posa et Robert et Maggie en sortirent pour respirer un air revivifiant. C'était un véritable tonique. Rob et Maggie tendaient tous deux leur visage droit devant, en fermant les yeux, pour recevoir le vent.

« Sens-moi ça ! dit Maggie dans un grognement d'extase.

— Les pins !

— Hummmmm... j'aimerais mettre ça en bouteille et en ramener chez nous !

— Ça ne manque pas par ici... Regarde toutes ces montagnes ! »

Près d'eux, sur la piste d'atterrissage, un homme et une femme arrêtaient les moteurs de leur avion privé, tandis que leurs enfants — un garçon et une fille d'environ dix ans et douze ans respectivement — poussaient de petits cris de plaisir en ramassant leurs affaires. Le petit garçon croisa le regard de Robert et s'adressa à lui :

« Vous allez camper ?

— Oui, en quelque sorte, répondit Robert. Nous allons habiter dans une cabane.

— Et nous, nous allons être au grand air ! Sur une montagne, juste à côté de chutes d'eau ! Ça va nous prendre trois jours rien que pour y aller à pied !

— Ça va être dur ! dit Maggie.

— C'est ça qui est chouette ! » répliqua le jeune garçon en criant d'enthousiasme. A son côté, sa sœur regardait vers le ciel, une main devant les yeux.

« Mais qu'est-ce que c'est que ça ? » s'exclama la fillette.

Robert et Maggie levèrent aussi les yeux et furent

stupéfaits par le spectacle : au bout d'une corde accrochée à un hélicoptère qui arrivait vers eux était pendu un énorme chien. Un chien de chasse, agitant ses quatre pattes dans le ciel dans un mouvement plus proche de la natation que du vol ; sa queue tournait, comme si l'animal essayait instinctivement de s'en servir comme d'une hélice.

« C'est un chien ! dit le jeune garçon en riant. Un chien volant ! »

Maggie éclata de rire, elle aussi, et se tourna vers Robert : « Qu'est-ce qu'ils font, d'après toi ?

— Je n'ai jamais rien vu d'aussi absurde ! » marmonna Robert.

Puis il regarda autour de lui, sur la zone d'atterrissage, et s'aperçut que tout le monde était nez en l'air, médusé par un tel spectacle.

Puis Robert remarqua les deux voitures jaunes qu'il avait déjà vues de l'avion. Elles portaient l'emblème des Papeteries Pitney et vinrent se garer juste à côté d'eux.

« Monsieur Vern ? »

L'homme qui venait de poser la question était au volant de la première voiture ; visage rond, teint rosé, prématurément chauve, il arborait un sourire engageant. Il sortit du véhicule, en révélant un certain embonpoint et une démarche de canard ; il avait la main déjà tendue en s'approchant de Robert et de Maggie.

« Bethel Isely, dit-il, des Papeteries Pitney. Vous avez fait bon voyage ? »

Robert savait qu'on venait l'accueillir à l'aéroport, mais il ne s'était pas douté que ce serait des représentants de la papeterie.

« Euh... oui... bafouilla Robert tandis qu'Isely lui secouait la main. Je vous présente ma femme, Maggie Vern...

— Madame Vern...

— Bonjour !

— Très heureux que vous soyez venue, madame Vern. Ça aurait été dommage de rater une occasion pareille ! »

Isely repéra l'air mal à l'aise de Robert. « J'espère que ça ne vous gêne pas que je sois venu à votre rencontre. En fait, certains des indigènes ne connaissent pas vraiment

74

le chemin qui mène à l'endroit où vous allez, et j'ai pensé que vous auriez peut-être besoin d'aide. »

Robert ne réagit pas très vite, puis finit par dire : « Pour être franc, je me demande si je dois vraiment apprécier d'être accueilli par des gens de la papeterie...

— Parfait, parfait ! Je vais vous appeler un taxi. Mais en général, ils ne pénètrent pas dans la forêt, vous savez...

— Alors, comment y entre-t-on ?

— Voiture privée, voilà la solution ! Nous allons en louer une pour vous. J'ai pensé vous éviter cette peine en amenant une auto supplémentaire ici même, mais c'est bien comme ça. Je souhaite que vous agissiez exactement comme vous l'entendez.

— C'est très gentil à vous, dit Maggie.

— Je voulais vous éviter tous les problèmes, reprit Isely. Je vous ai même préparé un colis de nourriture pour que vous ne manquiez de rien les premiers jours. Ma femme voulait à tout prix vous envoyer des petits plats maison, mais je lui ai dit : " Non, voyons, ces gens-là vont croire que nous voulons exercer des pressions sur eux ! "

— Je suis vraiment désolé de paraître ingrat ! dit Robert.

— Je vous comprends parfaitement, répliqua Isely. C'est un Rogeri ? demanda-t-il en montrant le violoncelle de Maggie.

— Un Montagna, répondit-elle, surprise. Vous vous y connaissez en violoncelles ?

— Je connais le bois ! Votre instrument a un fond en baume, le devant en sapin et un chevalet en érable. Trois types d'arbres différents !

— Très impressionnant ! répliqua Maggie.

— Vous savez, poursuivit Isely, il n'y aurait pas autant de musique dans le monde si l'on ne fauchait pas les arbres. »

Robert ne put s'empêcher de rire. « Je suis heureux que vous n'exerciez aucune pression ! dit-il.

— Vous trouvez que j'exagère ? répondit Isely en souriant.

— Non, ça peut aller ! dit Robert. Isely lui était sympathique malgré sa façon d'insister.

— Eh bien, je serai toujours en première ligne ! dit Isely. Votre séjour ici revêt une importance considérable pour moi. Je voulais vous accueillir pour vous montrer que je n'étais pas votre ennemi. Nous autres de l'industrie du bois, nous sommes humains comme tout le monde ! Nous ne voulions faire aucune erreur, comme vous le souhaitez vous-même.

— J'apprécie cette pensée !

— Vous voulez louer une voiture... Parfait, je n'y vois pas d'inconvénient, mais je préférerais vous conduire moi-même. Prêtez-moi encore un peu l'oreille pendant le trajet jusqu'au lac, et ensuite, je vous laisserai tranquilles ! »

Robert remarqua l'expression de Maggie. Visiblement, elle ne voulait pas vexer cet homme.

« O.K., dit Robert.

— C'est gentil à vous ! » déclara Isely. Puis il se tourna vers les deux voitures. « Kelso, prenez les bagages de madame et monsieur. Johnny, occupez-vous du violoncelle, et faites attention, ça vaut très cher ! »

Cinq hommes sortirent de la seconde voiture et prirent les bagages. Ils portaient des chemises écossaises qui laissaient dépasser les manches de sous-vêtements ; les bottes des cinq individus étaient pleines de boue. C'étaient, de toute évidence, des bûcherons.

« Madame Vern, voulez-vous vous asseoir devant ? demanda Isely.

— Pourrais-je vous poser une question ? dit Maggie en guise de réponse.

— Tout ce que vous voudrez. »

Elle jeta un coup d'œil vers le ciel et son regard suivit le chien qui, à présent, planait presque en droite ligne au-dessus de leurs têtes et était lentement abaissé vers le sol.

« Que fait ce chien là-haut ?

— Eh bien, ces hélicoptères ne supportent pas de déplacement brusque de poids... si bien qu'on met le chien dessous pour être sûr qu'il restera en place.

— D'où vient-il ? interrogea encore Maggie.

— Des montagnes.

— Est-ce qu'on les fait toujours voler ainsi ?

— C'est-à-dire qu'il était perdu dans la montagne. »

Robert et Maggie sentirent qu'Isely tournait autour du pot.

« C'est un chien domestique ? reprit Maggie.

76

— Euh... pas exactement. »

Robert croisa le regard d'Isely. « Qu'est-ce que c'est que ce mystère ?

— Oh, il n'y a pas de mystère ! C'est un chien de chasse qui avait fait partie de notre équipe de recherches et de secours. Enfin, je *pense* que c'est le même chien. Je ne crois pas qu'il y ait d'autres chiens de chasse dans les parages.

— Quelqu'un s'est perdu ? » demanda Maggie.

Isely acquiesça de la tête. « Oui, en fait, des gens de notre société. Deux bûcherons. Ils étaient partis pour une équipe de nuit et ne sont jamais revenus.

— On les a retrouvés ? »

Le visage d'Isely se détendit ; il suivit la descente du chien. « Non, non.

— Que croyez-vous qu'il leur soit arrivé ?

— Oh, je n'en sais rien... Ils ont dû se perdre, répondit Isely pour éviter le problème. Tout le monde est prêt à partir ? »

Robert et Maggie le suivirent jusqu'à la voiture ; Maggie fixait toujours le chien, qui donnait des coups de patte dans le vide tout en s'approchant du sol.

« Alors, ils abandonnent, comme ça ? L'équipe de secouristes doit rentrer ? »

Isely marqua un temps d'arrêt, en se demandant s'il fallait leur dire ou non. « Il n'y a plus d'équipe de secouristes. »

Robert et Maggie échangèrent des regards perplexes.

« Je ne saisis pas, dit Robert.

— Ils étaient partis trois hommes et deux chiens. Seul un chien est revenu. On l'a trouvé dans un poste de garde-forestier, mais il n'y avait aucune trace des gens qui avaient pu l'y amener.

— Qu'est-ce qui leur est arrivé ? »

Isely secoua la tête. « Je suppose qu'ils se sont perdus, eux aussi !

— Une équipe de secouristes ? demanda Maggie, est-ce vraiment possible ? »

Isely avait fini par se mettre dans le pétrin et il n'y avait pas moyen d'en sortir. Il fit à Robert et Maggie le geste de se rapprocher. « Ecoutez, nous sommes honnêtes entre nous, alors je vais vous dire la vérité : cette forêt n'est pas très sûre en ce moment. C'est pourquoi j'ai pensé qu'il vaudrait mieux vous accompagner.

— Qu'est-ce qui se passe ? interrogea Robert.

— Les Indiens sont très en colère. Ils essaient par tous les moyens d'en interdire l'accès à la société d'exploitation du bois. »

Robert et Maggie écoutaient avec un très vif intérêt, mais ce qu'ils apprenaient les mettait mal à l'aise.

« En tout cas, personnellement vous ne devez pas vous inquiéter. Les Indiens ne créeraient pas d'ennuis à des représentants du gouvernement. Tout ça est en quelque sorte une affaire de famille.

— Est-ce que vous essayez de dire que les Indiens ont attaqué ces gens qui ont disparu ? demanda Robert.

— C'est très difficile à dire. Il n'y a aucune preuve. Mais la situation est très tendue avec les Indiens en ce moment.

— On les a interrogés ?

— Le shérif l'a fait.

— Et qu'est-ce qu'ils ont dit ?

— Ils ont répondu qu'ils n'étaient au courant de rien. Selon eux, les gens qui ont disparu ont été pris par Katahdin.

— Qui est Katahdin ? » demanda Robert.

Isely secoua la tête, avec une expression d'amusement crispée. « C'est une de leurs légendes. Ils l'appellent Katahdin.

— Comme " pied géant ", par exemple ? interrogea Maggie.

— Oui, sauf que celui-ci est un peu plus laid. Il a la taille d'un dragon, des yeux de chat... en fait presque tout, sauf le four électrique ! A propos de four électrique, ma femme vous a confectionné une petite tarte... elle est dans la voiture. »

Isely fit le tour du véhicule et y entra. Robert et Maggie échangèrent un long regard avant de pénétrer à leur tour dans l'automobile.

« Cette idée de Katahdin, reprit Isely en fermant la porte de la voiture, c'est pour effrayer les bûcherons. Ils sont presque aussi superstitieux que les P.O.

— Les P.O. ? demanda Robert.

— P.O., populations originelles... c'est le nom que les

78

Indiens se sont donné. Les Ashinabeg, les Masaquoddy, les Wampanoag, les Yurok... ils se sont tous groupés sous ce vocable de " Populations Originelles ". »

Isely mit la clé de contact et fit tourner le moteur.

« Et ces gens alors ? interrogea Maggie, inquiète, ceux qui ont disparu ?

— Tout ce que je peux vous dire, c'est que si cela avait dépendu de moi, je n'aurais pas envoyé de secouristes, mais un détachement de police.

— Donc, vous êtes convaincu que les Indiens sont responsables... »

Le regard d'Isely dépassa Maggie pour se fixer sur Robert.

« La moitié du temps, ils se baladent ivres morts dans la forêt, monsieur Vern. C'est triste à dire, mais c'est la stricte vérité. Mes hommes en ont vu qui se cognaient aux arbres ! On a aussi appris qu'un Indien était allé droit dans le lac et s'était noyé. Un autre s'est présenté à l'hôpital couvert d'entailles : il avait été agressé par son propre frère ! »

Robert et Maggie restaient muets.

« Je crains que la seule explication possible ne soit l'ivrognerie.

— Où se procurent-ils l'alcool ? demanda Robert.

— Nous l'ignorons. Depuis ce vent de folie, les commerçants de la ville n'ont pas le droit de leur en vendre. »

Maggie se tourna vers Isely avec un regard effrayé.

« Donc, vous voulez dire que... ces gens ont disparu parce que les Indiens leur ont *fait* quelque chose ?

— Un groupe de secouristes ne se perd jamais, madame Vern. Ni mes bûcherons, d'ailleurs ! »

Isely passa les vitesses ; les deux voitures quittèrent lentement l'aéroport.

Ils passèrent par la ville de Manatee. La rue commerçante semblait sortie d'une carte postale. Il y avait trois églises, deux magasins, un bureau de poste, une bibliothèque et une prison, le tout côte à côte. Mais la ville avait aussi un air de solitude : très peu de monde dans les rues, les branches d'arbres encore nues, le bruit du vent qui les balayait.

A six ou sept kilomètres après la sortie de la ville, ils prirent une route cahoteuse ; les deux voitures se suivaient de près et étaient enveloppées dans la poussière qu'elles soulevaient en roulant dans ce lieu désert. Isely expliqua que cette route s'estompait tous les hivers et devait être retracée par des bulldozers tous les printemps suivants. Mais le travail n'était jamais parfait ; Isely s'agrippait fermement au volant, lequel faisait des embardées provoquées par de grosses pierres profondément incrustées dans ce couloir ; celui-ci s'étendait entre des rangées d'arbres infinies.

La conversation avait dévié sur l'exploitation du bois. Robert était impressionné par les connaissances d'Isely ; celui-ci n'ignorait rien, pas même les normes et règlements établis par l'agence pour la protection de l'environnement au sujet de la fabrication de pâte à papier.

« Ecoutez, toutes ces histoires sur les fabriques de papier qui détruisent les forêts sont complètement fausses, déclara Isely tandis qu'ils s'enfonçaient plus avant dans la forêt. Depuis vingt ans maintenant, nous fabriquons de la pâte à papier, sur une petite échelle, vers la source de l'Espee. Eh bien, chaque fois que nous abattons des arbres, nous replantons, et cette terre est plus stable aujourd'hui que lorsque Dieu lui-même la créa ! »

Robert ne prit pas cette affirmation pour argent comptant. Il savait bien, d'après ses lectures, qu'il fallait cent ans à un sapin noir pour repousser et atteindre simplement la largeur d'une jambe humaine. Isely jeta un coup d'œil vers Robert et devina son scepticisme.

« A l'actif du Créateur, ajouta Isely, disons qu'il ne disposait pas de l'aide de la science moderne ! Il n'avait pas l'hydroponique, ni les techniques de sylviculture, ni les méthodes d'analyse chimique pour déterminer l'érosion du sol.

— Oh, je vois qu'Il s'est quand même pas mal débrouillé dans les conditions qui étaient les siennes ! dit Robert.

— Sans compter son éducation très limitée », ajouta Maggie.

Isely se mit à rire. Il avait cette qualité bien à lui de se joindre aux rires même si c'était de lui qu'on se moquait.

« D'où êtes-vous ? de Washington ?

— Non, New York, répondit Robert. Et vous-même ?

— D'ici.

— Mais vous avez l'accent du Sud !

— Fichtre ! Je croyais l'avoir perdu. J'essayais justement de voir si vous devineriez ! »

Robert étouffa un rire. Cet homme avait quelque chose de charmant !

« Je suis originaire d'Atlanta, et j'y ai toujours vécu. C'est comme ça que j'ai obtenu cet emploi ici... J'étais déjà dans les relations publiques pour la société Pitney à Atlanta.

— Pourquoi Atlanta ? interrogea Robert.

— C'est le siège social.

— Les Papeteries Pitney ont leur siège en Georgie ?

— Mais oui ! Toutes les sociétés d'exploitation de bois se trouvent en dehors de cet Etat. Mais personnellement, nous possédons plus de la moitié des terrains du Maine, si bien que nous nous sentons vraiment chez nous. C'est un peu notre jardin caché et, croyez-moi, nous comptons bien le cultiver ! »

Cette information fit frissonner Robert. Les forêts du Maine étaient donc entre les mains de propriétaires lointains. C'était exactement la même situation que pour les taudis. Protégées par la distance, les compagnies d'exploitation du bois pouvaient se montrer aussi impitoyables que les « seigneurs des ghettos ». Elles n'avaient pas à vivre avec la misère qu'elles créaient.

La voiture ralentit subitement ; Isely poussa un soupir de lassitude. Un peu plus loin sur la route était apparu un groupe d'Indiens peu amènes ; ils étaient sortis des feuillages à l'entour et visiblement résolus à barrer le passage. Ils portaient des tenues de bûcherons, chemises écossaises, jeans, bottes ; debout, côte à côte, ils faisaient un barrage solide. Ils étaient, de toute évidence, prêts à se battre.

« Qu'est-ce qui se passe ? demanda Robert tandis qu'Isely arrêtait la voiture.

— Il se passe des choses... contraires à la *loi !*

— Mais qui sont ces gens-là ? interrogea à son tour Maggie.

— Ce sont les P.O. dont je vous parlais.

— Que veulent-ils ?

— Nous allons bien voir ! »

L'un des Indiens s'avança. Il était grand et avait des

traits très purs ; ses vêtements étaient plus neufs que ceux de ses camarades. Sa veste de daim avait des franges sur les épaules ; la boucle de sa ceinture était flambant neuve. Robert se dit que cet homme était un nouveau venu dans la forêt. L'Indien s'approcha de la voiture, de cette démarche décontractée que pourrait avoir un agent de police des autoroutes de Washington. Il s'arrêta à la vitre d'Isely, et posa une main sur le rebord. Robert remarqua des ongles propres et se demanda s'il s'agissait bien d'un Indien.

« Monsieur Hawks ? demanda Isely.

— Lui-même, répondit Hawks.

— On m'avait dit que vous viendriez à notre rencontre... je suis heureux de vous voir. »

L'homme se pencha et étudia chacun des visages.

« Qui êtes-vous ? demanda-t-il à Isely.

— Je m'appelle Bethel Isely.

— Alors, c'est vous Isely ? » reprit Hawks. Visiblement, il n'aimait pas ce nom-là.

« Voici M. et Mme Vern, ajouta Isely. Ils représentent l'agence pour la protection de l'environnement. Je vous serais reconnaissant de bien vouloir nous laisser passer. »

Hawks fixa Robert. La puissance de son regard était effrayante. Maggie s'efforça de l'éviter en se concentrant sur le pare-brise, droit devant elle. Elle vit qu'il y avait une femme parmi les Indiens. Leurs regards s'étaient croisés. Romona — c'était elle — observait Maggie avec insistance.

« On m'avait dit que vous veniez travailler ici en pleine indépendance, dit Hawks en s'adressant à Robert. Du moins, c'est ce que les sénateurs avaient dit.

— Je suis indépendant », répondit Robert, d'une voix qui le surprit lui-même : elle était faible et incertaine, par rapport à celle de l'Indien.

« Pourquoi êtes-vous dans cette voiture ? » lança Hawks comme un défi.

Robert serra les dents. Il savait qu'il avait commis une erreur.

« Il est dans cette voiture parce que je l'ai convaincu d'y monter, monsieur Hawks, dit Isely. Je suis allé l'accueillir à l'aéroport et je l'ai amené jusqu'ici parce que je craignais précisément un incident de ce genre.

— Aucune voiture de la compagnie du bois ne peut passer, dit Hawks.

— Ce que vous faites est contraire à la loi, monsieur Hawks, lança Isely en guise d'avertissement.

— Comment faites-vous le tri entre les lois qui peuvent être violées et les autres ?

— Ecoutez, je ne vais pas rester ici à discuter avec vous ! La Cour suprême a rendu une ordonnance interdisant ce genre de barrages.

— La Cour suprême n'a jamais ratifié le traité N° 9. Cette terre nous appartient toujours. C'est notre droit le plus strict de rester ici et de ne pas en bouger. »

L'Indienne approcha à son tour. Elle vint se mettre juste à côté de Hawks, comme pour le soutenir au cas où il faiblirait.

« Bonjour, Romona ! dit Isely sur un ton froid.

— Monsieur Isely ! répondit-elle de la même manière.

— Vous faites partie de ça, vous aussi, Romona ?

Elle serra les lèvres. « Oui, de naissance, monsieur Isely.

— Vous allez vous attirer beaucoup d'ennuis, reprit Isely.

— C'est exact, monsieur Isely ! » dit Romona.

Son regard croisa de nouveau celui de Maggie. Celle-ci en était toute retournée.

Isely poussa un long soupir, puis regarda droit devant lui.

« Pouvons-nous y aller à pied ? lui demanda Robert.

— Il y a plus de quinze kilomètres !

— Il n'y a pas d'autre route ?

— Malheureusement non !

— Faisons demi-tour », reprit Robert.

Mais Isely ne tint pas compte de cette dernière remarque et se tourna de nouveau vers Hawks.

« John, je voudrais vous dire quelque chose, dit Isely.

— Monsieur Hawks, s'il vous plaît ! corrigea Hawks.

— Monsieur Hawks... vous avez une minute pour dire à vos amis de nous laisser le passage.

— Je vais le faire tout de suite, monsieur Isely. » Se retournant vers ses hommes, Hawks leur fit le geste de se ranger sur le côté. Les Indiens obéirent, révélant derrière eux la grosse chaîne métallique qui était tendue et cadenassée entre les deux arbres qui se trouvaient de chaque côté de la route étroite.

Isely devint tout rouge, tout son corps se hérissa. « Je suppose qu'il est inutile de vous demander d'enlever cette chaîne, n'est-ce pas ?

— Essayez donc !

— Voudriez-vous ôter cette chaîne, s'il vous plaît ?

— Non ! »

Isely sortit rapidement de la voiture. « Kelso ? appela-t-il dans la direction de la seconde voiture, derrière lui. Abattez ces deux arbres, s'il vous plaît. »

Dans la voiture, Robert et Maggie échangèrent des regards effrayés. Le silence fut subitement rompu par un bruit de moteur qui venait de derrière. Le plus fort des bûcherons descendait de l'autre voiture avec une tronçonneuse déjà en marche.

Soudain, tout s'anima. Les Indiens reculèrent, les bûcherons avancèrent et Hawks courut jusqu'à la chaîne, où il ramassa une hache à long manche ; il la brandit en guise d'avertissement.

« Enfin, John... commença à dire Isely avant d'être interrompu par Hawks.

— Je m'appelle monsieur Hawks ! cria ce dernier en essayant de couvrir le bruit de la scie mécanique.

— Monsieur Hawks, tout ça est parfaitement stupide !

— Vous ne passerez pas ! »

Le regard de Hawks était devenu sauvage et effrayé à la fois. Robert sortit précipitamment de la voiture et prit Isely par le bras.

— Je vous ai dit que je ne veux pas passer par là.

— *Moi* si !

— Je ne vois pas à quoi ça rime !

— Ça rime à ne pas se laisser menacer.

— Ecoutez...

— Si nous faisons demi-tour, nous serons dans un sacré merdier ! Ils retourneront dire à leur peuple qu'ils ont gagné, et la prochaine fois, il y en aura trois fois plus à faire barrage. Il faut vider l'abcès tout de suite !

— Si quelqu'un est blessé...

— Personne ne sera blessé... c'est du bluff ! » Isely se tourna vers ses hommes. « Kelso ! Abattez les arbres ! »

Le bûcheron muni de la tronçonneuse avança. A voir

84

l'expression sur son visage, Robert comprit qu'il avait envie de se battre. Le bûcheron était plus costaud que Hawks et il cherchait la bagarre. Il souriait franchement, dévoilant des dents jaunies par le tabac.

Romona se tenait à côté de Hawks, sans faire un seul geste, les poings serrés, la mâchoire tendue, comme si elle était prête à frapper un grand coup. Hawks s'avança un peu et poussa doucement Romona sur le côté ; il occupait fermement le terrain tandis que le bûcheron fonçait sur lui.

« Robert ! cria Maggie depuis la voiture.

— Faites quelque chose, Isely ! cria Robert à son tour.

— Est-ce que vous voulez bien laisser le passage, Hawks ? » demanda Isely.

Hawks leva alors sa hache, laquelle forma presque un angle droit avec sa poitrine. « Vous devrez me couper la tête avant de pouvoir couper un seul de ces arbres !

— Vous l'aurez voulu ! répliqua Isely. Kelso, abattez cet arbre !

— Attendez ! » s'exclama Robert. Mais sa voix fut noyée sous le bruit de la scie mécanique qui commençait à attaquer l'écorce.

La suite des événements fut assez confuse. Hawks fit voler la tronçonneuse avec la cognée de sa hache et, l'espace d'un instant, les deux hommes furent face à face, tels des gladiateurs. Puis leurs armes s'entrechoquèrent, métal contre métal, dans une pluie d'étincelles.

« Arrêtez ! » hurla Maggie.

Mais il était trop tard. Les deux hommes n'étaient plus qu'une masse combattante, se déplaçant en cercles, feintant, tandis que les témoins se précipitaient déjà pour les séparer, en criant tous en même temps.

« Non, John, non ! cria Romona.

— Arrêtez-le, Isely ! supplia Robert.

— Kelso ! »

L'air retentissait du choc des métaux et les témoins de la scène reculaient, pris d'horreur et n'en croyant pas leurs yeux. La tronçonneuse faisait de grandes embardées, la hache dessinait un arc immense, les deux hommes virevoltaient et esquivaient, le champ de bataille s'élargissait. Le bûcheron prenait l'offensive tandis que

Hawks parait avec son arme et se déportait en voyant la scie frôler sa tête.

Dans un bruit retentissant, la tronçonneuse vint frapper très fort la tranche de la hache ; Hawks perdit l'équilibre, tomba en arrière et finit sur le sol. Le bûcheron bondit aussitôt sur lui mais Hawks lui donna un bon coup de pied dans la poitrine et le rejeta en arrière. Hawks se releva et courut après le bûcheron en poussant un effrayant cri de guerre et en faisant tournoyer la hache au-dessus de sa tête. Le bûcheron vint frapper le capot d'une voiture, Hawks se jeta sur lui et l'immobilisa en appuyant très fort le manche de la hache sur son cou. Le bûcheron était à sa merci ; il écarquilla les yeux tandis que Hawks appuyait encore plus fort.

« Ça suffit ! lança Isely. Relâche-le !

— Jette ta scie ! cria Hawks.

— Jette-la, Kelso ! » ordonna Isely.

Mais le bûcheron n'obéit pas. Montrant ses dents et hurlant comme un animal, il leva brusquement l'un de ses genoux pour le porter entre les cuisses de Hawks. Celui-ci frémit de tout son corps mais tint bon, en poussant encore sur la poignée de la hache. Le bûcheron donna un nouveau coup de pied vers Hawks et celui-ci faiblit.

« Arrêtez-les ! » cria Maggie.

Le bûcheron rassembla toutes ses forces et frappa une troisième fois ; le coup paralysa Hawks, mais celui-ci finit par rouler par terre. Il s'efforça de se remettre sur pieds, mais le bûcheron frappa de nouveau et enfonça sa botte dans le ventre de Hawks. Ce dernier se releva à moitié mais le bûcheron lui donna un coup de pied au visage. Le choc renvoya Hawks au sol et Kelso se jeta sur son adversaire. Hawks roula sur lui-même ; des étincelles jaillirent d'un rocher où venait de frapper la tronçonneuse. Les deux hommes se retrouvèrent au sol. Hawks s'efforçait d'arrêter la scie avec sa hache. Mais le manche vola en éclats et, soudain, tout mouvement cessa. Hawks était immobile et, les yeux grands ouverts, regardait le bûcheron dont la scie s'était arrêtée à quelques centimètres du cou de Hawks.

« Répète voir ! grogna le bûcheron. Ta tête ou les arbres !

— Détruisez cette forêt, et cette forêt vous détruira, *vous* !

— Marché conclu ! » s'écria le bûcheron. Sa tronçonneuse s'abaissa jusqu'à effleurer la peau de Hawks.

— Arrêtez ! cria Robert en se précipitant vers le lieu du combat. Arrêtez ! Relâchez-le !

— Relève-toi, Kelso ! cria Isely.

— Dites-lui de défaire la chaîne ! hurla à son tour le bûcheron.

— Défaites-la, Hawks ! ordonna Isely.

— Non ! gueula Hawks à l'intention des autres Indiens. Ne la défaites pas.

— Je vais le *tuer* ! hurla encore le bûcheron.

— Défaites la chaîne ! s'écria Robert.

— Non ! » répliqua Hawks.

Robert se tourna vers Romona. Ses yeux étaient emplis de frayeur.

« Défaites-la ! cria de nouveau Robert, à l'adresse de Romona. Défaites-la, Bon Dieu ! Qu'est-ce que vous voulez prouver ?

— Que ces gens-là sont des assassins !

— Ne défaites pas la chaîne ! s'écria Hawks.

— Assassins ! hurla Romona aux oreilles d'Isely.

— Non ! cria Robert à l'intention de Romona. Tout ça ne prouve rien ! Ce barrage est *illégal* ! Ces gens ont le droit de passer ! Vous les en avez empêchés ! Vous les avez menacés d'une arme ! Cet homme va mourir sous nos yeux et tout ça n'aura absolument rien prouvé ! »

La tronçonneuse fit jaillir une raie de sang sur le cou de Hawks. La peur envahit le regard de Romona.

« Celui qui a la clé de cette chaîne, qui que ce soit, dit Robert au bord des larmes, se rend coupable d'un crime !

— Ne la défaites pas ! cria de nouveau Hawks tandis qu'un filet de sang coulait sur son cou.

— Je me le tue ! » hurla le bûcheron.

Tout à coup, Romona courut vers l'un des Indiens, arracha une grosse clé à sa ceinture et se précipita vers le cadenas.

« Non ! » hurla Hawks.

Romona ouvrit le cadenas et leva les mains en l'air pour bien montrer qu'elle l'avait fait. Soudain, tout fut silencieux. La tronçonneuse s'arrêta. Plus personne ne bougeait. La forêt s'emplit d'un silence terrifiant.

Le bûcheron se tenait toujours sur Hawks et continuait à lui lancer un regard furieux. Puis il lui cracha au visage. Hawks ne bougea pas. Puis le bûcheron se leva tout doucement et resta debout au-dessus de Hawks, les jambes écartées, dans une attitude triomphante :

« S'il n'y avait pas une Blanche avec nous, grogna-t-il les dents serrées, je te pisserais dessus ! »

Puis le bûcheron s'en retourna vers sa voiture et ses collègues le suivirent. Les portes de leurs véhicules claquèrent toutes en même temps.

« Je suis désolé pour tout ça, Hawks, dit Isely très calmement. Vraiment désolé. » Puis il alla rejoindre sa voiture. « Monsieur Vern ? » dit Isely en s'adressant à Robert. Ce dernier se tenait tout près de Hawks et l'observait alors que l'Indien était encore au sol. Robert commençait à comprendre ce que cet homme ressentait.

« Ça va ? » demanda-t-il à Hawks sur un ton très calme.

Mais Hawks ne répondit pas. Il ne fit même pas un geste. Le crachat du bûcheron était encore sur son visage ; son cou était marqué d'une entaille où le sang coagulait rapidement. Robert remarqua autre chose. Le coin des yeux de Hawks était humide.

« Il n'y a plus rien à faire ici », déclara Isely à Robert. Ce dernier acquiesça de la tête et se dirigea vers la voiture. Il s'assit à côté de Maggie, qui fixait toujours l'Indienne. Celle-ci leur tournait le dos et appuyait son front sur un arbre. Maggie savait que Romona était en train de pleurer.

« J'aurais tout donné pour empêcher ça, dit Isely à Robert. Simplement... je ne pensais pas qu'ils se battraient vraiment.

— Partons », dit Robert tout bas.

Les deux voitures jaunes des Papeteries Pitney démarrèrent lentement, passèrent sur la chaîne et pénétrèrent dans la forêt.

7

La randonnée qui s'ensuivit jusqu'au lac Mary se passa dans le silence le plus total. Robert, Maggie et Isely étaient encore paralysés par l'explosion de violence qui avait surpris tout le monde. Isely essaya timidement de justifier son entêtement à vouloir forcer le barrage en disant quelque chose comme : « Les Indiens sont des enfants capricieux qui ont besoin de discipline. » Mais l'argument ne trouva aucune oreille complaisante. Robert et Maggie se refusèrent à alimenter la discussion.

C'est presque à la tombée de la nuit qu'ils parvinrent au bord du lac. Une fine brume flottait à la surface de l'eau ; des hirondelles volaient très bas, dans des acrobaties aériennes toutes silencieuses. La surface de l'eau, lisse comme du verre, n'était troublée que par les petites bouches de poissons affamés qui recherchaient la même chose que les oiseaux, à savoir les éphémères, insectes qui constituaient un plat de roi, servi une fois l'an seulement.

Robert avait tout appris de l'éphémère à l'époque de sa première année de biologie et les faits concernant cet insecte l'avaient marqué durablement. En effet, le cycle vital de l'éphémère était unique dans le cadre de l'évolution des êtres vivants. Après avoir couvé pendant douze mois au fond du lac, ces insectes minuscules ne vivent plus qu'une nuit. Cette nuit-là, ils éclosent et nagent jusqu'à la surface pour aller vers la vie du dehors, mais ne réussissent qu'à devenir la proie des poissons. Les plus rapides, qui ont pu développer leurs ailes et s'envoler vers les cieux, sont dévorés par les oiseaux alors qu'ils essayent de se rapprocher de la lumière de la lune. Les quelques survivants s'accouplent bien haut dans les airs dans un bref contact qui donne juste le temps de la fécondation. Le matin, leurs cadavres retombent à la surface des eaux, tandis que des convulsions de leur mort sortent les œufs. Ceux-ci s'enfoncent lentement dans le lac. Après un sommeil d'un an, les insectes issus de ces œufs auront à leur tour leur brève et unique nuit de vie.

Lorsque Robert avait appris pour la première fois les secrets de ce cycle vital, il s'était posé des questions que, jusqu'à ce jour, il n'avait pas encore résolues. L'éphémère ne connaissait qu'un bref voyage, ne demandait rien, ne prenait rien, vivait et mourait dans l'espace de l'instant que la nature lui avait accordé. Pendant ces douze heures, l'insecte passait-il par la jeunesse et la vieillesse ? Emmagasinait-il des connaissances ? Se pouvait-il qu'en raison de sa taille ses minutes fussent des heures et ses heures des années ? L'homme lui-même pouvait-il être perçu par les yeux d'une créature supérieure comme un être dont la vie et la mort tenaient en un clin d'œil ?

Au bord du lac, près de Maggie, Robert retrouvait ces questions. Peut-être ce besoin de tout interroger était-il à la source de tous les tourments humains. Peut-être la vie humaine ressemblait-elle à celle de l'éphémère, sans autre but que la perpétuation de l'espèce, hors des finalités que l'homme s'inventait.

« Regarde les oiseaux, murmura Maggie.

— Des éphémères », répliqua Robert. Puis il prit Maggie par la main et ils montèrent tous deux dans la petite barque qu'Isely avait prévue pour eux. Il leur avait également fourni une automobile pour leur permettre de circuler librement de leur cabane jusqu'à la ville ou à travers la forêt. Sans la flambée de violence, un peu plus tôt, lors du blocus, tout aurait été parfait. Mais Robert et Maggie ressentaient une blessure. Peut-être irréparable.

Le petit moteur extérieur du bateau fit entendre son bourdonnement tandis que la barque dessinait un sillon sur la surface impeccable du lac ; les oiseaux plongeaient tout autour et les poissons sautaient hors de l'eau, peu dérangés par cette intrusion humaine. Devant Robert et Maggie, au milieu du lac, se dressait une petite île, sommet d'un mont aquatique à peine surgi de l'eau et recouvert d'une petite pineraie. L'île ne comportait qu'une habitation, exiguë, faite de bûches et de ciment, avec une véranda sur le devant, laquelle menait à une pièce carrée allumée par un fanal tremblotant.

« Ça a l'air bien », dit Maggie tandis que la barque continuait à fendre l'eau tout doucement. Mais en fait ça n'avait pas l'air bien. La cabane donnait une impression d'isolement et de mauvais présages. Elle n'était que silence et obscurité comme si personne ne l'avait habitée depuis des années.

« Maintiens la rame hors de l'eau. »

Maggie obéit à Robert, en s'efforçant d'éviter que le bateau vienne se cogner au quai. Ils amarrèrent la barque puis restèrent tous deux silencieux pendant un moment. Tout était si calme qu'ils entendaient leur respiration.

« Il faut sortir rapidement de là, dit Robert calmement.

— Je sais. »

Ils descendirent de la barque et le bruit de leurs pas résonna sur le quai.

Le ciel était strié d'orange ; le décor bleu pâle passait subrepticement au gris. Le clair de lune était faible et l'astre presque plein, noyé sous une brume d'éphémères qui se levait du lac. Robert s'arrêta pour les regarder, avant d'entrer dans la cabane.

« Eh bien, ce n'est pas trop mal », dit Maggie, comme soulagée. Robert alla rapidement allumer une lampe au kérosène. La lumière s'accompagna d'un sifflement. Robert et Maggie s'observèrent à travers cette luminosité d'un blanc cru.

« Regarde la cheminée », dit Robert.

Elle était en pierre et occupait tout un mur.

« Ouais ! » s'exclama Maggie, incapable de dire autre chose.

« C'est pas mal du tout, Maggie. Cet endroit est vraiment bien. »

Maggie se força à sourire pour se donner courage. « Oui, c'est bien, hein ?

— C'est très beau ! »

Robert explora ensuite les placards et vit que quelqu'un s'était donné du mal pour approvisionner la cabane, les installer le plus confortablement possible. Tout y était : conserves, clous et marteau, hache, bougies, allumettes, trousse pour les premiers secours et même un Scrabble. Il y avait un divan et une chaise tout neufs devant la cheminée, une cuisinière à gaz toute propre, une glacière ancien modèle contenant un gros bloc de glace, enfin de grandes bassines pleines de bouteilles d'eau, dans l'évier.

La cabane n'avait qu'une grande pièce, mais le coin cuisine était à un niveau inférieur au séjour et la chambre à coucher était en loggia. Maggie monta l'escalier étroit qui y menait et découvrit en haut un lit à deux places recouvert d'un édredon bien bordé sous le matelas. Le tout avait un air accueillant qui atténua l'appréhension de Maggie. Elle se pencha sur la rambarde de la soupente pour jeter un coup d'œil sur Robert, en bas.

« Il n'y a pas de salle de bains ? demanda-t-elle.

— On dirait bien que non.

— Taïaut, taïaut !

— C'est trop rude pour toi ?

— Non, répondit Maggie avec bravoure.

— Pas d'électricité là-haut, hein ?

— Je crains bien que non.

— Retour à la nature, je suppose !

— Eh oui !

— Tu seras à la hauteur ?

— Ben, voyons ! »

Ils se turent un instant.

« Margaret ?

— Monsieur ?

— Ça va être très bien !

— Oui, j'en suis sûre. »

Puis ils se mirent tous deux au travail ; Maggie défit les bagages tandis que Robert allumait une autre lampe au kérosène avant de faire du feu dans la gigantesque cheminée. Celle-ci était surmontée de deux pagaies, croisées comme des épées ; Robert les ôta, de peur que les flammes ne vinssent les dévorer. Vu son expérience d'inspecteur de l'hygiène publique, Robert avait tout de suite remarqué que la cabane pouvait prendre feu aussi vite qu'une torche.

« Et si l'on parlait du dîner ? cria Maggie d'en haut.

— Eh bien... nous avons des conserves et la tarte aux cerises de Mme Isely.

— Je n'ai pas très envie de la tarte de Mme Isely. » Robert resta silencieux un moment et repéra une canne à pêche dans un coin. « Que dirais-tu d'une truite toute fraîche pour ce soir ?

— Si ça pouvait être vrai !

— Ça te plairait vraiment ?

— Tu parles ! avec des pommes vapeur !

— Tu les nettoieras ?

— Quoi, les pommes de terre ?

— Non, les poissons !

— Quels poissons ?

— Ceux que je m'en vais attraper ! »

Maggie pencha sa tête au-dessus de la rampe de la soupente. Elle vit Robert muni de la canne à pêche. Puis il disparut par la porte d'entrée.

Maggie fixa un long moment la grande pièce de la cabane. A présent, le feu brillait dans la cheminée, les bûches épaisses crépitaient et emplissaient l'atmosphère d'une senteur de pin. Maggie descendit, sortit son violoncelle de l'étui et s'installa sur une chaise au milieu de la pièce. Robert était au calme, Maggie entendait bien, elle aussi, se recueillir à sa manière. Elle tendit son archet et accorda l'instrument. Puis elle commença à jouer. La musique emplit la petite cabane et apporta un peu de douceur après la tension de cette journée.

Au-dehors, Robert pêchait sur le quai à la lumière du crépuscule ; il entendit la musique, qui lui apporta à lui aussi une sensation de paix. Robert savourait sa chance. Il se sentait privilégié à tous égards. Pourquoi un tel bonheur était-il aussi rare ?

Très loin, de l'autre côté du lac, le long de la rive opposée, se dessinait la silhouette d'un gros quadrupède qui avançait lentement tout en broutant. Puis l'animal s'arrêta et leva la tête, comme pour écouter la musique. Robert reconnut un élan. Ce dernier avait à ses côtés un rejeton qui regardait également dans leur direction. Robert pensa que Maggie aimerait voir ce spectacle mais, sur le point de l'appeler, il fut surpris par un poisson qui mordait à l'hameçon. C'était un petit saumon, qui bondissait hors de l'eau ; mais il se fatigua très vite tandis que Robert le ramenait vers lui. Robert attrapa le poisson par l'une de ses ouïes et le tint ainsi pour l'examiner ; il admira le scintillement des écailles dans le crépuscule. L'instant était d'une beauté achevée. Robert voulait n'en rien perdre.

Il enleva sa ceinture, y accrocha le poisson, puis s'allongea sur le quai et fixa le ciel. Les étoiles commençaient à apparaître. Jamais Robert ne les avait vu briller d'un tel éclat. Le ciel avait une sorte de profondeur qui donnait l'impression que l'on fixait l'éternité. Mais le calme de l'instant fut subitement troublé par le bruit d'une chute dans l'eau, comme si un énorme rocher y avait été jeté. Robert se redressa brusquement, tournant la tête dans la direction du bruit. L'eau avait été troublée à environ six mètres de lui ; puis les ronds s'élargirent jusqu'à ce que la surface du lac redevienne calme.

Le regard de Robert se porta jusqu'à la rive opposée, seul endroit d'où pouvait tomber un rocher. Mais il ne vit rien d'anormal. La rive n'était qu'ombre et silence. Seule une petite ombre venait vers lui : un petit canard noir qui gloussait tout en barbotant en direction de la terre ferme où il passerait la nuit. Apparemment, il ne se doutait pas de la présence de Robert et se dirigeait tout droit vers le quai. Robert ne bougeait pas d'un pouce. D'où il était, il voyait le scintillement des yeux de l'animal qui avançait vers lui. Mais subitement le canard poussa un cri perçant. Il battit des ailes en essayant en vain de s'envoler tandis que quelque chose l'attirait vers les profondeurs du lac. Il disparut en une fraction de seconde.

Robert n'avait toujours pas bougé. Stupéfait. Puis il vit la chose. A l'endroit où le canard avait disparu, une masse sombre indiquait la présence d'un corps énorme juste au-dessous de la surface. Les eaux du lac étaient à présent envahies par les ténèbres et Robert comptait sur le clair de lune... Puis, subitement, quelque chose surgit dans un tourbillon d'écume. C'était un poisson. Un saumon. Gigantesque. Il faisait au moins un mètre cinquante de long et une envergure aussi grande que le tour de poitrine d'un homme. Il vola dans les airs, traversa le cercle de clarté lunaire et retomba dans l'eau avec un claquement qui résonna, tel le bruit qu'aurait pu faire un rocher tombé de très haut.

Puis tout retourna au silence. Toute trace de mouvement disparut.

Robert observa la surface de l'eau. La brume était si épaisse que tout était devenu obscur. Le lac avait pris un air surnaturel et ressemblait à un cratère plein de vapeur.

Robert prit le poisson qu'il avait pêché, et se dirigea lentement vers la cabane.

Loin de là, de l'autre côté du lac, John Hawks était assis, seul, dans l'obscurité et regardait dans la direction de l'île. Des petits points de lumière étaient visibles : les fenêtres de la cabane. John se rappela le caractère mystérieux que cette île avait à l'époque de son enfance. Il n'y avait pas de cabane à ce moment-là et les enfants indiens utilisaient l'île pour tester leur courage : tout enfant capable de nager jusqu'à l'île et de revenir vers la rive sans s'arrêter, particulièrement la nuit, avait fait un grand pas sur la voie de ses aînés.

On racontait que l'île était habitée par un esprit. D'après la légende, cet esprit avait été banni par de petits frères jaloux, et la solitude l'avait fait basculer dans la démence. Tous les bruits de l'aube et du crépuscule lui étaient attribués ; ainsi que le cri du plongeon et l'appel plaintif de l'élan. L'esprit portait le nom de « N'ayh'an'tak'tah ». Cela signifiait littéralement « Beau Fou ». C'était aussi le nom de l'île.

La cabane avait été construite par Morris Pitney et, dès lors, l'île fut déclarée zone interdite aux Indiens. Beaucoup pensèrent qu'il fallait voir là la raison de la mort soudaine des époux Pitney, à deux mois d'intervalle. « Beau Fou » les avait tués. Il avait usé de méthodes bizarres. Les époux dormaient la bouche ouverte, comme les Blancs en ont l'habitude. En fait, « N'ayh'an'tak'tah » était un esprit féminin ; sa poitrine était remplie de poison. Elle avait versé le poison dans leur bouche, pendant leur sommeil.

Lorsqu'il repensait à ce genre de légendes, Hawks comprenait pourquoi les Blancs considéraient les Indiens comme des enfants. Mais les Blancs, eux, ne comprenaient pas qu'une imagination débridée était un don précieux, le privilège de l'humanité. Les Indiens intégrés au monde blanc perdaient rapidement cette faculté. De plus, il fallait savamment la cultiver. M'rai, le vieil homme, avait su l'entretenir. Ses visions avaient la clarté du verre et il parvenait à les décrire avec un tel luxe de détails qu'elles semblaient réelles.

Après l'affrontement sur la route de la forêt, Romona avait emmené Hawks jusqu'au campement du vieillard, où elle avait soigné les blessures de John au moyen de valériane et de tourbière. Cela avait ôté le venin de la chair mais non pas de l'esprit. Dans les heures qui avaient suivi, Hawks était resté assis en silence, le regard rivé sur le feu de camp, tandis que M'rai racontait des histoires sur les créatures de la forêt. Il évoqua K'hra'nitah, son lagon secret, où les têtards grandissaient à tel point qu'on pouvait s'en nourrir comme de poissons et où les chenilles étaient aussi grandes que la moitié d'une main d'homme.

Le vieil homme leur avait demandé à tous deux de venir jusqu'à l'étang et de voir par eux-mêmes, mais ils avaient refusé. Ils ne voulaient pas pénétrer dans la zone du lagon secret. Ils ne voulaient pas décevoir le vieillard en ne voyant pas ce que lui y voyait.

M'rai s'étant retiré, Hawks et Romona étaient restés assis, muets et le regard fixé sur les charbons ardents. Lorsque Romona avait murmuré le nom de John, celui-ci s'était levé et était parti seul dans la forêt.

A présent, assis au bord du lac, Hawks se remémorait les événements du barrage, au ralenti, enfin dégagés de la confusion dans laquelle ils avaient eu lieu. John se demanda si, au tout début de l'affrontement, il avait eu conscience d'être prêt à sacrifier sa vie. Il se demanda si d'autres hommes qui étaient morts pour défendre leurs idées en avaient été conscients.

John Hawks ne se voyait pas vieillir. Non qu'il fût destiné à rester jeune. Mais il y avait tout simplement un vide dans son imagination, comme si l'avenir n'existait pas.

Il entendit un mouvement venant du feuillage assombri, derrière lui. Mais, instinctivement, il savait qu'il n'y avait rien à craindre. Les criquets continuaient leur chant, ce qui montrait bien qu'il n'y avait aucun danger à l'horizon. Dans la nuit, le chœur des criquets était un signe de paix. Lorsqu'une menace se préparait — si par exemple un homme en colère s'approchait ou si un prédateur chassait —, les criquets se taisaient.

« John... ? »

C'était Romona. Elle surgit avec grâce, telle une ombre mouvante, et se glissa à son côté. Dans l'obscurité, John la sentait tout entière. Son parfum tirait du cuir et du pin. Bien que leurs corps fussent séparés, John eut la sensation qu'ils se touchaient. John se retourna et ne vit que les yeux de sa compagne. Ils brillaient comme ceux d'un animal tandis qu'elle regardait vers l'île. Celle-ci semblait flotter dans la brume.

« Crois-tu qu'ils dorment la bouche ouverte ? » dit Romona tout bas. Hawks sourit. Ils restèrent muets un moment en fixant le lac.

« Ton orgueil te tuera, John, reprit-elle, toujours à voix basse. C'est l'influence de l'homme blanc. Une mauvaise influence. »

Irrité, Hawks se tourna vers Romona.

« J'ai appris l'orgueil chez les Indiens, dit-il.

— Il y a une différence entre la dignité et l'orgueil.

— Vraiment ? »

Romona acquiesça de la tête. Elle parlait sur un ton doux et protecteur. « La dignité naît de la connaissance de ses limites. L'orgueil est tout le contraire. » Hawks se détourna d'elle.

« Tu as de nouveau regardé dans les dictionnaires, dit-il.

— Oui. »

Romona se rapprocha de John en espérant qu'il se tournerait de nouveau vers elle. Mais il n'en fit rien.

« Nous n'avons pas besoin que tu meures pour nous, John, dit-elle.

« Nous avons besoin que tu VIVES pour nous. Nous avons besoin de toi pour guérir nos blessures, pas pour les aggraver. Je me suis trompée en te disant que je me battrais à tes côtés. Je ne savais pas que tu avais l'intention de mourir.

— Je n'avais pas l'intention de mourir, répliqua John calmement. J'étais prêt à mourir.

— Tu m'en veux parce que je t'en ai empêché ?

— Je n'en sais rien.

— Si tu étais mort aujourd'hui, cela aurait été la mort d'un enfant capricieux. Si tu veux mourir pour aider ton peuple, ne meurs pas avant de l'avoir aidé. »

Hawks observa de petites vagues qui venaient lécher la rive. Le corps d'une écrevisse scintilla au clair de lune tandis qu'elle se faufilait dans les galets brillants, juste au-dessous de la surface.

« Je n'ai pratiquement que ma vie à offrir.

— Il y a beaucoup de choses que tu ignores. Beaucoup de choses qui se passent dans cette forêt.

— Tu veux dire les " katahnas " ?

— Tu es au courant ?

— Oui.

— Et tu es au courant des enfants mort-nés ? »

Hawks fixa Romona, l'air décontenancé. « Non.

— Nos corps vont mal... nos esprits vont mal. A l'intérieur, nous avons tourné, comme le lait de la poitrine de " N'ayh'an'tak'tah " ". » Romona leva les yeux vers ceux de John, et continua à parler avec une intensité sereine. « Nos femmes donnent naissance à des enfants difformes. Il y en a eu huit cette année. Six d'entre eux sont mort-nés. Les deux autres ont été tués. » Elle fit une pause car l'image qui traversa son esprit lui répugna. « Ces bébés sont... inachevés. Ils ressemblent à des animaux. »

Hawks lut de la douleur dans le regard de Romona. Il secoua la tête, car cette souffrance lui parut insondable.

« Nous sommes en train de mourir, poursuivit Romona, d'une voix qui se fit tremblante. Notre peuple est en train de mourir ici même.

— Qui est au courant de tout ça ?

— Personne... juste moi. Les femmes ont honte d'en parler.

— Pourquoi n'en as-tu parlé à personne ?

— J'ai eu peur. »

Hawks se leva et porta son regard vers l'île. Il apercevait des ombres qui bougeaient aux fenêtres de la petite cabane et il entendait la musique qui parvenait jusqu'à eux.

« Les gens de la ville sont en colère contre nous, dit Romona. Ils disent que nous avons tué certains des leurs. J'ai eu peur de leur apprendre ce que j'ai découvert.

— Qui a tué certains des leurs ?

— Pas les Indiens, en tout cas.

— Mais qui alors ?

— Personne n'en sait rien. »

Romona leva les yeux vers John et le fixa d'un regard vulnérable et impuissant. « A qui pouvons-nous faire confiance, John ? »

Hawks serra les poings. Au moment où ils devaient par-dessus tout défier le monde blanc, ils se trouvaient entre les mains des Blancs. La santé des Indiens déclinait de jour en jour, que pouvaient-ils faire d'autre ?

« Et les gens du gouvernement ? » demanda Romona.

Un sourire méprisant se dessina sur la bouche de Hawks. « Ce sont les derniers à qui se fier.

— Il avait l'air d'un brave type. Je l'ai vu sur son visage.

— Il nous faut un médecin. Pas un homme politique.

— Alors, accompagne-moi en ville », lui demanda instamment Romona.

Hawks baissa de nouveau les yeux vers elle. « Le docteur Pope ?

— Oui.

— Il ne nous sera d'aucune aide. »

Hawks connaissait bien Winston Pope. C'était le seul médecin du coin et il était employé par la compagnie forestière. Ses fonctions consistaient essentiellement à fournir des soins d'urgence aux bûcherons et à suivre leurs familles. Une fois par an, il faisait la tournée obligatoire des villages indiens pour vacciner les habitants, mais il s'y livrait à contrecœur et procédait aux vaccinations comme s'il s'était agi de bétail atteint de la fièvre aphteuse. A présent, les Indiens étant engagés dans un combat direct avec la société d'exploitation du bois, le Dr Pope aurait probablement encore moins de sympathie pour eux.

« Combien y a-t-il de femmes enceintes au village ? demanda Hawks.

— Deux seulement, en ce moment.

— Nous allons les emmener à Portland.

— Elles refuseront de venir.

— Il faudra que tu les convainques.

— Elles ont honte...

— Un médecin blanc ne fera pas cent vingt kilomètres depuis Portland pour examiner deux Indiennes enceintes ! »

Les criquets se turent subitement. Romona, elle aussi, eut un mouvement de recul face à la dureté que Hawks avait mise dans sa voix.

« Je ferai ce que je pourrai », dit-elle tout bas. Puis elle se leva dans l'intention de partir.

« Mona ! »

Elle s'arrêta et se retourna pour regarder John. Il avançait doucement vers elle. Une angoisse terrible se dessinait sur son visage.

« Ne me laisse pas maintenant.

— Il n'y a plus rien à ajouter.

— Je sais bien », dit-il en murmurant.

Romona le regarda, le doute à l'esprit. Il baissa la tête, car il ne savait comment s'exprimer.

« Tu sais ce que dit mon grand-père, John ? à propos des mots ? »

Il fit un signe négatif de la tête.

« Que l'homme les a inventés pour dissimuler ses sentiments. »

Lorsque Hawks leva de nouveau les yeux vers elle, son regard était embrumé.

« Je suis heureuse de constater que tu peux encore avoir peur, John, murmura-t-elle. Je craignais que tu n'aies perdu toute humanité. »

Dans l'obscurité qui les entourait, les criquets reprirent tout doucement leur chant en chœur.

« Ecoute-moi, Mag ! C'était un record mondial. Même plus qu'un record mondial. Je n'ai même jamais entendu parler d'un aussi gros saumon ! »

Robert faisait les cent pas dans la pièce principale de la

cabane tandis que Maggie était dans la cuisine à faire cuire le petit saumon que Robert avait attrapé. Robert était agité et désemparé, et il lui restait à l'esprit un grand doute qui le forçait à se demander s'il avait bien vu ce qu'il avait vu.

« Il faisait au moins un mètre cinquante de long ! s'exclama-t-il.

— Tu sais..., répliqua Maggie tout en saupoudrant de sel les deux morceaux de saumon qui grésillaient dans la poêle, c'était bien ici le pays de Paul Bunyan, n'est-ce pas ? Et son bœuf géant, Babe ?

— C'était le Maine ?

— Pour sûr !

— Ecoute, il y avait peut-être quelque chose de vrai dans cette histoire. Peut-être Paul Bunyan a-t-il *vraiment* existé. »

Maggie se mit à rire, trouvant un certain plaisir à voir son mari aussi décontenancé. Il était rassurant de le voir aussi perplexe. Cela faisait ressortir son côté enfantin.

« Ce poisson était un *géant*. Je veux dire un *monstre*. Et je crois bien qu'il y en a plus d'un comme ça.

— Tu rentreras peut-être au pays avec un trophée !

— Tu ne me crois pas.

— Je crois toujours les histoires de pêcheurs.

— Alors, selon toi, je ne sais pas exactement ce que j'ai vu ?

— Il a filé, n'est-ce pas ?

— Maggie..., dit Robert en entrant dans la cuisine, je suis sain d'esprit... et même plus, je suis un scientifique.

— Tu es un homme brillant, dit-elle en roucoulant.

— Tu ne me prends pas au sérieux.

— C'est faux ! Peux-tu me passer cette fourchette ?

— Je te le répète... je viens de voir le plus gros poisson que j'aie jamais vu de ma vie.

— Au clair de lune...

— Oui, il faisait assez sombre. »

Elle lui lança un regard malicieux tout en prenant le poisson frit. « Votre Honneur, mon client déclare avoir vu le plus gros poisson qu'il ait vu de toute sa vie. Quant au fait qu'il faisait nuit noire, cela ne change en rien son témoignage. »

Robert ne réagit plus, car il venait de s'apercevoir que

Maggie avait peut-être raison. « Tu penses que je n'ai rien vu ?

— Je suis ton avocat. Je crois tout ce que tu me dis.

— Peut-être paraissait-il plus gros dans l'obscurité, hein ?

— Votre Honneur, nous plaidons la démence passagère.

— Mais il a avalé un canard, Maggie !

— Votre Honneur, il a avalé un canard.

— Je l'ai vu, j'ai bien vu !

— Demain, essayez de l'attraper. Peut-être aura-t-il un goût de canard. »

Robert leva les mains en l'air en signe de reddition. Maggie étouffa un rire et souffla sur un morceau de poisson trop chaud, avant de le manger.

« C'était peut-être un caneton, marmonna Robert.

— Hummmmmmmm ! fit Maggie avec extase en avalant le poisson. Goûte-moi ça ! »

Elle tendit à Robert un morceau au bout d'une fourchette et le lui fit avaler. Il roula les yeux en signe d'approbation.

« De l'ambroisie !..., dit Robert dans un grognement.

— Je ne veux plus manger que ça pendant notre séjour ici. Poisson, matin, midi et soir !

— Pas de problème ! Robert saisit quelques assiettes et les posa sur la table. Il se trouve que je suis effectivement l'un des meilleurs pêcheurs du monde.

— Tu pêches et je mange ! » répondit Maggie tout en s'enveloppant la main d'une serviette pour attraper la poêle.

« Ça, c'est une véritable *entente !* »

Tandis que Maggie posait la poêle sur la table, Robert se pencha vers elle et l'embrassa dans le cou. Cela arrêta Maggie dans son mouvement.

« C'est très agréable », murmura-t-elle.

Elle se retourna vers lui et leurs regards se croisèrent, pleins d'admiration réciproque.

« J'avais oublié que ça pouvait être comme ça, dit-elle.

— Moi aussi. »

Elle était au bord des larmes et en était gênée.

« Voudriez-vous consulter notre carte des vins ? demanda Robert.

102

« — Je prendrai le même que d'habitude.
— Un château-laffitte ?
— Mogen David.
— Un Mogen David, c'est noté. »
Robert fit un tour sur lui-même pour atteindre la glacière et en sortit une bouteille de vin.
« Où as-tu pêché ça ? dit-elle en riant.
— Il était là.
— Quelqu'un l'a laissé là ?
— Avec les compliments de M. Isely, sans doute.
— Ah oui ! Vin et tarte aux cerises.
— On achète certains bureaucrates en leur offrant une Rolls-Royce pour Noël ou des vacances tous frais payés. Moi, on m'achète avec du vin et de la tarte aux cerises !
— Bof, tant pis ! dit Maggie en s'asseyant. Je n'aime pas les Rolls-Royce.
— Moi non plus !
— Servez le vin et amenez la tarte !
— Corruption, corruption... »
Maggie ricana, de même que Robert. Ils venaient d'éloigner le spectre effrayant des événements de la journée et, loin du passé ou de l'avenir, ils étaient, à ce moment précis, ravis d'être ensemble ; résolus à savourer chaque instant de la soirée.

Le dîner fut marqué par d'autres réflexions ironiques sur l'histoire de pêche de Robert et aussi par beaucoup de silences ; les époux ne se quittaient pas du regard, tout en buvant du vin. Dans la cheminée, le feu n'était plus que cendres ; les bruits de la forêt leur parvenaient de l'extérieur : le chœur des insectes nocturnes, le cri d'un faucon tournoyant dans le ciel.

Robert se cala dans son siège, observa Maggie et savoura la tranquillité de l'instant. Maggie se versa ce qu'il restait de vin et le but d'une gorgée. Puis fermant les yeux :

« *Les bois... sont beaux, sombres et profonds...* récitat-elle tout bas ; c'était son poème favori. *Et je dois tenir mes promesses...* »

Robert sourit. Les trois verres de vin qu'elle avait bus faisaient leur effet.

« *Mon petit cheval secoue les clochettes de son harnais,* poursuivit Maggie, *comme pour demander s'il n'y avait pas erreur...* » Maggie ne se rappelait pas le reste ; elle rouvrit les yeux, cherchant les mots manquants.

« Aux harnais ! dit Robert en levant son verre.

— Aux erreurs ! dit Maggie, pensive.

— Aux bois.

— Il ne faut pas oublier les bois !

— Sombres et profonds... »

Maggie leva son verre vide en l'avançant vers Robert et sourit avec tristesse. « Et aux promesses... que nous devons tenir. »

Maggie referma les yeux ; prise d'un léger vertige, euphorie ou mélancolie... Robert se leva et mit une cassette dans le magnétophone ; la cabane s'emplit de musique douce. Il s'avança vers Maggie, lui caressa les cheveux, et la prit par la main pour la conduire jusqu'au divan. Ils s'installèrent confortablement. Maggie posa sa tête sur les genoux de son mari.

« Tu veux que je te dise ? demanda-t-elle tout bas.

— Oui... !

— J'ai été fière de toi aujourd'hui. »

Il acquiesça de la tête, en se remémorant les événements. « N'était-ce pas... complètement idiot ? murmura-t-il.

— Tu as été si courageux.

— J'avais très peur !

— Ça ne se voyait pas.

— Je n'ai pas osé le montrer.

— Est-ce que la vie ne serait pas plus simple, dit Maggie d'une voix légèrement chantante, si nous n'avions pas peur de montrer que nous avons peur...

— Tu as trop bu ? demanda Robert tout bas.

— Pas assez !

— C'est vrai ?

— Toujours cette peur d'avoir peur... »

Robert sourit. Maggie était radieuse. Il lui caressa le front, puis les paupières. Elle respira profondément et se nicha contre lui.

« Cette Indienne..., murmura Maggie.

— Oui ?

— J'en étais jalouse.

— Vraiment ?

— Elle a fait preuve d'un réel courage... Se montrer

104

forte alors qu'elle avait peur... exiger ce qu'elle voulait. C'est le type de courage qui semble me manquer.

— Oh, tu sais, je crois qu'il faut beaucoup de courage pour me supporter.

— Je t'aime », répondit-elle.

Robert se pencha et l'embrassa. « Parfois... je t'aime tant, dit-elle, que j'ai envie qu'il y ait davantage de toi. »

— Eh bien, je pourrais grossir de huit ou dix kilos!

— Je veux dire... je souhaiterais qu'il y ait davantage de nous deux. »

Maggie prit conscience de ce qu'elle venait de dire. Elle ne l'avait pas fait exprès, c'était sorti, comme ça. Elle rouvrit les yeux et vit que sa petite phrase avait porté. Robert avait une expression plutôt sombre.

« Pourrions-nous en parler? demanda-t-elle tout bas.

— Tout de suite?

— Pourquoi pas?

— Tout est si parfait à cette minute précise!

— Je vois. »

Maggie sentit qu'un mur les séparait de nouveau. L'intimité était quelque chose de si éphémère, de si fragile qu'il suffisait de quelques mots pour la briser.

« Ou bien nous sommes trop éloignés l'un de l'autre... ou trop proches. C'est ça? »

Le corps de Robert s'affala sous l'effet de la fatigue et sa tête s'enfonça dans le divan. Maggie, au contraire, se releva doucement; elle était subitement prise d'une sensation de solitude.

« Juste... parler? murmura-t-elle. Est-ce que ça risque de tout gâcher?

— Tu sais ce que je pense de la question, répondit-il d'un ton triste.

— Tu veux dire au sujet de l'état dans lequel se trouve notre monde?

— Oui. »

Elle leva péniblement la main et se frotta le front. Son enthousiasme retombait. Elle avait horreur de se sentir soûle; elle aurait voulu tellement exprimer ses idées clairement. Elle s'était préparée à cette conversation de mille façons différentes et pourtant, à présent, elle ne se sentait pas prête.

« Ecoute, dit-elle tout bas, quand j'étais enfant, ma

mère me disait de tout manger dans mon assiette parce que des gosses mouraient de faim dans le monde. Je n'y comprenais rien. » Elle leva les yeux pour essayer de croiser le regard de Robert, mais il fixait la cheminée. « Et maintenant... toi, tu me dis de ne pas mettre d'enfant au monde parce qu'il y en a d'autres qui meurent de faim. Ça me paraît tout aussi absurde.

— Pas à moi.

— Qu'est-ce qui ne va pas, Rob ? demanda-t-elle avec douceur. Est-ce que tu as peur ? »

Il quitta le divan et se dirigea vers l'âtre, où il fixa les cendres encore chaudes.

« C'est ça ? reprit Maggie, tu as peur ?

— Je n'en sais rien, Maggie, murmura-t-il. Je ne sais plus rien à rien. »

Maggie retrouvait son état normal. Elle s'aperçut que c'était la première fois qu'elle voyait Robert avouer son désarroi. Pendant toutes les années passées ensemble, Maggie ne l'avait jamais vu douter de quoi que ce soit. Cela l'avait toujours remplie d'espoir. Elle observa Robert et attendit qu'il en dise davantage.

« J'ai l'impression... » Son regard sondait l'air autour de lui, comme pour trouver les mots. « ... d'avoir couru sur une piste à 150 km/heure... et d'être revenu au point de départ. » Il fixa de nouveau le feu. « Et en plus, j'étais tout seul en lice. »

Maggie était bouleversée. Elle avait conscience d'avoir écouté un aveu que Robert ne ferait partager à personne d'autre au monde.

« Puis-je *t'aider ?* » demanda Maggie en prenant son souffle et d'une voix tremblante.

Leurs regards se croisèrent et restèrent rivés l'un sur l'autre.

« Il me faut du temps », répondit-il.

Il s'approcha doucement, s'agenouilla devant elle et leva les yeux pour la regarder. « Je me suis senti si proche de toi ce soir. »

Elle acquiesça de la tête et caressa l'une des joues de Rob.

« Ne peut-on pas rester comme ça quelque temps ? demanda-t-il. Tout près l'un de l'autre ? »

Il se dégageait de Robert une tendresse telle que

Maggie ne pouvait s'empêcher de penser qu'il avait fait un pas dans sa direction. « Oui », répondit-elle tout bas. Robert posa ses lèvres sur celles de Maggie, qui se laissa étreindre ; leurs corps s'unirent d'une manière presque désespérée. Maggie posa sa tête sur l'épaule de Robert et ferma les yeux, comme pour prier. Ils voulaient tous deux profiter de cette intimité. Ils allaient avoir deux semaines à eux. Maggie attendrait jusqu'à la fin du séjour.

« On monte ? » murmura-t-elle.

Il fit oui de la tête, prit Maggie par la main et la conduisit, par l'escalier étroit, jusqu'à la soupente qui leur servait de chambre à coucher ; ils se dévêtirent et se glissèrent sous le duvet marron. La lumière tremblotante du feu de cheminée jouait sur les poutres au-dessus de leur tête, tandis que la cassette était arrivée à son terme. Désormais on n'entendait plus que leur respiration alors qu'ils commençaient à faire l'amour. Leur étreinte était intense et passionnée ; Maggie et Robert s'unirent dans un même mouvement. Maggie gémit en se sentant attirée par une force extraordinaire, puis elle cria et éclata en sanglots. Enfin, elle s'agrippa à Robert. Il lui caressa les cheveux, comme pour la consoler.

Ils retombèrent dans le silence ; Maggie observait les ombres formées par le feu et jouant au plafond, tandis que Robert s'endormit dans ses bras.

C'est Maggie qui entendit la chose la première. Un grattement faible, à peine audible, venant des lattes du plancher de la véranda. Mais ce bruit fut vite remplacé par un cognement rapide qui, après un crescendo, s'arrêta brusquement. Sentant une tension dans le corps de Maggie, Robert se réveilla. Puis le bruit se fit entendre de nouveau. A un rythme aussi rapide que des coups de foret. C'était à présent une sorte de vibration étouffée, tout près de la porte d'entrée. Maggie et Robert se redressèrent sur le lit et se mirent à écouter, le regard rempli d'une immense appréhension.

« Qu'est-ce que c'est ? dit Maggie tout bas.

Robert secoua la tête. « Est-ce que tu as sorti la torche des bagages ?

— Oui, elle est en bas. »

Robert se leva, s'enroula dans une couverture et descendit rapidement l'escalier. Il prit la torche et se dirigea vers la porte. Le bruit gagnait en intensité, devenant plus fort et plus rapide à chaque seconde. Maggie se leva à son tour et observa la scène d'en haut, tandis que son visage était illuminé par le feu de cheminée.

« Qu'est-ce que ça peut bien être ? répéta-t-elle tout bas.

— Je ne sais pas. »

Robert ouvrit le verrou et saisit la poignée de la porte. Puis il s'arrêta un instant, comme pour se donner du courage.

« N'ouvre pas », dit Maggie d'une voix aiguë.

Robert lui lança un regard avant de se retourner vers la porte. Il sentait littéralement les lattes du plancher vibrer sous ses pieds. Puis, d'un geste brusque et soudain, il ouvrit la porte ; il eut un choc qui lui coupa la respiration.

« Qu'est-ce que c'est ? » cria Maggie.

Aux pieds de Robert, se tenait un raton laveur pris de convulsions. Sa tête était tendue vers le haut, ses yeux vitreux, sa bouche pleine de bave, ses pattes griffues toutes tremblantes à l'extrémité de membres secoués jusqu'au plus profond d'eux-mêmes.

Robert leva les yeux vers Maggie.

« Qu'est-ce que c'est ? cria-t-elle de nouveau.

— C'est un...

— Attention ! » hurla Maggie subitement.

Soudain, l'animal sauta sur Rob en s'agrippant très fort à son dos.

« Mon Dieu ! hurla Maggie.

— Sacrebleu ! » cria Robert à son tour. Il tourna sur lui-même, vacilla et se livra à un ballet grotesque que Maggie observait à la lueur du feu de cheminée ; mais l'animal tenait bon et mordait Robert, poussant un grognement qui couvrait le cri de douleur de Robert.

« Rob ! »

Robert réussit à jeter sur l'animal la couverture où il s'était enveloppé ; le raton laveur tomba à terre. Mais, très rapidement, revint à la charge. Robert tenta de fuir ; l'animal parvint à s'accrocher à un genou, et mordit Robert juste au-dessous de la cuisse.

« Oh, mon Dieu ! s'exclama Maggie en sanglotant.

— Un couteau ! »

108

Maggie dévala l'escalier tandis que Robert réussissait à desserrer l'emprise de l'animal. Il le lança à travers la pièce. L'animal alla frapper un mur et retomba par terre avec un grand bruit sourd. Mais ce n'était pas fini. De la bave et du sang coulaient de la bouche du raton laveur, tandis qu'il fixait à présent Maggie, laquelle courait vers la cuisine.

« Non ! » hurla Robert. L'animal fonça à nouveau. Maggie ouvrit un tiroir d'un geste brusque et fit tomber par terre toutes sortes de couteaux et fourchettes.

« Fais attention ! » cria Robert. Maggie repéra l'animal juste à temps. Elle monta sur la table et le raton laveur vint cogner contre un petit meuble, juste au-dessous. Il chancelait à présent, mais cherchait encore une cible. Rob lança un cri en direction de l'animal pour essayer d'attirer son attention ; le raton laveur se retourna effectivement vers lui et se précipita sur Robert dans un accès de fureur extraordinaire. Robert courut vers le mur, au fond de la pièce, se heurta à une pagaie qui tomba par terre avec fracas. Puis, tandis que l'animal fonçait sur lui, Robert se saisit de la pagaie dont il frappa le raton laveur en plein estomac ; le choc dégagea un petit nuage de poussière, puis l'animal s'agrippa très fermement à la pagaie et grimpa vers Robert, alors que celui-ci tentait de le rejeter vers le feu. La pagaie frappa contre la cheminée en pierre, l'animal fut projeté en l'air et retomba tout droit dans les flammes.

Il sauta une dernière fois en l'air, telle une boule de feu. Maggie hurla. Et puis, soudain, tout redevint calme. L'animal se consumait dans les flammes, les quatre pattes en l'air.

Robert était toujours debout, le corps ensanglanté. Et Maggie était recroquevillée sur la petite table de cuisine ; elle sanglotait.

8

Avec la venue du printemps, le jour se levait tôt. Les cris insolites des plongeons commençaient à se faire entendre dans l'obscurité et marquaient la transition entre la nuit et l'aube.

Dans le silence de la cabane, Robert frissonna en les entendant. Ses mains étaient moites et le manche du couteau de boucher qu'il tenait était collé à ses doigts. Robert examinait le cerveau du raton laveur ; l'organe était éparpillé en petits morceaux sur la table de cuisine, toute tachée de sang.

Robert avait vu plus d'un cas de rage et effectué une centaine d'examens histologiques du cerveau sur des rats, des chats ou des chiens pris dans les taudis. Mais, dans cette cabane, Robert n'avait ni microscope ni scalpel et disposait seulement d'un couteau de boucher et d'une loupe. En fait, les signes qu'il recherchait pouvaient apparaître à l'œil nu.

Le spectacle que Robert avait sous les yeux était à la fois un soulagement et un mystère. Quelle que fût la nature de la maladie du raton laveur, il ne s'agissait pas de la rage. Mais c'était quelque chose que Robert n'avait jamais vu. Les tissus du cerveau avaient perdu toute consistance et s'étaient tout simplement transformés en bouillie.

Robert enveloppa les restes de l'animal dans un journal, mais en mit de côté un petit morceau — pas plus gros qu'une pièce de monnaie — qu'il plaça dans un bocal hermétiquement fermé. Puis Robert sortit, muni de son paquet taché de sang, et le déposa dans une poubelle, près de la véranda. Robert comptait l'enterrer plus tard. Il savait que l'odeur pourrait attirer les ours.

Robert regarda vers le lac, dont les contours se dessinaient au fur et à mesure que le jour apparaissait. La brume se levait, créant un léger nuage de vapeur qui cachait la rive. Robert se frotta les yeux et retourna à l'intérieur de la cabane ; il referma la porte doucement après lui et leva les yeux vers la soupente.

Tout était calme. Dans les quelques heures qui avaient suivi l'attaque de l'animal, Maggie avait été si ébranlée que Robert l'avait forcée à prendre du valium pour s'endormir. Il s'était assis près d'elle, sur le lit, jusqu'à ce que le sommeil la gagnât complètement. Juste avant de s'endormir, Maggie avait marmonné à Robert qu'elle voulait quitter cet endroit.

« Ce lieu nous est hostile », avait-elle dit.

Robert ressentait exactement la même chose. Il régnait une atmosphère étrange. D'abord la flambée de violence lors du barrage, puis l'énorme saumon et enfin l'attaque du raton laveur. Dans le bref laps de temps qu'ils avaient passé en ces lieux, tout n'avait été qu'agression.

Mais, bien qu'il partageât avec Maggie cette sensation de malaise, Robert luttait contre l'envie de partir. Il avait une tâche à accomplir. Et le plus rapidement possible. L'étude à laquelle il devait se livrer exigeait la collecte d'échantillons du sol, des photos et une visite à la scierie. S'il y travaillait sans discontinuer, il pourrait avoir fini d'ici cinq ou six jours.

Robert s'approcha du magnétophone, y glissa une cassette vierge, puis transporta l'appareil jusqu'au divan où il s'assit ; Robert rapprocha au maximum le micro de sa bouche, de manière à pouvoir parler tout bas et à ne pas réveiller Maggie.

« 30 mai... » dit Robert en commençant à enregistrer. Puis il s'arrêta pour regarder l'heure. « Cinq heures du matin. Histologie du cerveau. Raton laveur. » Robert fit revenir la bande en arrière et l'écouta aussitôt pour s'assurer que l'enregistrement avait bien fonctionné. Puis il poursuivit. « Atrophie corticale à l'extrémité antérieure du tissu calcaire... atteignant profondément les lobes latéraux... et affectant l'hypothalamus et les ganglions à la base. Stries complètement disparues... absence totale du cervelet. » Robert arrêta l'appareil, puis le fit repartir. « Cause des lésions... inconnue. »

L'enregistrement terminé, il ferma les yeux. Tandis qu'il s'enfonçait dans le sommeil, seul le cri dément des plongeons parvenait encore à ses oreilles.

Au moment même où Robert Vern s'endormait, une famille de campeurs s'éveillait. Un jeune garçon de dix ans et une fillette de douze commençaient à s'étirer dans leur sac de couchage, tandis que leur père était déjà levé et actif : il allumait un petit feu pour le petit déjeuner.

Dans la forêt, Travis Nelson se sentait chez lui. Il était né et avait été élevé dans le New Hampshire ; son père avait été lui-même un homme des grands espaces qui lui avait tout appris, depuis les champignons comestibles jusqu'à la pose de pièges à lapins. Il avait été à bonne école. Même si sa vie l'avait personnellement éloigné de la nature sauvage, Travis se sentait toujours rassuré à l'idée qu'il était capable de survivre dans des conditions primitives. Et à présent, il ne souhaitait qu'une chose : transmettre ce savoir à ses propres enfants.

Travis Nelson exerçait le métier de professeur d'histoire, dans un lycée d'Etat du Massachussetts. Mais pendant ses loisirs, il devenait pilote patenté. Durant des années, il avait réuni ses faibles économies d'enseignant pour s'acheter un Cherokee à un moteur. Il avait effectué son baptême de l'air dans cet appareil pas plus tard que la veille, de Boston à Manatee. C'étaient, de plus, les premières vraies vacances qu'il passait en famille. Il avait attendu de pouvoir les financer et que ses enfants aient un âge suffisamment avancé pour pouvoir assimiler ce qu'il allait leur apprendre. Paul, dix ans, était déjà un aventurier né et sa sœur Kathleen, douze ans, était résolue à être aussi coriace que son frère ; Jeanine, la femme de Travis, était prête à tout. Une seule chose l'avait troublée : les paroles d'un garde forestier, qui les avait avertis, alors qu'ils pénétraient dans la forêt, qu'ils entraient dans la Zone sauvage de Manatee à leurs risques et périls. Des gens s'y étaient perdus, avait-il ajouté, et les autorités « avaient ouvert une enquête ».

Travis se souvint du « chien de chasse volant » qu'ils avaient vu en arrivant à l'aéroport de Manatee ; cela faisait certainement partie de l' « enquête ». Mais pour sa part, il n'éprouvait aucune crainte. Il savait ouvrir une piste et se diriger à la boussole et il savait également qu'un feu de bois suffisait à éloigner les ours, la nuit.

« Papa ? »

Le visage de son fils Paul lui apparut par une ouverture étroite, tout en haut de la fermeture Eclair de son sac de couchage. Paul avait dormi complètement à l'intérieur, comme une chenille dans son cocon, pour se protéger des moustiques.

« Je crois que je les entends..., dit le jeune garçon tout bas,... les chutes d'eau. »

Travis sourit. « C'est quand même à deux jours d'ici.

— Mais qu'est-ce que j'entends alors ?

— Le vent dans les arbres. »

Le jeune garçon roula sur son dos, entraînant tout le sac de couchage avec lui.

« Est-ce qu'il va pleuvoir ? demanda-t-il, en regardant le ciel.

— Vaudrait mieux pas !

— Est-ce que nous ferons ce que tu avais dit ? Dormir tout seuls une nuit ?

— Tu t'en crois capable ?

— C'est un peu effrayant !

— Il n'y a rien à craindre !

— Est-ce que Kathleen va vouloir le faire ?

— Je ne sais pas.

— Si elle en est capable, elle, j'en suis capable moi aussi ! »

Le visage de Kathleen apparut hors de l'autre sac de couchage. « Chiche !

— D'accord, reprit Paul.

— Eh bien, je suppose qu'on le fera, alors. » Travis sourit.

« Et si nous roulons en bas de la falaise ? demanda Kathleen.

— Nous n'allons pas dormir près de la falaise.

— On devrait peut-être dormir au pied des chutes plutôt qu'au sommet, reprit Kathleen.

— Peut-être. On verra bien. »

Paul se mit à genoux à l'intérieur de son sac de couchage et s'avança ainsi jusqu'au feu. « Je n'arrive pas à défaire ça », dit-il en tirant sur la fermeture Eclair de l'intérieur. Son père attrapa la fermeture sous le menton de Paul et l'ouvrit d'un coup sec.

« Je trouve que nous devrions vivre comme les Indiens dit Paul en sortant du sac de couchage. Se nourrir de ce qu'on trouve dans la nature.

— C'est une bonne idée, répondit le père. J'ai justement trouvé un peu de bacon pendant la nuit !

— Comment tu as fait ? interrogea Kathleen.

— C'est une blague, espèce d'idiote ! s'exclama Paul.

— Je sais bien, idiot ! reprit Kathleen d'un ton las. Moi aussi, je plaisantais !

— Ah ! »

Travis étouffa un rire tout en plaçant les tranches de bacon sur le feu. Il avait préparé ces vacances depuis plus d'un an et il sentait qu'elles allaient satisfaire toutes ses espérances.

Robert Vern s'était réveillé vers midi et avait commencé son étude sans tarder. Maggie était encore paniquée ; elle avait peur de rester seule dans la cabane ; elle accompagna donc son mari dans la forêt et l'observa pendant qu'il prenait des échantillons du sol. Il les mettait dans de petites fioles qui tintaient dans les poches de sa veste lorsqu'il marchait. C'était le seul bruit ambiant, tandis qu'ils se déplaçaient à travers les arbres. Le temps était très couvert ; le brouillard matinal ne s'était pas levé, ce qui avait créé une humidité oppressante et une atmosphère très lourde. L'humidité était accrochée à l'épais tapis de fougères qui se déroulait au

114

sol, si bien que les pantalons de Robert et de Maggie étaient trempés jusqu'à hauteur de cuisse.

« Regarde », dit Rob en montrant du doigt la cime des arbres.

Maggie suivit son geste et aperçut quelque chose qui ressemblait à un toit de bardeaux et qui dépassait du sommet des arbres, à environ huit cents mètres de là.

« On dirait une petite maison dans les arbres, dit-elle.

— C'est un poste de garde forestier. Je crois que je pourrai prendre de bonnes photos de là-haut. »

Puis Robert tendit une main à Maggie, qui l'attrapa ; Robert avait subitement ressenti une tension dans les doigts.

« Qu'est-ce qui ne va pas ? »

Maggie regarda droit devant elle, dans la forêt.

« Qu'est-ce qui ne va pas ? répéta Rob.

— Je ne sais pas... »

Robert lui fit un sourire rassurant et recommença à marcher. Puis il s'arrêta net et regarda également la forêt, droit devant. Ils restèrent tous deux figés sur place.

« Tu entends quelque chose ? demanda-t-il.

— Il y a quelque chose là », répondit Maggie, haletante.

Une ramille se cassa dans le feuillage, juste devant eux ; Maggie ferma les yeux. Sa respiration se fit de nouveau haletante lorsque le bruit se reproduisit.

« Ouvre les yeux », dit Rob tout bas, et d'une voix angoissée.

A vingt mètres d'eux, un daim majestueux sortait des fourrés. Puis l'animal s'arrêta et resta aussi immobile qu'une statue, les bois dressés bien haut ; il donnait une impression extraordinaire de puissance et de dignité.

« Quel spectacle... », murmura Robert.

Maggie avait déjà vu des daims, mais de loin ou dans des cages de zoo. Mais en voir un aussi près... Maggie comprit pour la première fois le sens profond du mot « sauvage ». Elle se sentit minuscule et vulnérable, tel un intrus dans le domaine d'un roi.

« Jamais... jamais, murmura Rob, je n'ai vu quelque chose d'aussi beau. »

L'animal tourna la tête avec une majesté remarquable, puis il fit demi-tour et s'éloigna. Mais sa puissance et sa dignité s'évanouirent rapidement : la bête tomba sur ses pattes de devant, son arrière-train affaibli traînant dans la boue. L'une des deux pattes de derrière avait été presque sectionnée, mais la lésion était en partie guérie, ce qui avait fait du daim un infirme à vie.

« Rien n'est conforme aux apparences, n'est-ce pas, Robert ? dit Maggie. Rien n'est aussi beau qu'on le voudrait. »

Robert serrait très fort la main de sa femme, tandis qu'ils poursuivaient leur pénible randonnée. Une demi-heure plus tard, ils avaient atteint le poste du garde forestier.

Il se trouvait dans une petite clairière surplombant le lac. C'était une petite cabane en bois de séquoia et reposant sur un échafaudage d'une quinzaine de mètres de hauteur ; un escalier étroit se dressait tout droit du sol jusqu'au sommet, telle une échelle.

« Il y a quelqu'un là-haut ? » cria Robert.

Aucune réponse.

« Oh, oh ! » cria de nouveau Robert.

Toujours pas de réponse. Rob repéra une corde suspendue à la porte, tout en haut, et lestée par un rocher. Il tira dessus et une cloche sonna. Le son en était aigu, comme celui d'une clochette annonçant que le repas est prêt. Rob tira une nouvelle fois et attendit en silence.

« On dirait qu'il n'y a personne à la maison ! dit Maggie.

— En principe, ces tours ne sont jamais désertes. C'est de là qu'on surveille la forêt, pour voir s'il n'y a pas d'incendies.

— Peut-être dort-il.

— Je voudrais prendre des photos de là-haut. »

Robert commença à monter, suivi de Maggie. L'escalier était plus haut qu'il n'en avait l'air ; Maggie commença à avoir la nausée. Elle s'arrêta à mi-chemin et ferma les yeux.

« Rob... ? »

Robert s'arrêta à son tour et se retourna vers Maggie.

« J'ai le vertige », dit-elle.

Rob redescendit quelques marches et prit Maggie par la main. « Est-ce bien là la dame qui voulait escalader le Mont McKinley il y a un an ?

116

— Cette année, ce n'est plus pareil.

— Tu n'es pas en forme, c'est tout. »

Maggie le regarda droit dans les yeux. « Non, je crois que c'est plus compliqué que ça. » Elle allait en dire plus lorsqu'ils furent subitement interrompus par le son d'une voix venant d'en haut.

« Vous autres, redescendez ! Vous n'avez pas le droit de monter ici ! »

Le visage du garde forestier apparut par une petite fenêtre. C'était un homme d'une soixantaine d'années, aux traits épais, à la peau dure et ayant un air de bouledogue renfrogné.

« Allons, descendez de là !

— Euh... excusez-moi, nous venons de...

— Je me fiche d'où vous venez. Je n'ai pas l'intention de vous dire d'où je viens, moi, alors vous pouvez garder ça pour vous. »

Rob et Maggie échangèrent un long regard.

« Il ressemble au chien de chasse, murmura Maggie.

— Allons, fichez le camp !

— Je suis un employé du gouvernement », cria Robert.

Le garde forestier fut visiblement secoué.

« Le gouvernement ?

— Oui, monsieur.

— Je travaille pour le gouvernement, moi aussi.

— J'aimerais prendre quelques photos. Ça ne prendra que quelques minutes. »

Le garde forestier sourit, ce qui fit apparaître quelques brindilles de tabac sur ses lèvres. « Montez, cher collègue !

— Il a l'air cinglé, dit Maggie tout bas.

— Tu vas t'en sortir ? lui demanda Robert.

— Donne-moi la main.

— Content que vous soyez là ! dit le garde. Il était grand temps ! Je m'appelle Laiken.

— Merci », marmonna Rob tout en passant le seuil et en entraînant Maggie derrière lui.

« Vous autres du gouvernement, vous vous tenez tout le temps par la main ? » dit Laiken en souriant et en refermant la porte derrière eux.

« Je vous présente ma femme.

— Elle est superbe !

— Merci, dit Maggie.

— Ma femme aussi était une vraie beauté. Même plus belle que tous les gens présents dans cette pièce ! »

Maggie se mit à rire, ne sachant pas quoi dire.

« Vous voulez voir sa photo ?

— Bien sûr », dit Maggie.

Ils étaient tous deux surpris par cette soudaine familiarité et sentaient qu'il y avait quelque chose de bizarre dans ce lieu. Un rapide coup d'œil sur les conditions de vie du bonhomme renseignèrent Rob. Le petit enclos de verre et de séquoia était jonché de vêtements froissés et de magazines usés jusqu'à la corde ; des boîtes de conserve vides et des bouteilles d'alcool étaient jetées dans un coin. L'atmosphère était pleine d'une puanteur envahissante. C'était une odeur que Robert connaissait. Celle de l'urémie. Celle des alcooliques qui en sont à un tel point d'intoxication que leur foie n'élimine plus les toxines. Les yeux du garde forestier n'avaient plus leur couleur normale. Autre signe d'alcoolisme et de troubles hépatiques. Cet homme était dans un état de détérioration physique et mentale avancé.

Tandis que le garde fouillait sur une étagère encombrée, pour retrouver la photo de sa femme, Robert et Maggie remarquèrent qu'il avait une main recouverte d'un pansement mal fait, consistant en de vieux chiffons et un morceau de coton taché de sang. D'après la couleur du sang, Rob pensa que la blessure était encore fraîche et qu'elle ne tarderait pas à s'infecter en raison du pansement peu hygiénique.

« Qu'est-ce que vous dites de ça ? » demanda le garde forestier en leur tendant la photo qu'il venait de retrouver. Le cliché était très vieux et abîmé et la femme en question à peine visible.

« C'est votre femme ? demanda Maggie

— Que Dieu la bénisse !

— Elle est très jolie.

— Plus maintenant. »

Maggie ne put s'empêcher de rire. « Oui, probablement, ajouta-t-elle.

— Non..., plus maintenant », répéta le garde en fixant la photo.

118

Après un instant de silence, il la replaça tristement sur l'étagère.

« Ça ne vous dérange pas si je prends quelques photos ? demanda Robert.

« Non, faites comme chez vous. Vous voulez que je sourie ?

— Pardon ?

— Pour la photo ! »

Rob étouffa un rire. « Oh, euh... non, non, je veux juste prendre quelques clichés des arbres. »

Le garde forestier sourit, comme s'il partageait un secret avec eux.

« Je m'assois ici..., dit-il en prenant un fauteuil à bascule, en attendant que vous soyez prêts à m'interroger. »

Rob le regarda d'un air incertain, puis commença à prendre des photos, tandis que Maggie examinait nonchalamment l'étagère en désordre ; elle essayait de s'occuper.

« Alors, vous autres, vous venez de Washington, dit le garde forestier.

— Hum hum, répliqua Robert. Est-ce que c'est le fleuve Espee, là-bas ?

— Y' en a qu'un par ici !

— Alors, cette cheminée, ça doit être la fabrique de papier ?

— Vous êtes du FBI ?

— Le FBI ? rétorqua Rob, surpris.

— Ouais ! Vous êtes du FBI ?

— Non, de l'APE.

— FBI, APE, c'est du pareil au même. »

Robert sourit et secoua la tête ; puis il fixa un téléobjectif à son appareil et prit la cheminée qui se dressait au-dessus des arbres, au loin, sur la rive du fleuve Espee. La fabrique de papier était beaucoup plus grande qu'il ne se l'était imaginé. Elle avait l'air d'une énorme usine. Les tubulures de métal et les réservoirs qui entouraient les bâtiments comme un serpent étaient flambant neufs et scintillants.

« Je savais bien que vous ne tarderiez pas à venir par ici, dit le garde.

— C'est vrai ? répliqua Robert.

— Faut rassembler les faits, n'est-ce pas ?

— Eh oui !

— Oui, chef ! C'est ce qu'il faut faire lorsque des gens se font assassiner. »

Rob se retourna et lança un regard au garde ; il vit que Maggie le regardait aussi.

« N'est-ce pas ? reprit le garde.

— Qu'est-ce que vous voulez dire ? demanda Rob.

— Eux, les bûcherons. Ceux qui se sont fait tuer... Moi, je suis innocent et je suis prêt à répondre à tout ce que vous voudrez. »

Robert et Maggie échangèrent un regard. Ils voyaient enfin où le garde voulait en venir.

« Dès que vous serez prêt à m'interroger..., dit le garde forestier, je serai heureux de vous répondre. J'ai déjà dit tout ce que je savais au shérif, mais il n'a pas eu l'air de me croire.

— Vraiment ?

— Il a dit que j'étais soûl. Vous pensez que je suis soûl ?

— Je n'en sais rien, répondit Rob. Est-ce que vous l'êtes ?

— Je bois un peu, mais je sais bien ce que j'ai vu. »

Maggie commença à s'intéresser à ses propos et, en s'asseyant près du garde, lui demanda : « Qu'est-ce que vous avez vu ?

— Je lui ai dit que je soutiendrai ça même devant un détecteur de mensonges, et je vous le répète à vous.

— Je vous croirai, dit Maggie pour le rassurer. Qu'est-ce que vous avez vu ? »

Le garde la regarda en souriant. « Ma voix vous semble bizarre ? demanda-t-il.

— Non.

— A moi si. Elle résonne dans ma tête. C'est peut-être mes oreilles et pas ma voix. »

Maggie était très intriguée.

« Ou peut-être ma main, reprit le garde en montrant sa main pansée.

— Qu'est-ce qui est arrivé à votre main ? demanda Maggie.

— Je ne m'étais même pas aperçu que j'avais été mordu avant de voir le sang.

120

— Vous avez été mordu ? »

Le garde acquiesça de la tête et tira de sa poche un morceau de papier tout froissé. « Vous aimez la poésie ? demanda-t-il. Je me suis écrit un petit poème. »

Maggie regarda Rob. La situation commençait à lui échapper complètement.

« Qu'est-ce qui a mordu votre main ? » demanda Rob à son tour, tout en replaçant l'appareil photo dans son étui.

Mais le garde ignora Robert et fit un geste à Maggie avec le bout de papier tout déchiré. « Allez-y, prenez-le. C'est tout en rimes. Ça rime bien. » Maggie prit le papier en hésitant.

« Peut-être vous pourriez le faire passer dans *Playboy* », dit le garde. Puis il éclata d'un rire entrecoupé de râles et de toussotements ; en même temps, il se tapait sur les cuisses. Maggie l'observa avec pitié. De toute évidence, cet homme avait l'esprit dérangé.

« Vous permettez que je jette un coup d'œil à votre main ? demanda Rob. Je suis médecin.

— Vraiment ? dit le garde, tout surpris.

— Hum hum.

— Eh bien, diable ! » s'exclama le garde avant d'éclater de rire de nouveau.

Rob prit une chaise à dossier dur, puis ouvrit le pansement du garde. C'était une morsure d'animal, les marques d'incisives étant très nettement visibles sur la peau boursouflée.

« Qu'est-ce qui vous a fait ça ? demanda Robert.

— Lui, là », répondit le garde en faisant un signe de tête vers le coin de la pièce. A l'endroit qu'il indiquait se tenait un cadavre de chat, au milieu d'un tas d'ordures. Maggie en eut le souffle coupé et ferma rapidement les yeux.

« Il vient de mourir, hier soir, dit le garde. Il m'a mordu et puis il est mort. Je ne m'étais même pas aperçu de la morsure jusqu'à ce que j'aie vu le sang. »

Rob se leva et alla voir le corps du chat. Il y avait encore de la salive sèche autour de sa bouche.

« On part ? » demanda Maggie calmement.

Rob s'agenouilla et prit le chat crevé. Il était tout raide, son corps courbé dans une posture grotesque, comme s'il était mort d'une mauvaise crampe dans le dos.

« Est-ce que je peux vous en débarrasser ? » demanda Robert au garde forestier.

« Je ne sais pas pourquoi il m'a sauté dessus », dit le garde. Il y avait de la tristesse dans sa voix, à présent. « J'ai toujours été bon avec lui.

— J'aimerais l'examiner.

— On prenait toujours nos repas ensemble, poursuivait le garde. Il préférait le poisson. Bien cuit ! C'était un drôle de chat, hein... ? » Le garde commençait à avoir les yeux larmoyants et il leur tourna rapidement le dos. Maggie l'observa en silence d'un regard compatissant.

« Vous devriez tremper votre main dans l'eau tiède », dit Rob.

Le garde forestier acquiesça de la tête et se mit à pleurer.

Robert fit signe à Maggie de se diriger vers la porte, mais elle hésitait à laisser l'individu dans cet état-là. Puis, finalement, elle se leva.

« Nous reviendrons, d'accord ? dit-elle au garde. Nous reviendrons avant de quitter la région.

— Vous l'enterrez bien profond, hein ? reprit le garde tout en continuant à sangloter. Je ne veux pas que la chose le mange. »

Rob et Maggie échangèrent un regard intrigué, puis quittèrent la pièce.

Ils restèrent muets un moment, sur le seuil étroit, attristés qu'ils étaient par la misère qu'ils venaient de voir.

Une brise s'était levée et faisait des rides sur la surface du lac ; le bout de papier déchiré que le garde avait donné à Maggie frémit au vent tandis qu'elle le dépliait et essayait de déchiffrer le gribouillis d'enfant.

« Trois... petits... promeneurs, lut-elle à voix haute.

— Projecteurs, corrigea Robert après avoir jeté un coup d'œil par-dessus l'épaule de Maggie.

— Projecteurs...., poursuivit-elle, éclatants de lumière. Se sont tous éteints dans un *terrible* combat. » Maggie s'arrêta un instant, regarda Rob, puis continua. « L'ai vu près du lac le lendemain... aussi gros qu'un dragon... avec des ailes... grises.

— C'est tout ? demanda Rob.

— Le reste est barré. »

Leurs regards se croisèrent mais Rob et Maggie ne disaient rien.

« Ça te dit quelque chose ? » demanda Maggie.

Rob réfléchit une minute puis haussa les épaules.

« Aussi gros qu'un dragon ? »

Il secoua lentement la tête.

« C'est son job, à cet homme-là, de rester assis à surveiller la forêt, dit Maggie. C'est ce que tu m'as dit. Il est censé être là jour et nuit. »

Rob la regarda et sourit.

« Ce poème raconte ce qu'il a vu.

— C'est un ivrogne invétéré, Maggie. Ce qu'il croit voir, ce sont des hallucinations.

— Aussi gros qu'un dragon ? Mais c'est ce qu'Isely avait dit à l'aéroport.

— Ecoute, si tu étais tout le temps aussi soûle que cet homme, tu verrais des dragons, toi aussi. »

Maggie pensa à ce que Rob venait de dire et acquiesça. Elle fit une grimace, comme si elle se sentait subitement stupide.

« Cet endroit ne te réussit pas, dit Rob en la prenant par la main et en commençant à descendre.

— Je crois que tu as raison.

— Je le crains en effet.

— Et si on allait pêcher ? Occupons-nous de nos affaires pour une fois ! »

Ils descendirent prudemment l'escalier étroit ; Rob tenait Maggie d'une main pour la rassurer et, de l'autre, il tenait la carcasse raidie du chat. En faisant le chemin du retour, dans la forêt, ils sentirent de l'orage dans l'air. Il y eut un grondement de tonnerre qui venait d'un groupe de nuages pesant très bas sur les montagnes lointaines.

Aux premières gouttes de pluie, la famille de campeurs — Travis Nelson, sa femme et leurs enfants — décidèrent de dresser les tentes et d'attendre que l'orage passe. Le temps allait retarder leur randonnée jusqu'aux chutes, mais d'un autre côté, il aurait été trop difficile de grimper jusqu'au sommet de la colline sur un sol trempé. Ils installèrent leur camp sur la rive du lac Mary, en espérant que la pluie aurait cessé au matin.

Mais cet espoir se révéla vain. Les nuages qui s'étaient accumulés au-dessus de cette partie de la forêt restaient rivés sur ces lieux déserts comme un couvercle ; il en tombait des trombes d'eau apparemment inépuisables. En deux jours, de nouveaux bourgeons étaient sortis de terre ; les branches des arbres jusqu'alors dénudées s'ornaient d'un léger feuillage de printemps. Les animaux de la forêt s'abritèrent pendant les pluies, se résignant à ne pas manger pendant quelque temps, sûrs qu'ils étaient de retrouver une nourriture abondante après le déluge. En effet, la pluie absorbée par la terre assoiffée allait hydrater des graines encore assoupies et apporterait ainsi un moyen de subsistance aux petites créatures vivant de la végétation ; et ces êtres, à leur tour, constitueraient la nourriture des carnivores. La chaîne alimentaire qui partait des champignons microscopiques aboutissait aux plus grands des prédateurs ; l'ours qui mangeait un daim consommait en fait des hectares de végétation qui avaient permis au daim d'atteindre l'âge adulte.

Au milieu des arbres battus par la pluie et le vent, une seule créature s'activait encore : Robert Vern. Maggie était de plus en plus nerveuse, ne supportant pas l'isolement auquel les pluies les tenaient. Robert, lui, voulait terminer son travail le plus vite possible.

L'examen histologique du cerveau auquel il s'était livré sur le cadavre du chat n'avait pas été concluant. Il y avait de toute évidence des lésions, qui rappelaient celles observées sur le raton laveur, mais le laps de temps qui s'était écoulé entre la mort de l'animal et le moment où Robert l'avait examiné avait, de toute manière, provoqué l'atrophie des cellules. Un examen dans les règles exigeait un matériel élaboré ; dès que la pluie cesserait, Robert enverrait au laboratoire de Washington des échantillons des tissus du chat et du raton laveur.

En ce qui concernait l'étude écologique de Robert, la pluie fournissait à elle seule des réponses importantes. Le sol était fondamentalement argileux et absorbait par conséquent d'importantes quantités d'eau. Si les arbres devaient être abattus, la terre serait privée des racines qui absorbaient avidement l'excès d'eau, et le sol serait plus que saturé. De plus, cela noierait les nouveaux plants et au bout de dix ans la forêt serait un immense désert écologique.

Il existait, certes, des moyens artificiels de préserver les nouveaux plants. On pouvait les cultiver isolément, dans un milieu sous contrôle puis les replanter une fois qu'ils auraient atteint un état de stabilité. Il aurait fallu que les Papeteries Pitney fussent prêtes à s'engager dans ce type d'entreprise coûteuse en temps et en argent pour annuler les conséquences immédiates de leur politique. Mais c'était là le type de promesses faciles à faire et impossibles à tenir. La société d'exploitation du bois pouvait très bien en accepter le principe puis manquer à ses obligations. Qui plus est, l'agence pour la protection de l'environnement n'avait pas les moyens financiers de surveiller de manière constante l'application de tels accords.

Rob avait déjà lu un certain nombre de choses sur la duplicité des sociétés d'exploitation du bois. Le budget publicitaire d'une seule d'entre elles égalait probablement l'ensemble des fonds qui permettaient à l'agence et à ses employés de vivre pendant toute une année fiscale. Les messages des sociétés d'exploitation du bois destinés au grand public étaient clairs : leurs films publicitaires, à la télévision, et leurs brochures d'information cherchaient à convaincre le citoyen que telle ou telle société reboisait aussi vite qu'elle déboisait ; mais l'arithmétique la plus simple permettait, même à un enfant, de voir que cette affirmation était fausse. Il faut en effet cinquante secondes pour abattre un arbre mais cinquante ans ou plus pour en faire pousser un.

Maggie, elle, était devenue claustrophobe ; seule la musique la soulageait. Dans son désir d'accomplir sa tâche le plus vite possible, Robert s'était laissé absorber par ses recherches ; il déambulait dans l'île le jour et se plongeait dans ses lectures et la rédaction de son rapport la nuit. Maggie avait lu tous les vieux magazines qui traînaient dans la cabane, joué au Scrabble toute seule jusqu'à s'en dégoûter et essayé toutes les façons possibles de cuisiner les saumons que Robert pêchait quotidiennement dans le lac. Leur stock de conserves s'épuisait, si bien qu'ils se nourrissaient essentiellement de poisson. Le régime alimentaire était aussi monotone que le reste de leur existence.

Au troisième jour de pluie, ils se risquèrent à faire la traversée en bateau de l'île jusqu'à la rive, mais découvrirent que la route conduisant à la ville avait été endommagée par les intempéries. La ville était à une quinzaine de kilomètres et, bien que Robert et Maggie eussent grand besoin de vivres, ils craignaient de rester bloqués en chemin. Ils retournèrent donc à la cabane en espérant que le soleil réapparaîtrait le matin suivant.

Pour John Hawks et Romona Peters, la pluie apportait un soulagement bienvenu. Ils avaient dressé une tente au cœur de la forêt et étaient restés enlacés pendant trois jours et trois nuits. En raison du déluge, l'exploitation du bois était interrompue ; Hawks n'avait pas à envisager la terrifiante perspective d'un nouveau barrage routier. Comme si la nature était intervenue pour arrêter l'escalade catastrophique des événements...

Romona avait parlé aux deux femmes enceintes, au village indien, mais elles avaient refusé tout net de l'accompagner pour voir un médecin à Portland. A présent, il n'y avait plus qu'à attendre. Si l'un des deux enfants mis au monde par ces femmes était difforme, Romona les emmènerait, mortes ou vives, pour leur faire subir un examen chez quiconque pourrait expliquer le phénomène. Pour le moment, tout ce que Romona pouvait faire, c'était se laisser bercer par le grondement du tonnerre.

La pluie, cependant, semblait avoir provoqué une nouvelle épidémie de « katahnas ». Les Indiens du village avaient profité du premier jour de pluie pour vider leurs filets de pêche surchargés de saumons dont ils avaient fumé les carcasses. Les deux semaines précédentes, les Indiens avaient vécu de conserves, de peur de se rendre jusqu'au fleuve et de s'y trouver face à face avec des habitants du village ou des bûcherons.

A présent, trois hommes étaient sous l'emprise de la « possession » et tremblaient de fièvre tandis que le vent glacé balayait le campement indien plongé dans le silence.

Romona et Hawks furent informés de la nouvelle offensive des « katahnas » au soir du troisième jour de pluie ; ils se rendirent au village pour enquêter. Ils allèrent au chevet de chacun des trois hommes ; ils avaient tous trois des hallucinations et d'horribles frayeurs. Hawks fut décontenancé et saisit pour la première fois la gravité de la mystérieuse maladie. Les « katahnas » frappaient sans avertir et rien ne semblait indiquer pourquoi ou quand elles frappaient.

En rentrant à leur campement, Romona et Hawks furent pris d'une sensation d'échec. Comme si la forêt elle-même s'était retournée contre eux.

Dans le calme de la nuit, un hibou ulula au-dessus de leurs têtes puis s'envola ; Romona et John restèrent à l'observer tandis que les ailes puissantes de l'oiseau le portaient vers le cercle lumineux de la lune. Les nuages s'étaient dissipés et la pluie avait cessé. Romona et Hawks savaient qu'au matin, leur combat reprendrait.

Mais la trêve ne dura même pas jusqu'au lever du soleil. Les deux jeunes gens furent réveillés dans la nuit par le bruit d'une camionnette dont le moteur grondait, tandis qu'elle s'approchait d'eux, en pleine forêt.

Hawks sortit de la tente et ses yeux furent éblouis par un projecteur. Puis il aperçut trois silhouettes d'hommes qui approchaient ; ils étaient armés de fusils.

« Vous êtes John Hawks ?

— Oui. »

Hawks, la main en visière, vit que les trois hommes portaient des vêtements de bûcheron ; celui du milieu était apparemment le chef. Il avait un gobelet de plastique à la main.

« Y'a quelqu'un dans cette tente ? demanda-t-il.

— Non.

— Alors, on peut tirer dessus... »

L'un des hommes arma rapidement son fusil.

« Attendez !

— Dites-lui de sortir. »

Romona apparut et ses yeux effrayés rencontrèrent immédiatement la lumière des trois projecteurs.

« Eh bien, voyez-vous ça ! marmonna l'un des hommes.

— Je m'appelle Romona Peters. Je suis la petite-fille d'Hector M'rai. »

Elle se tenait très raide, la tête bien droite et seul un petit tremblement au menton trahissait sa peur.

127

« Qu'est-ce que vous voulez ? demanda Hawks.

— Tournez-vous ! »

Hawks ne bougea pas.

« J'ai dit : Tournez-vous !

— Pourquoi ?

— Je veux vérifier que vous ne cachez pas d'armes. J'ai entendu dire que vous aviez une sale petite hache !

— Je ne me tournerai pas. »

L'un des fusils monta lentement à l'horizontale.

« *Tournez-vous !*

— Fais ce qu'il te demande, supplia Romona.

— Tu ferais mieux d'écouter ta squaw !

— Je ne me tournerai pas.

— *Moi*, je vais me tourner », dit Romona très vite. Elle leur tourna le dos et l'un des hommes s'approcha par-derrière. Hawks voulut intervenir, mais fut interrompu par le canon d'un fusil qu'un des hommes lui avait placé en plein sur le visage ; soudain on entendit le cliquetis d'un percuteur et son écho.

« Vous êtes venus nous tuer ? » demanda Hawks, le souffle court.

— Vous allez bien voir ! »

L'homme qui se tenait derrière Romona l'enlaça et prit ses seins à pleines mains ; Hawks se raidit mais deux canons de fusil appuyés sur sa tête l'empêchèrent de bouger.

« Laisse-les faire, John, murmura Romona d'une voix tremblante.

— Tu vois ? Elle aime ça !

— Eloigne-toi d'elle ! grogna Hawks, dents serrées.

— C'est juste un petit contrôle pour voir s'il y a des armes...

— Eloigne-toi d'elle ! » reprit Hawks en criant.

Romona gémit et Hawks se lança sur l'homme ; celui-ci attrapa Hawks au collet, le poussa contre un arbre tandis que les deux autres appuyaient leur fusil sur son cou.

« Vous devrez me passer sur le corps ! dit Hawks, haletant.

— On préférerait que tu regardes !

— Par pitié, laissez-nous ! implora Romona. On ne vous a rien fait.

— Vous avez violé une propriété privée. »

— Nous allons repartir ! cria Romona.

— Nous n'avons *rien violé !* lança Hawks, sur un ton de défi.

— Ces terres appartiennent aux Papeteries Pitney.

— Ces terres appartiennent à mon peuple.

— Ecoute, c'est faux ce que tu dis là, l'Indien !

— Qu'est-ce que vous attendez de nous ? dit Romona sur un ton plaintif.

— Nous voulons que vous quittiez les lieux.

— Nous ne partirons pas !

— Moi, je crois que vous allez partir ! »

Le chef de bande leva le gobelet de plastique qu'il tenait à la main, comme pour porter un toast à Hawks, puis en jeta brusquement le contenu entre les cuisses de Hawks. Celui-ci sentit une odeur d'essence. Il essaya de s'enfuir mais les deux hommes le retenaient par les bras, l'appuyant contre l'arbre.

Le « chef » s'avança lentement, porta une pipe à sa bouche et l'alluma avec un briquet au butane. Il ne quittait pas Hawks du regard, tout en poussant la flamme au maximum. Puis il baissa lentement le briquet jusqu'à le placer tout près du pantalon de Hawks humidifié par l'essence.

« Vous avez vingt-quatre heures pour quitter cette forêt, dit l'homme au briquet. Si vous êtes encore là demain soir, nous reviendrons vous chercher ! »

Puis il éteignit le briquet et repartit avec les deux autres individus. Hawks resta immobile tandis que la voiture faisait demi-tour et repartait dans la nuit.

9

Robert et Maggie réagirent au soleil matinal comme des détenus voyant pour la première fois la lumière du jour après un long séjour au cachot. Ce soleil eut un effet tonique sur eux, et les remplit d'une énergie physique et spirituelle toute nouvelle. Ils se préparèrent rapidement à un déplacement jusqu'à la ville.

Le lac étincelait au soleil tandis que Robert et Maggie le traversaient en barque ; une fois parvenus sur la rive opposée, ils virent que la route conduisant à la ville était déjà presque sèche. Ils ouvrirent la capote de toile de la voiture qu'Isely leur avait laissée et se grisèrent d'air frais en traversant une forêt d'un vert étincelant. L'espace d'un instant, Robert se demanda s'ils n'allaient pas être de nouveau arrêtés par des Indiens du fait qu'ils se déplaçaient dans un véhicule de la société d'exploitation du bois ; mais, passant à l'endroit où avait eu lieu le barrage, ils constatèrent qu'il n'y avait plus personne.

« Tu crois qu'ils ont renoncé ? demanda Maggie.

— J'en doute. J'aimerais me débarrasser de cette voiture. »

130

Ils arrivèrent sur la route nationale et entrèrent dans la ville ; Rob gara l'automobile devant la bibliothèque, où Maggie voulait se rendre en priorité. Elle désirait choisir quelques livres pendant que Rob irait à la banque pour encaisser des chèques de voyage ; puis ils devaient se retrouver au bureau de poste d'où Rob comptait envoyer à Washington des échantillons du sol et des tissus animaux.

Rob et Maggie étaient si heureux d'avoir réussi à sortir de leur cabane, de marcher enfin sur du ciment plutôt que sur de la boue et de croiser d'autres êtres humains qui les saluaient au passage qu'ils ne virent pas qu'ils étaient surveillés. John Hawks et Romona Peters avaient eux aussi fait le voyage jusqu'en ville et repéré le véhicule de la société ; ils le reconnurent comme l'un des deux qui avaient forcé le barrage. Dans l'unique rue de cette petite ville, John et Romona attendaient patiemment le moment de se retrouver face à face avec les occupants de la voiture.

Hawks était venu exiger du shérif une protection contre les hommes qui les avaient menacés la veille. Mais le shérif du comté de Manatee les avait écoutés sans sympathie aucune et n'avait même pas fait le geste de mentir en disant qu'il étudierait la question. C'était sa façon de faire avec les Indiens : se contenter d'acquiescer de la tête jusqu'à ce qu'ils fussent las de parler. Romona avait essayé de montrer à Hawks qu'ils perdaient leur temps, car elle connaissait bien le shérif. C'était à ce même homme qu'elle s'était adressée lorsqu'elle avait été violée, à douze ans. Aujourd'hui, seize ans après, elle vit dans le regard du shérif le même petit air ironique.

Le shérif s'appelait Bartholomew Pilgrim ; c'était un homme costaud, d'environ cinquante ans, qui restait à la tête de la police locale non pas tant grâce au soutien des habitants qu'en raison de leur apathie. En fait, la criminalité était faible dans la ville de Manatee et, par conséquent, on n'avait pas besoin de bien grandes personnalités aux postes officiels. Le shérif, le président de la banque locale, le maire, les trois pasteurs et le président de la chambre de commerce appartenaient tous à la même génération, se soutenaient entre eux et, une fois en poste, n'en bougeaient plus. Bethel Isely, l'un des principaux gestionnaires des Papeteries Pitney, s'était joint à eux récemment. Toutes proportions gardées étant donné la petite taille de la ville, il s'agissait d'une sorte de junte dirigeante ; chacun des membres défendait son voisin pour le bien de toute l'organisation.

Bartholomew Pilgrim avait été averti de la présence de John Hawks dans la forêt de Manatee ; il avait appris la nouvelle du barrage de la bouche d'Isely. Mais le shérif n'était pas libre de s'occuper de Hawks comme il le voulait. Il avait été mis en garde par ses supérieurs de Portland que cet Indien, porte-parole des « P.O. », était connu à Washington et devait être traité officiellement avec la plus grande prudence.

Officieusement, tout était différent. Tant qu'on ne pouvait pas accuser un membre des forces de l'ordre d'avoir molesté des individus ou violé les droits civils, Pilgrim fermait les yeux sur des événements comme ceux qui étaient arrivés à Hawks et Romona la veille au soir.

En parlant au shérif, Hawks vit dans son regard qu'il était au courant de ces événements et qu'il les avait approuvés.

« Ecoutez, j'aimerais beaucoup vous aider, mon ami...

— Ne m'appelez pas votre ami !

— J'aimerais beaucoup vous aider, mon vieux, mais je ne peux pas faire grand-chose.

— C'est votre devoir de me protéger.

— Mon devoir est de protéger les citoyens de ce comté.

— Je *suis un citoyen* de ce comté !

— Non, non, vous êtes étranger à la ville.

— Je suis né ici et j'y *habite*.

— A votre place, je n'insisterais pas. Je repartirais sur la route.

— Je ne repartirai nulle part. »

Le shérif se cala dans son fauteuil en bois, lequel craqua sous le poids du corps massif.

« Ecoute-moi bien, vieux, reprit le shérif. Je n'ai rien contre ton peuple et c'est aussi le cas de M. Isely. En vérité, c'est un homme très généreux. Après le barrage, je voulais tous vous arrêter et vous mettre dans cette prison. J'en aurais eu parfaitement le droit. Mais M. Isely a dit non. Il a ajouté que John Hawks était un bon garçon et

132

qu'il fallait simplement lui laisser un peu de temps pour s'en aller plus loin.

— Je n'irai nulle part !

— Je regrette de t'entendre dire ça !

— S'il m'arrive quoi que ce soit, d'autres le sauront.

— Je n'en doute pas.

— Vous serez considéré comme responsable.

— Eh bien, justement, j'espère que tu vas faire pour le mieux. »

C'est après cette conversation que Hawks et Romona sortirent du poste de police et aperçurent la voiture de la société devant la bibliothèque. A présent, étant menacé de mort, Hawks savait que la seule issue qui lui restait, c'était l'homme du gouvernement.

« Ce sont de drôles de vacances que tu m'as payées, Victor ! » Robert appuya une main sur son oreille et parla très fort dans l'appareil, dans la cabine téléphonique où il se trouvait, à côté de la poste. « Je fuis les rats, et ce sont les ratons laveurs qui m'attaquent ici ! Les Indiens veulent du sang et les bûcherons sont trop heureux de le faire couler. Je te le dis, à côté de ça les taudis sont une vraie partie de campagne ! » Rob fit une pause. « Je vais terminer ce job le plus vite possible. Je finirai de rédiger le rapport à mon retour à Washington. »

Victor Shusette était installé dans son bureau, à Washington et écoutait Rob avec une certaine inquiétude. Le choix qu'il avait fait de Robert Vern pour mener cette enquête sur le terrain, à Manatee, lui était revenu comme un boomerang et la dernière chose que Victor souhaitait, c'était de voir Robert bâcler cette mission. Le lobby du bois avait appris que Vern n'était pas un spécialiste de l'environnement ; le fait qu'il se fût qualifié grâce à la formation qu'il avait reçue de vieux spécialistes ayant opéré sur le terrain et grâce à son intelligence personnelle avait peu de poids aux yeux des membres du lobby. A présent, ils tenaient un argument pour discréditer le rapport de Vern. Mais il était trop tard ; Shusette ne pouvait plus faire machine arrière au risque de nuire encore plus à la crédibilité de l'agence. Cette crédibilité était leur seul atout, et c'était un produit très fragile. A maints égards, les gens considéraient l'agence pour la protection de l'environnement comme une force de police. Même si elle avait fonctionné de manière irréprochable pendant des années, un seul incident regrettable ou l'infraction d'un seul individu pouvaient faire éclater au grand jour le ressentiment latent dont l'agence était l'objet et ébranler tout l'édifice. Le rapport de Robert Vern ne devait avoir aucune faille et être documenté avec une perfection éliminant tous les doutes possibles quant à la compétence ou à l'expérience de l'auteur.

« Excuse-moi de te dire ça, Rob, mais je voudrais que tu restes sur place aussi longtemps que possible. »

A quelque 1 300 kilomètres de Shusette, Rob l'écoutait attentivement dans sa cabine téléphonique et se calma au fur et à mesure que Shusette lui expliquait la situation.

« Victor, interrompit Rob, j'aimerais t'expliquer quelque chose, moi aussi. Je me suis laissé emporter il y a un moment. Mais lorsque j'ai dit que les Indiens voulaient du sang, c'était vrai. On raconte qu'ils ont tué deux personnes ici.

— De quoi parles-tu ?

— Je te parle de ce qu'on raconte. Et d'après ce que j'ai vu, je comprends pourquoi on en est arrivé là. J'ai vraiment vu la violence de près.

— Tu me dis que tu es en danger ?

— Je veux dire que je ne me sens pas très à l'aise par ici. Et c'est aussi le cas de Maggie.

— Tu veux de la protection ? Je peux m'en charger.

— Non, ce n'est pas ça.

— Alors, dis-moi ce que tu cherches et ce que je peux faire pour toi.

— Je veux repartir, Victor. Accomplir ma mission et repartir le plus vite possible.

— Si tu rentres trop vite, ça ne va pas faire bon effet. Si tu ne cours pas vraiment de danger, j'aimerais que tu restes là-bas le plus longtemps possible. »

Rob ne répondit pas.

« Rob ?

— J'écoute !

— Bon, si tu *dois vraiment* revenir, alors reviens ! Je te dis simplement que les apparences sont très importantes à l'heure qu'il est. Si tu veux, je prendrai ta relève.

134

« — Non, répondit Robert sur un ton las.

— Si c'est possible, reste encore dix jours et ça sera suffisant.

— Ouais !

— Tiens-moi au courant, O.K. ?

— D'accord ! »

Rob raccrocha et s'appuya contre la paroi de la petite cabine de verre le regard désemparé. Ce qu'il détestait le plus au monde, c'était l'échec et il n'y avait jamais autant prêté le flanc, sans même le vouloir. Cette enquête sur le terrain avait été une erreur dès le départ ; Rob se maudit de s'être laissé persuader par Shusette. C'était son amour-propre qui avait forcé Robert à accepter la tâche, l'idée qu'il s'engageait dans une action susceptible de changer les choses de manière réelle et définitive. A présent, à cause de l'inexpérience de Rob, la mission était vouée à l'échec.

Il avait promis à Maggie de repartir dès que possible, mais s'il le faisait, il anéantirait toute l'entreprise.

Jetant un coup d'œil dans la rue, Rob vit Maggie qui se dirigeait vers l'épicerie. Elle portait une veste d'équitation et des bottes, et le vent faisait onduler ses cheveux. Elle avait les bras chargés de livres et marchait avec une grande énergie, telle une jeune étudiante sur un campus universitaire. Rob l'avait rarement vue avec cette distance ; cela lui rappela les matins où il l'observait par la fenêtre de leur appartement new-yorkais. Puis il ressentit une grande tristesse en pensant au degré de complication qu'avait atteint leur vie.

Sa conversation avec Shusette l'avait épuisé. Il avait envie d'abandonner. L'obstination avec laquelle il avait accompli sa besogne quotidienne au cours des quatre dernières années s'estompait subitement. Il ne pouvait plus rien faire pour changer le cours des événements ; dans le cadre où il se trouvait maintenant, Rob eut ce sentiment de manière encore plus aiguë qu'ailleurs. En marchant au milieu des arbres immenses, Robert avait compris sa dimension et sa force véritables. Il n'était qu'une fourmi. Et il s'attaquait à des gratte-ciel ! Cette mission avait été celle de la dernière heure, une dernière tentative pour laisser sa marque, mais Rob avait échoué. A Washington, ils savaient bien ce que Rob avait ressenti

135

dès le départ, cette sensation qu'il n'avait rien à faire à Manatee.

« Monsieur Vern ? »

Rob fut surpris par cette intrusion ; il se retourna et vit John Hawks qui l'attendait dehors. La femme — Romona — était là, elle aussi. Ils paraissaient tendus et pas plus doux qu'ils ne s'étaient montrés lors du blocus.

Rob sortit de la cabine, avec une certaine appréhension.

« Je m'appelle John Hawks.

— Oui, je m'en souviens.

— Nous voulons que vous veniez avec nous.

— Pour quoi faire ?

— Nous voulons vous parler.

— Parlons ici même. »

Hawks nota une certaine peur dans le regard de Rob et en fut surpris. Il était rare qu'un Blanc lui montrât qu'ils étaient à armes égales.

« Vous avez peur de nous ? »

Rob ne répondit pas tout de suite, puis dit : « Oui.

— A cause de ce que vous avez entendu dire ?

— Je n'ai rien entendu. »

Hawks savait qu'il mentait. « Vous ne savez pas que nous sommes des ivrognes ? des violents ? des assassins ? »

Rob étudia Hawks et n'était pas sûr de bien comprendre son attitude. Il ne savait pas si l'Indien essayait de le rassurer ou de l'effrayer.

« C'est ce qu'on raconte à notre sujet, monsieur Vern. Ils renient nos droits en racontant ces mensonges. » Hawks se rapprocha ; Rob sentait l'humidité de sa veste de cuir. « Nous ne sommes pas des ivrognes. Et nous ne sommes pas violents. Mon peuple est un peuple de pêcheurs et il mène une vie honnête. »

Rob ne savait trop quoi répondre. Hawks se raidit, en interprétant ce silence comme un rejet.

« Si je vous dis tout cela, ce n'est pas par choix mais par nécessité.

— Et pourquoi ça ? demanda Rob.

— Ils vont me tuer.

— Qui ça ?

— La société du bois.

136

— Pourquoi feraient-ils une chose pareille ?

— N'est-ce pas évident ?

— Ils ont le droit de pénétrer dans la forêt...

— Je ne parle pas du *blocus*. »

Le ton coupant de Hawks provoqua un instant de silence ; les deux hommes s'évaluèrent en adversaires.

« S'il vous plaît, dit Romona calmement, nous voudrions que vous veniez avec nous.

— Mais pourquoi ?

— Aucun homme du gouvernement n'était encore venu ici. Nous voulons que vous voyiez notre peuple et que vous retourniez leur dire qui nous sommes.

« Ecoutez, dit Rob, je comprends votre sentiment, mais mon travail ici n'a rien à avoir avec...

— Vous êtes sourd comme tous les autres ? » interrompit Hawks. Il se hérissait à présent et essayait de contenir sa colère. « J'ai été éduqué dans vos écoles, monsieur Vern. Je suis un homme cultivé. J'ai étudié vos lois et votre langage jusqu'à la perfection, mais ça ne m'a servi à rien. Vos lois ne s'appliquent pas aux Indiens et votre langage est inutile dans notre bouche parce que vous refusez de nous écouter ! » Il se rapprocha encore de Rob, le visage tendu de colère. « Pourquoi refusez-vous d'écouter ? »

Ces paroles frappaient Rob à un mauvais moment. Il était las de tous ces événements.

« Peut-être n'entendez-vous même pas ce que je dis *en ce moment*, dit Hawks sur un ton provocateur.

— Oh, j'entends parfaitement ! rétorqua Rob. Mais je commence à comprendre également. Vous êtes surpris qu'on vous trouve violents...

— La violence dont vous avez été témoin avait été provoquée.

— Par qui ?

— Elle était nécessaire.

— Non, plutôt *suicidaire !* »

Hawks lança un regard perçant à Rob. « Dites-moi. Etes-vous prêt à *mourir* pour vos croyances ? »

Rob eut un mouvement de recul ; il voulut arrêter l'escalade. « Ecoutez, je suis ici pour étudier l'environnement, O.K. ?

— Et quelle est votre conception de l'environnement ?

137

J'aimerais savoir. Est-ce que c'est la pourriture ? les arbres ? les rochers ?

— Allons, c'est...

— L'environnement, c'est *nous* ! s'exclama Hawks. Il est *dans nos chairs* ! Il est déchiré et mutilé, et nous aussi !

— Mon peuple est malade, monsieur Vern, dit Romona. Son esprit est troublé. Il tremble et tombe, et cela n'a rien à voir avec *l'alcool,* comme le prétendent les habitants de la ville.

— Dis-le-lui, ordonna Hawks.

— J'ai été sage-femme, monsieur Vern, et j'ai vu les conséquences de ce chaos. »

Rob les regarda l'un après l'autre, incapable de saisir un traître mot de ce qu'ils disaient.

« Dis-lui tout, déclara Hawks.

— Des enfants mort-nés, monsieur Vern. Ou nés avec des malformations. Si horribles... » Sa voix tremblait. « Ils doivent être tués.

— Comment ?

— Des enfants qui ressemblent plus à des animaux qu'à des hommes. »

Rob était stupéfait. A en juger par l'émotion intense de la jeune femme, il était évident qu'elle disait la vérité. Mais il ne comprenait pas.

« Nous avons besoin d'aide, monsieur Vern. Horriblement besoin. Et personne ne veut nous aider.

— La mort de la forêt est la mort de notre peuple, proclama Hawks. Alors, ne parlez pas de l'environnement comme si cela n'avait rien à voir avec *nous* ! »

Dans le silence qui s'ensuivit, Rob vit Maggie qui approchait.

« Ces gens veulent que nous les accompagnions, Maggie. Ils veulent nous montrer certaines choses. »

Tandis qu'ils traversaient la forêt en voiture, Romona fit à Rob un historique des « possessions », avec tous les détails, et lui décrivit aussi les enfants mort-nés et les fœtus monstrueux. Elle parla encore de ses vaines recherches, à la bibliothèque publique, pour essayer de trouver des explications. Maggie écoutait, muette, de tout cœur avec la jeune Indienne. Elle remercia Dieu que le fœtus qui était en son propre sein dormît paisiblement et secrètement, loin des tragédies qu'avait subies ce peuple.

Rob interrogea Romona de A à Z, en professionnel qu'il était, puis lui révéla qu'il était médecin. L'Indienne porta alors ses mains à son visage, pour cacher des larmes de gratitude. Maggie tenta de lui toucher la main, mais Romona recula. Le fossé entre leurs deux univers était trop grand pour être comblé par un simple geste.

« Avez-vous fait des expériences sur les animaux ? demanda Hawks.

— Quelques-unes.

— De quel genre ?

— De la pratique routinière. Effets des médicaments...

— J'ai vu des animaux en cage qui tombent malades et meurent. Je les ai vus dépérir et tuer leurs petits. Je les ai vus devenir fous et manger leurs petits. C'est ce qui arrive à des créatures normales lorsqu'elles se voient emprisonnées.

— J'ai vu ce genre de choses, moi aussi. Mais cela n'explique pas les cas que vous m'avez décrits. La tension nerveuse peut jouer un grand rôle, mais ne peut être responsable de toutes ces aberrations.

— Mon grand-père dit que lorsque les hommes s'en prennent à la forêt, la forêt se retourne contre les hommes. Il dit que nous serons tous victimes de cette profanation. »

La voiture dépassa un embranchement et Hawks prit Rob par le bras. « Arrêtez-vous ici.

— Pourquoi ? demanda Romona.

— Ils ne reviendront jamais par ici. Je voudrais qu'ils voient tout. »

Rob rangea la voiture sur le bas-côté et ils descendirent tous ; ils suivirent ensuite un chemin étroit conduisant au campement d'Hector M'rai.

La piste était un long couloir de ronces qui déchiraient leurs vêtements et égratignaient leurs visages. Un essaim de mouches vint bourdonner autour d'eux. En tête du groupe, Hawks ôtait des toiles d'araignée. C'étaient, pour Rob, autant de signes que la piste était rarement utilisée.

Puis Rob eut subitement une idée qui le glaça. Un coup d'œil vers Maggie lui dit qu'elle pensait sûrement à la même chose. Les Indiens avaient été accusés d'assassinats, et Rob et Maggie avaient été tous deux témoins de la violence dont John Hawks était capable. Or, ils s'étaient laissés mener très loin dans la forêt, en un lieu où ils étaient sans défense.

« Où allons-nous ? demanda Robert.

— Simplement en avant », répondit Hawks.

Rob s'arrêta.

« Je veux savoir où nous allons. »

Hawks tendit la main droit devant lui. « Vous voyez ! »

Maggie prit Rob par le bras et ils avancèrent en hésitant ; ils pénétrèrent soudain dans une oasis de beauté que les Indiens appelaient « M'ay-an-dan'ta ». Le Jardin d'Eden. Trois grandes tentes étaient dressées dans une enceinte circulaire, au centre de laquelle se trouvait un grand foyer bordé de pierres. Entre deux poteaux séchaient des peaux d'animaux ; un arc élégant reposait contre un arbre. Au beau milieu de cette forêt tourmentée, c'était comme un tableau représentant une scène des débuts de l'histoire des Etats-Unis. Une oasis où le temps s'était arrêté.

« C'est... merveilleux, murmura Maggie.

— Où est-on ici ? demanda Rob. Est-ce que c'est le village ?

— Non, répondit Romona.

— C'est tout ce qui reste de ce que nous étions autrefois, déclara Hawks. Je voulais que vous voyiez ça avant de voir ce que nous sommes devenus.

— C'est mon grand-père qui a édifié ce lieu. Pour lui, c'est un lieu sacré. Il n'y autorise personne. »

Rob alla jusqu'au centre du campement et leva la tête pour regarder les arbres. Il ressentait la paix ambiante. « Je vois maintenant pour quelle raison vous vous battez.

— En fait, nous ne luttons pas plus que vous pour retourner au passé, reprit Hawks. Nous nous battons pour avoir notre part du présent. Pour avoir les mêmes chances que vous. Nous luttons pour tout ce qui vous ferait lutter vous-mêmes. »

Rob accepta ces paroles sans mot dire. Il reconnut en John Hawks le même type d'homme que lui. Même enthousiasme, même discours, mêmes frustrations. La seule différence, c'était que John Hawks, en tant qu'Indien, n'avait même pas droit à la colère. « Ce que je voulais dire, déclara Rob d'une voix douce, c'est que cet endroit est vraiment très beau. »

Romona se tourna vers l'une des tentes. « A'hns-pahni'-tah, Mr'ai ? dit-elle pour appeler son grand-père. Mon grand-père ne se sent pas très bien, dit-elle à Rob. Il est victime, lui aussi, des " katahnas ".

— Y'ahn'ta'tha ? dit une voix en écho.

— A'han-pahni'tah Ki'ythi. »

Une des tentes s'ouvrit et M'rai apparut. Il portait un habit de daim et une cravate, et avait les cheveux bien lissés en arrière ; c'était la première fois que Romona le voyait ainsi.

« N'iyhn-tah ? demanda Romona, intriguée.

— N'ahn-mohn'i'ka, répliqua le vieil homme en souriant. A'yah'al-mah'nitah. » Il avança avec difficulté, en essayant de se tenir le plus droit possible, et sa tête tremblait tandis qu'il tentait de la dresser avec dignité. Il tourna son regard vers Maggie, qui lui rendit son sourire.

« Il dit qu'il savait qu'on allait lui rendre visite, traduisit Romona.

— Comment l'a-t-il su ? interrogea Maggie.

— M'rai sait ces choses-là », répondit Romona. Le regard qu'elle portait sur le vieil homme montrait sa profonde affection pour lui. Immédiatement, Maggie ressentit aussi une grande sympathie à son égard. Il avait un sourire si plein de douceur qu'il donnait l'impression d'une chaleureuse étreinte.

« Pourriez-vous lui dire, demanda Maggie, que nous sommes heureux de nous trouver ici ?

— Il parle un peu l'anglais, répondit Romona. Je le lui ai appris moi-même.

— Bienvenue », dit le vieil homme.

Rob était également captivé. Mais il évaluait le vieil homme d'un œil professionnel. Il remarqua que la vue de M'rai était affaiblie par la cataracte et qu'il avait des brûlures aux articulations des doigts, brûlures peut-être dues à la cigarette.

« Ces gens représentent le gouvernement, dit Romona à M'rai. Nous espérons qu'ils pourront nous aider.

— Combien sont-ils ? demanda le vieil homme.

— Nous sommes deux, monsieur, répondit Rob.

— Est-ce que ça suffit ? »

Robert étouffa un rire. « Eh bien, nous travaillons dur !
— C'est bien. »

M'rai tendit la main vers Maggie, qui avança vers lui.
« Femme douce, dit-il en touchant sa main.
— Trop douce, répliqua Maggie.
— Juste ce qu'il faut.
— Votre demeure est très belle, dit Rob.
— Merci.
— Ne prenez pas ces tentes pour sa demeure, inter-
rompit Hawks, sa demeure, c'est la forêt tout entière.
— Vous savez, dit Rob, d'un air pensif, en se tournant
vers Hawks, la semaine dernière, j'ai visité un endroit
avec onze personnes qui vivent dans la même pièce.
— Vraiment ? »

Rob sentit que Hawks était sur la défensive. « Je
voulais juste dire...
— Que nous en demandons trop ?
— Non, mais simplement que des gens se battent pour
un seul pouce d'espace vital...
— Parce qu'ils se sont battus trop tard ! » s'exclama
Hawks. Puis il se saisit de l'arc et regarda la forêt.

« Ce camp est exactement tel que nos ancêtres l'ont
construit, dit Romona pour essayer de rétablir le calme.
M'rai nous apprend tout ça, afin que quelqu'un se
rappelle. Il y a des tunnels, sous la couche de gel, pour
permettre le stockage des denrées périssables... et on peut
aller d'une tente à l'autre sans se faire voir. »

Hawks plaça une flèche sur l'arc et la lança avec
colère ; avec un bruit sourd, elle alla frapper l'écorce d'un
arbre. « M'rai m'a également appris ça. »

Visiblement, Romona commençait à être mal à l'aise.
Elle s'efforça de nouveau de mettre un terme à la colère
de Haws. « Lorsqu'il avait encore bonne vue, M'rai était
un excellent archer, dit-elle. On raconte qu'il atteignait
un oiseau-mouche au clair de lune.
— Est-ce vrai ? demanda Rob.
— Nous avons de très gros oiseaux-mouches, » répliqua le vieil homme.

Rob se mit à rire, puis s'aperçut aussitôt que M'rai
n'avait pas voulu faire de l'humour.

« C'est vrai, dit M'rai. Ici, tout devient grand. Très
grand. Plus grand même que vous ne pouvez l'imaginer.

142

— En fait, reprit Rob, j'ai vu moi-même un saumon dont la taille m'a coupé le souffle.

— C'est le Jardin d'Eden, dit M'rai. Voudriez-vous venir voir ?

— Bien sûr.

— Eh bien, suivez-moi.

— Où ça ? demanda Romona.

— Jusqu'à l'étang. »

Romona se montra un peu sceptique. « Tu veux les emmener à l'étang ?

— Oui.

— Qu'est-ce que c'est que cet étang ? demanda Rob.

— Personne n'y est autorisé, répondit Romona. Pas même les autres Indiens. C'est le sanctuaire privé du doyen de la tribu.

— Je fais ce que bon me semble, dit M'rai.

— Ne t'attends pas à ce qu'ils voient ce que toi tu vois, ancêtre, dit Hawks pour avertir M'rai.

M'rai répondit d'abord par un sourire, puis dit : « Je ne m'attends à rien. C'est pour cela que je vois tout. »

Il s'avança dans la forêt et les autres le suivirent sur une autre piste étroite qui conduisait au lagon secret ; mais cette piste avait été beaucoup plus utilisée que la première. Pendant toutes les années où elle avait vécu avec le vieil homme, Romona n'avait jamais emprunté cette voie. Et elle eut l'impression que c'était un sacrilège de le faire. Elle sentait qu'ils violaient un territoire interdit et se dit que si M'rai n'était pas en train de perdre ses facultés, il n'aurait jamais autorisé cela.

« Vous êtes les premiers à pénétrer dans ce territoire, dit M'rai tandis qu'ils avançaient. Aucun de ceux qui ont vu ça n'est vivant, à part moi. »

Hawks sourit intérieurement en se rappelant l'époque de son enfance, lorsqu'il était entré clandestinement en ces lieux. Il se souvenait encore de la déception qu'il avait eue en voyant que l'endroit n'avait rien d'extraordinaire.

« Un jour, des hippies sont venus, dit le vieil homme, pour faire pousser de mauvaises graines.

— De la marijuana, expliqua Hawks.

— Mais ils ont été chassés avant d'avoir vu quoi que ce soit, ajouta M'rai.

— Qu'est-ce qu'il y a à voir ? » demanda Maggie.

Le vieil homme montra du doigt une clairière. Ils s'arrêtèrent tous, frappés par le spectacle merveilleux qui s'offrait à eux.

Niché au milieu d'arbres immenses se trouvait un étang immobile, cercle scintillant plein d'une eau bleu pâle et entouré d'une végétation luxuriante, notamment d'une vigne en vrille. Les arbres étaient courbés en avant, comme pour rendre hommage à la pièce d'eau, et les feuilles des buissons étaient plus grandes et plus vertes que dans le reste de la forêt. C'était comme si, en ce lieu et en ce lieu uniquement, on se trouvait en plein milieu de l'été plutôt qu'au printemps. Et le contraste ne s'arrêtait pas là. Tout en avançant lentement, Rob remarqua l'abondance de champignons ; tous les troncs d'arbres en étaient recouverts ; c'étaient des vrilles qui se projetaient dans le vide et formaient des angles bizarres avec les arbres qui les soutenaient. Sans compter une végétation cousine des champignons et également accrochée à l'écorce des arbres, certaines de ces plantes étant aussi énormes que des oreilles d'éléphant.

Rob s'approcha du bord de l'eau et entrevit, par-delà la surface bleu pâle et scintillante, des images difficiles à discerner. Cela ressemblait à des bûches attachées en un faisceau et qui auraient été jetées au fond de l'étang.

Hawks se livrait également à un examen minutieux de cet environnement. L'étang était différent de ce qu'il avait vu étant enfant. A présent, il avait effectivement un caractère mystique. L'étang donnait une sensation quasiment physique qui mit Hawks mal à l'aise. L'Indien avança lui aussi jusqu'au bord et s'arrêta à côté de Rob ; il vit que le regard de ce dernier était troublé, comme s'il cherchait des réponses.

« C'est vrai que ça ressemble au Jardin d'Eden, dit Maggie tout bas, derrière Rob et Hawks. C'est *magique !*

— Nous avons été un peuple magique autrefois, dit M'rai.

— Oui, c'est vrai, ajouta Romona dans un murmure. Et ce lieu était le plus magique d'entre tous. » Elle s'avança tout doucement, absolument époustouflée d'être réellement en ces lieux. Elle se tourna vers Maggie en se demandant si cette dernière pouvait comprendre son

144

sentiment. « Ce lagon est le cadre de nombreuses légendes indiennes.

— Nous en avons appris une, dit Maggie en souriant.

— Vraiment ?

— Katydid... dadin... ou quelque chose comme ça ?

— Katahdin, corrigea Romona.

— Katahdin n'est pas une légende », lança le vieil homme.

Ses paroles accrochèrent Rob, qui avait toujours un regard désemparé.

« Mon grand-père est le doyen de notre tribu, dit Romona, gênée. Il est de son devoir d'entretenir ces croyances.

— Je l'ai *vu de mes yeux*, protesta le vieil homme. Ici même, sur ces rives. »

Hawks s'avança pour le faire taire. « Voilà le genre de choses qui font passer les Indiens pour des ivrognes, ancêtre. Il vaut mieux garder nos légendes pour nous.

— Mais il est *réel*, reprit M'rai en implorant Hawks.

— A quoi ressemble-t-il ? demanda Maggie.

— Est-ce que vous vous moquez du vieil homme ? » lança sèchement Hawks.

Maggie fut surprise. « Mais non ! »

Le vieil homme se tourna vers elle, en la calmant d'un sourire. « Il fait partie de toute la création, dit-il tranquillement. De l'argile à l'homme. Et il porte la marque de chacune des créatures de Dieu. » M'rai parlait lentement et distinctement, comme s'il s'adressait à un enfant. « Lorsqu'il dort, il ressemble à une montagne. Lorsqu'il est debout, il est de la taille d'un arbre.

— Vous racontez cela avec affection, répondit Maggie avec douceur.

— Il s'est réveillé pour nous protéger.

— Rien ne nous protégera, lança Hawks ironiquement. Ils racontent que nous avons tué ces gens. Ce sera leur prétexte pour nous tuer, nous.

— M. M'rai ? cria Rob depuis le bord de l'étang. Est-ce que ces bûches sont vraiment dans l'eau ? »

M'rai s'avança jusqu'au bord et fit un grand effort pour noter dans quelle direction Rob pointait son doigt.

« Là, vers le milieu... au-dessous de la surface...

145

— Elles viennent deux fois par an, répondit le vieil homme. Par magie. Et puis elles partent vers le lac.

— Cet étang mène au lac ?

— Au-delà des arbres, là-bas. L'eau vient de la rivière et se jette dans le lac. »

Rob suivit le geste du vieil homme et distingua un serpent d'eau scintillante qui se faufilait à travers les arbres. L'étang n'était pas fermé, comme on aurait pu le croire à première vue ; c'était une petite poche d'eau formée par un affluent de la rivière.

« Est-ce que l'eau a la même couleur là-bas ? demanda Rob. Le même bleu pâle ?

— Pas à l'arrivée ici, mais à la sortie, oui.

— Donc cette teinte prend sa source ici, dans l'étang, puis repart dans le lac ?

— Elle disparaît dans le lac. Elle repasse au bleu foncé. Le bleu clair naît de la magie de l'eau de l'étang. Il n'existe qu'ici, en ce lieu secret. »

Rob échangea un regard avec Hawks. Ce dernier commençait à comprendre.

« Regardez ! » cria Maggie. Ils se tournèrent tous vers l'eau et virent une ondulation en forme de V, créée par quelque chose qui nageait juste au-dessous de la surface.

« Qu'est-ce que c'est ? » demanda Rob.

Le vieil homme se tourna vers Hawks et parla avec des gestes : « A'han'tka'Prodai th'ay'andan'tah. » Puis il prit un petit filet fait de brindilles et qui était posé contre un arbre. « N'hoan'thaiy'do'e », dit M'rai, comme donnant un ordre.

« Il dit qu'il va vous montrer pour quelle raison il a surnommé cet endroit le Jardin d'Eden », expliqua Romona.

Hawks prit le filet et pénétra dans l'eau ; puis, d'un grand mouvement, il tenta d'attraper la créature qui nageait, mais manqua son coup.

« Ne bouge pas, lui dit M'rai. Il va sûrement remonter à la surface. »

A ce moment précis, Rob aperçut un ensemble de racines exposé au grand jour, au pied d'un arbre. Les racines étaient littéralement sorties du sol, comme si elles recherchaient le soutien du ciel.

146

Maggie remarqua que le visage de Rob avait changé d'expression. « Qu'est-ce qui ne va pas ?

— Ce sont des racines *nutritives*. Elles sont censées être *sous* terre ! »

Puis ils entendirent un bruit d'eau un peu plus loin ; Hawks émit un grognement de satisfaction et regagna la rive avec un gros animal qui se débattait dans son filet. Il s'approcha des autres et jeta à terre le contenu du filet. Ils ouvrirent tous de grands yeux ; ce qu'ils voyaient était à la fois répugnant et époustouflant.

« C'est un poisson ? demanda Maggie, le souffle coupé.

— Non. »

A leurs pieds, se tortillait un hérisson. Il avait une énorme tête difforme et devait bien faire 25 centimètres de long. Mais ce n'était pas tout. L'un des yeux était complètement exorbité, comme si on l'avait poussé en avant, et l'une des jambes, partiellement développée, était plus longue que l'autre, presque aussi longue que la queue.

Le vieil homme examina les visages les uns après les autres, puis se mit à sourire. « Je vous l'avais dit, les choses deviennent très grosses ici », dit-il.

Rob releva rapidement les yeux puis fixa Hawks. « Vous avez déjà vu ça ? lui demanda-t-il.

— Non.

— Personne ne les a vus, dit M'rai fièrement. Il n'y en a comme ça que dans cet étang. »

Rob était secoué. Tout s'était présenté en même temps Les bûches au fond de l'eau, la coloration de celle-ci l'abondance de champignons...

« Cet étang se jette dans le lac ?

— Oui.

— Et il vient lui-même du fleuve Espee ?

— Oui.

— Et c'est bien là que se trouvent les Papeteries Pitney ?

— Oui. »

Rob serra les poings. Il se mit à faire les cent pas nerveusement, puis s'arrêta pour s'adresser au vieil homme.

« Ne mangez rien qui vienne de cette eau. Ou même de

cette terre. » Sa voix tremblait. « Ne mangez *rien* qui vienne de cet endroit.

— Pourquoi ? demanda le vieil homme.

— Cette terre est empoisonnée, et l'eau aussi.

Le vieil homme reçut un choc. Puis il éclata de rire. Il ne comprenait pas ce que Rob voulait dire.

« A combien de kilomètres se trouve la fabrique de papier ? demanda Rob avec insistance.

— A environ cinq kilomètres en amont, répondit Hawks. Le mieux, c'est d'y aller en bateau.

— Attendez-nous ici ! ordonna Rob.

— Et le village ? demanda Romona.

— Je dois me rendre d'abord à la fabrique de papier », dit Rob, très agité. Il fit demi-tour et repartit vers la piste par laquelle ils étaient venus.

« Monsieur Vern, appela Hawks, je serai en danger dans cette forêt, cette nuit. Je ne peux pas rester ici.

— Où pourrai-je vous rejoindre ?

— A votre cabane, au lever du soleil. »

L'endroit où le fleuve Espee et le lac Mary confluaient était facile à trouver. C'était un large bras d'eau bouillonnante, bordé tout le long par des filets de pêcheurs accrochés à des poteaux.

Assis près du moteur du hors-bord, Rob regardait droit devant lui, sans rien dire ; il était trop nerveux. D'après de nombreuses lectures, il savait que certaines formes de vie étaient extrêmement sensibles aux changements d'ordre chimique. A cet égard, les créatures les plus sensibles étaient celles qui passaient par deux ou trois phases successives avant d'atteindre l'âge adulte, par exemple les salamandres ou les grenouilles. Rob se rappela en particulier avoir lu un article à propos de grenouilles à six pattes ayant vu le jour dans une mare du New Jersey après qu'on eut pulvérisé un insecticide du nom de Deldrin sur les arbres à l'entour. Mais on n'utilisait pas d'insecticides dans la forêt de Manatee ; il était plus qu'évident que les substances chimiques toxiques provenaient de la société d'exploitation du bois. La couleur anormale du feuillage autour de l'étang de M'rai, les racines exposées au grand jour et le hérisson difforme

148

étaient les baromètres incontestables d'un environnement dangereusement toxique.

Tandis que le petit bateau fendait l'eau bouillonnante, les clameurs industrielles commencèrent à envahir l'atmosphère. Le fleuve se séparait en deux branches, et Rob emprunta la plus étroite des deux, où il fut guidé par le bruit de plus en plus fort. Cette voie les conduisit à un méandre qui révéla un brusque changement de paysage. La surface de l'eau devint graisseuse et entachée de vieilles boîtes de Pepsi-Cola et de cadavres de poissons ; l'énorme bâtiment des Papeteries Pitney se profilait comme un géant et sa cheminée crachait une fumée qui cachait le soleil. La rive était remplie de souches d'arbres, et d'énormes tracteurs tiraient de grosses bûches sur une terre qui n'était plus que boue. De plus, l'air charriait une puanteur envahissante.

Rob et Maggie échangèrent un regard et ne trouvèrent aucun mot pour exprimer leur dégoût. Le moteur du hors-bord fit entendre un grondement et Rob comprit qu'ils étaient entrés en eau peu profonde. A présent, le fleuve se rétrécissait de moitié et était flanqué des deux côtés de véritables montagnes de tertres boueux. En fait, il n'y avait même pas moyen de faire accoster le bateau.

« Par ici ! » cria une voix venant de la rive. Rob regarda dans cette direction et vit un groupe de bûcherons qui lui faisaient signe de continuer en amont, vers le côté le plus éloigné de l'usine. Mais il était trop tard. La poupe du bateau avait heurté un dépôt vaseux et le moteur s'était arrêté. L'embarcation était ainsi bloquée à près de cinq mètres du rivage.

« Vous avez une corde ? » cria l'un des bûcherons.

Rob avait une corde d'amarrage, mais elle était trop courte.

« Ça ne va pas assez loin ! répondit-il bien haut.

— Attendez une minute ! » Rob et Maggie attendirent ; le bûcheron était parti en courant vers un camion et en était revenu avec un long cordage qu'il leur lança. Rob l'attacha à la proue, puis quatre hommes commencèrent à tirer le bateau depuis la rive ; l'embarcation quitta le banc de vase et fut draguée le plus loin possible vers la terre ferme.

« Je voudrais voir M. Isely, dit Rob.

— Son bureau se trouve en haut.

— Pouvez-vous nous rapprocher encore ?

— Non, il va falloir que vous passiez à gué. Mais faites attention, on peut vraiment s'enfoncer là-dedans ! »

Rob prit Maggie par la main, et ils descendirent tous deux sur le côté, en s'enfonçant dans la boue presque jusqu'aux genoux. Deux des bûcherons entrèrent dans l'eau pour les aider et l'un d'eux tira notamment Maggie vers la rive.

« Vous voulez voir M. Isely ?

— C'est ça, répondit Robert en touchant à son tour la terre ferme.

— Suivez-moi. »

Rob et Maggie suivirent le bûcheron vers la fabrique et le bruit se fit de plus en plus assourdissant. Devant la porte d'entrée, ils furent arrêtés par un garde en uniforme qui téléphona pour obtenir l'autorisation de les laisser passer.

« Votre nom ?

— Robert Vern. »

Le garde répéta le nom au téléphone puis acquiesça d'un signe de tête et tendit à Rob et Maggie une paire d'écouteurs et un casque.

« Il y a un ascenseur tout de suite à l'entrée. Prenez-le jusqu'au quatrième. »

Lorsque Rob et Maggie entrèrent dans le bâtiment, ils furent immédiatement dominés par le bruit et la chaleur. On aurait dit un immense entrepôt, rempli de machines gargantuesques et vrombissantes qui donnaient à leurs maîtres humains un air de nains. Les hommes étaient en effet à peine visibles dans la forêt de tubulures tortueuses et de réservoirs scintillants qui envoyaient des jets de vapeur et transpiraient pendant le processus de transformation du bois brut. La température devait atteindre facilement quarante degrés ; Maggie eut subitement la nausée tandis qu'avec Rob elle attendait le monte-charge.

« Ça va ? »

Elle fit oui de la tête. « Comment les gens peuvent-ils *travailler* ici ? »

L'ascenseur arriva et les portes se refermèrent dans un bruit métallique dès que Rob et Maggie furent entrés. En montant jusqu'au quatrième, ils aperçurent des rangées de masques à gaz. Au-dessous, se trouvait un écriteau disant : « A utiliser dès le fonctionnement de la sonnette d'alarme, et gagner immédiatement l'extérieur. »

L'ascenseur s'arrêta avec une secousse et les portes s'ouvrirent sur Bethel Isely. Il portait costume, cravate et casque et arborait un authentique sourire de bienvenue.

« Vous pouvez enlever vos écouteurs ! cria-t-il en leur tendant la main. Ici, on est au calme et vous verrez, c'est très agréable ! » Puis il les conduisit jusqu'à son bureau, où une secrétaire leur offrit du café. Rob et Maggie refusèrent ; Rob attendait avec impatience de pouvoir visiter l'usine.

« Je veux connaître le fonctionnement de toutes les machines ; dit Rob avec fermeté. De A à Z. Je veux connaître toutes les opérations.

— Aucun problème. C'est vraiment très simple. Voulez-vous me suivre ? »

La visite commença par le toit de l'usine ; Rob et Isely regardèrent par-dessus une rampe et virent d'immenses tas de bois coupé. En bas, des hommes mettaient le bois dans des chaînes remontant sur le côté du bâtiment et amenant ainsi jusqu'au toit les tronçons de bois dépouillés de leur écorce ; le bois tombait ensuite dans un réservoir à eau puis flottait dans un courant artificiel, sur toute la longueur du toit.

« Nous appelons ce courant l'aqueduc, expliqua Isely tandis qu'ils le longeaient. Le bois qui n'est pas bon pour les chantiers est coupé en tronçons d'un mètre vingt et acheminé par cette voie jusqu'aux machines à meuler. Nous utilisons des meules en pierre pour transformer les bûches en pâte à papier. Et une fois la pâte obtenue, nous la blanchissons pour qu'elle perde la couleur marron d'origine. Puis nous pressons la pâte pour en faire du papier. Et c'est tout. C'est un processus vraiment très simple et une industrie très traditionnelle. Mis à part le volume, elle n'a pas changé depuis soixante ans.

— Et quel est le volume ?

— Actuellement ?

— La capacité maximum. Combien de tronçons de bois pouvez-vous traiter par jour ?

— Peut-être deux hectares. »

La réponse sidéra Robert ; mais Isely se rattrapa rapidement : « Ça, c'est si nous voulons hâter le processus. Mais nous ne sommes pas pressés !...

— Mais quel est le laps de temps en ce qui concerne chaque arbre ? Combien de temps faut-il pour le transformer en pâte à papier ? »

Isely comprit que Rob était réellement bouleversé. « Je ne sais pas, je n'ai jamais compté.

— Donnez-moi une estimation.

— Vous savez, toute industrie a pour but premier l'efficacité...

— Alors, vous devez savoir...

— Ce que je veux dire, c'est que nous sommes fiers de ce que nous faisons.

— Je vous ai posé une question simple.

— Dix minutes. »

Rob fut renversé. Les arbres acheminés jusqu'aux meules étaient sur terre depuis dix siècles peut-être. Et en dix minutes, ils devenaient du papier à lettre, du papier d'emballage, de vulgaires mouchoirs finissant dans une corbeille. Le pouvoir de destruction de l'homme était stupéfiant.

« Je veux voir le reste, exigea Rob. Tout le reste.

— Vous pouvez voir tout ce que vous voulez. Nous n'avons rien à cacher. »

Rob prit Maggie par la main et ils descendirent un étroit escalier métallique jusqu'au troisième étage, où des meules massives malaxaient le bois pour en faire de la pâte à papier. Le bruit devenait un grondement énorme. Isely dut crier directement à l'oreille de Rob pour se faire entendre.

« Le bois est écrasé mécaniquement ici ! Pas de produits chimiques ! Nous cassons les tronçons avec des meules très lourdes.

— Et puis vous le blanchissez ?

— Comment ?

— Est-ce que vous le blanchissez ensuite ?

— Oui, nous le blanchissons, effectivement !

— Je veux voir ça ! »

Ils descendirent un autre escalier jusqu'au second étage, où la pâte marron foncé se déversait dans des cuves à vapeur et ressortait sur une chaîne, complètement

152

blanche. C'était de cet endroit qu'émanait la puanteur âcre ; l'air était à peine respirable. Maggie mit une main devant son nez et sa bouche ; elle avait de nouveau la tête qui tournait.

« Ça va, madame Vern ? Vous pouvez vous asseoir là-bas, près de la porte. »

Maggie acquiesça avec reconnaissance puis alla jusqu'à une sortie de secours, s'assit sur les escaliers et reprit son souffle. Rob l'observa un bon moment, puis vit qu'elle reprenait ses esprits. Il se retourna ensuite vers Isely.

« Pourquoi ce blanchiment ? cria Rob pour couvrir le vacarme.

— Personne n'aime avoir du papier qui n'est pas blanc, sauf pour les sacs d'épicerie. Ne me demandez pas pourquoi. C'est tout simplement une lubie. Personnellement, je m'en passerais. Ça nous ferait économiser beaucoup d'argent.

— *Avec quoi* blanchissez-vous le bois ?

— Du chlore. Mais ça ne sort pas de l'usine. Ça représente un danger pour nous parce que le chlore peut se transformer en gaz. Il y aurait beaucoup moins de risque si nous pouvions le déverser dans l'eau, mais nous savons aussi que ce serait la ruine de l'environnement. Et vraiment, bouleverser l'environnement est la dernière chose que nous ferions !

— Le chlore n'est pas déversé dans l'eau ?

— Pas une seule goutte. D'ailleurs, c'est facile à vérifier. Je vous invite très volontiers à faire tester l'eau. Nous ne faisons rien ici qui ne soit conforme aux recommandations de l'agence pour la protection de l'environnement. Nous respectons vos règlements religieusement.

— Je veux en voir *davantage*.

— Eh bien, par ici ! »

Maggie les suivit tandis qu'ils descendaient par le dernier escalier conduisant à la grande salle du rez-de-chaussée par où ils étaient entrés à l'origine. L'intensité de la chaleur y était d'ailleurs encore plus grande que dans tout le reste de l'usine. C'était là que la pâte à papier blanche passait dans des presses qui ressemblaient à des

153

rouleaux compresseurs et en ressortait sous forme d'une immense bande de papier.

« Et voilà, vous avez tout vu ! dit Isely. Lorsqu'elle arrive ici, la pâte est comprimée en feuilles puis séchée pour prendre sa forme définitive de papier.

— Mais comment se transforme-t-elle effectivement en papier ?

— La pâte est fibreuse, et lorsqu'elle est sous presse, les fibres s'entremêlent et finissent par former une substance solide. »

Rob jeta un coup d'œil sur les énormes machines à l'entour. Il n'était pas encore satisfait. « Et le seul produit chimique utilisé est le chlore ? demanda-t-il de nouveau.

— Oui. Non, pardon. Il y a un agent caustique qui est mélangé au chlore. Il est biodégradable et recommandé par l'agence pour la protection de l'environnement. De plus, il *ne se déverse pas* dans l'eau.

— Propre comme un sou neuf, hein ?

— Pardon ? »

Rob fit directement face à Isely et le toisa d'un regard méfiant.

« Quelque chose qui ne va pas ? demanda Isely.

— Comment ça se passe avec les tronçons de bois avant leur arrivée ici ? »

Le ton de Robert alarma Isely. C'était plus une accusation qu'une question.

« On les fait dériver sur le fleuve jusqu'à l'usine.

— Comme ça ? Vous les faites flotter directement jusqu'à l'usine ?

— C'est ça.

— Vous ne les *retenez* pas quelque part ? Ils ne s'arrêtent pas en chemin ?

— Oui, parfois, s'il y a un encombrement...

— Où s'arrêtent-ils ?

— En principe, ils ne s'arrêtent pas.

— Mais parfois oui. Ce n'est pas ce que vous venez de dire ?

— Oui.

— Où les parquez-vous ?

— En différents endroits.

— Dans des étangs ? Vous les retenez dans des étangs ?

154

— Probablement. Cela les ramollit un peu en les imbibant d'eau.

— Donc, cette imprégnation fait partie du processus ?

— Ils s'imprègnent en descendant le fleuve.

— Mais une imprégnation *supplémentaire* est nécessaire ? »

Isely commençait à mal prendre cet interrogatoire. « Non, pas du tout, en fait. Si le bois s'imbibe trop longtemps, il s'enfonce dans l'eau et recueille des algues qui pénètrent dans la pâte à papier.

— Bon, revenons un peu en arrière !

— Mais qu'est-ce que vous faites ? un examen oral ?

— Non, je vous pose simplement quelques questions.

— Et je suis très heureux d'y répondre !

— Vous m'en voyez ravi, parce que j'en ai *encore* quelques-unes. »

Maggie jeta un regard à Rob pour essayer de le calmer. Le ton coléreux de son mari commençait à la mettre mal à l'aise.

« Vous dites que les bûches sont " parfois " retenues dans des étangs ? lança Rob comme un défi.

— Oui, lorsque nous avons trop de matière à traiter.

— Mais j'ai vu de véritables *montagnes* de tronçons dans l'usine. Diriez-vous que vous avez un excédent en ce moment ?

— Oui.

— Et ça arrive souvent ? »

Isely ne répondit pas.

« Je peux le savoir facilement, lança Rob en guise d'avertissement.

— Où voulez-vous en venir ?

— Tous les combien avez-vous un trop grand excédent ?

— Assez souvent.

— Tout le temps, peut-être ?

— Je ne sais pas.

— Mais pas seulement occasionnellement... »

Isely commençait à se hérisser. « Je n'en sais rien.

— Mais ce n'est pas vous qui dirigez tout ça ?

— Oui, mais je ne peux pas tout savoir !

— C'est votre *boulot* de tout savoir ! »

Isely regarda Rob bien en face et dit : « Je suis nouveau

dans ce domaine, monsieur Vern, tout *comme vous*, d'ailleurs. »

Rob se raidit sous l'effet de la colère ; Maggie le prit par le bras pour essayer de le calmer.

« Est-ce que vous trempez le bois dans des produits chimiques ? demanda Rob sur un ton d'exigence.

— Pas que je sache.

— Qu'est-ce que vous voulez dire ?

— Cela n'est pas de mon domaine. Le transport du bois est assuré par un entrepreneur privé. Nous n'avons aucun droit légal sur ce qu'il fait.

— Je vous ai posé une question !

— Et j'y ai répondu !

— Vous êtes responsable de toutes les émanations qui peuvent résulter du traitement du bois ! cria Rob. C'est vous qui engagez l'entrepreneur, c'est vous qui vendez le produit..., c'est à *vous* que l'on doit demander des comptes de *tout* ce qui se passe ici ! » Rob s'approcha jusqu'à être nez à nez avec Isely. « A présent, je veux savoir exactement quels *produits chimiques* vous employez.

— *A moi* de vous poser une question ! cria Isely à son tour. Combien de pages va avoir le rapport que vous comptez écrire ?

— Répondez à ma question !

— Combien de pages, dites-moi ? Cent ? Mille ? Et en combien d'exemplaires, le rapport... cinq cents peut-être ?

— Je veux connaître les produits chimiques que vous employez !

— Bon, disons cinq cent mille feuilles de papier pour votre rapport à lui tout seul. Je suis près de la vérité ?

— Je vous ai demandé...

— Et combien de feuilles faut-il encore compter dans le *reste* des archives de Washington ?

— Vous ne répondez pas...

— Au contraire, je vous réponds ! Je fournis et vous demandez ! *Vous aussi*, vous êtes responsable ! A moins que vous ne vous mettiez à remplir vos classeurs de vulgaires cailloux et à vous moucher avec des cactus...

— De quels produits chimiques le bois est-il imprégné ? cria Rob encore plus fort pour couvrir la voix d'Isely.

— D'aucun produit, rétorqua Isely sèchement.

— Je ne vous crois pas !

— Alors, testez l'eau ! lança Isely, rageur. C'est exactement ce que nous faisons nous-mêmes ! Si le bois était imbibé de produits chimiques, ceux-ci ressortiraient au cours du traitement dans l'eau même qui coule devant cette usine ! » Isely était rouge de colère. « Nous prenons des échantillons de cette eau tous les dix jours et nous sommes au courant de tous les fichus produits qui flottent là-dessus et qui peuvent être dangereux pour l'environnement !

— Alors pourquoi trouve-t-on des poissons morts ?

— Si vous connaissiez mieux votre boulot, monsieur Vern, vous sauriez pourquoi ! L'eau est saturée dans cette partie du fleuve. Il n'y a pas assez d'oxygène pour permettre la vie aquatique dans un rayon de six cents mètres, et cela, l'agence pour la protection de l'environnement le comprend parfaitement ; d'ailleurs cette situation ne se répercute pas dans les autres parties du fleuve, et elle n'a rien à voir avec des produits chimiques. »

La tirade laissa Rob muet. De toute évidence, Isely savait de quoi il parlait.

« Est-ce que vous savez tester l'eau, " Docteur " Vern ?

— Je sais parfaitement tester l'eau.

— Eh bien, allez-y ! Nous n'avons rien à cacher ! »

Isely tourna les talons et entra dans le monte-charge dont les portes se refermèrent dans un grand bruit métallique. Rob était épuisé ; il prit Maggie par la main et ils quittèrent l'usine pour retrouver la fraîcheur de l'extérieur.

Un soleil feutré était suspendu assez bas sur l'horizon. Rob et Maggie regagnèrent le bateau en silence, après être passés à gué dans une couche profonde de boue et s'être péniblement hissés à bord. Au moyen d'une rame, Rob fit sortir le bateau de la vase, puis il déclencha le moteur et l'embarcation repartit en aval. En quelques minutes, Rob et Maggie parvinrent à l'embouchure du fleuve Espee, à l'endroit où il se jetait dans le lac Mary. Rob aperçut un cadavre de castor dans un filet de pêche.

Le soleil se couchait ; les chauves-souris étaient venues

se nourrir des innombrables insectes amenés par la pluie. Sur fond de ciel orange, elles piquaient vers le sol sans aucun bruit, comme des papillons dans un champ de fleurs.

Paradoxalement, cette terre paraissait invincible. En dépit du chaos qui semblait couver sous la surface, la façade était parfaitement sereine et inflexible. La terre formait un ensemble inattaquable, et tous ses éléments faisaient preuve d'une sorte de courage collectif ; toute dissection était d'autant plus difficile que tous ces éléments composaient un tout inextricable.

Tandis que la petite embarcation fendait les eaux calmes du lac dans la direction de l'île, Rob et Maggie restèrent muets, respirant le parfum apaisant des pins. Dans la chaleur et le bruit de la fabrique de papier, Maggie avait ressenti une agitation dans son ventre, dont elle n'avait jamais eu l'expérience auparavant. C'était comme un mouvement, mais non pas le mouvement agréable que lui avaient décrit d'autres femmes enceintes. C'était un mouvement incisif et rebelle, comme si son corps était le théâtre d'un conflit interne. Mais cette sensation disparut grâce à l'air frais, tonifiant et apaisant à la fois.

Maggie changea de position et fit face à Rob ; son mari avait un regard totalement désespéré. Maggie savait qu'il n'avait pas l'habitude de l'échec et souhaita secrètement pouvoir l'aider.

« Est-ce qu'il n'arrive pas, parfois, que les têtards deviennent très gros ? demanda Maggie timidement.

— Les racines sortaient de terre, Maggie. Le feuillage, là-bas, était différent de ce que nous avons vu partout ailleurs dans la forêt. L'eau avait une couleur anormale.

— Est-ce que ça vient forcément de la fabrique de papier ? Ça ne pourrait pas être autre chose ? »

Rob secoua la tête de manière désespérée. « Je n'en sais rien. »

Maggie remarqua que ses bottes étaient recouvertes jusqu'en haut d'une épaisse couche de vase. Maggie passa ses doigts dans l'étroite ouverture entre sa jambe et le haut de la botte et eut une grimace de dégoût en sentant entre ses doigts la boue visqueuse. Puis elle l'ôta en passant sa main dans l'eau. Elle refit le geste plusieurs

158

fois, grattant de nouveau la boue, puis replongeant la main dans l'eau, dans une sorte de rituel commandé par un mouvement inconscient.

« Je le crois, dit Maggie tout en continuant à gratter la boue. Je veux dire Isely.

— Pour quelle raison ?

— Je ne sais pas exactement. Il commet trop d'erreurs pour être un menteur.

— Tu veux dire qu'il fait trop d'erreurs pour être un *bon* menteur.

— Je ne crois pas qu'il nous ait menti. »

Rob commença à s'intéresser de plus près à la boue que Maggie continuait à enlever. Tandis que cette vase gris brun se détachait de la main de Maggie, Rob y décela des reflets, comme de minuscules grains métalliques.

« De plus, poursuivit Maggie, s'il avait menti, comment aurait-il pu te proposer de tester l'eau ? Je veux dire, si elle contenait vraiment quelque chose... Pourquoi t'aurait-il dit de tester l'eau ? »

Rob porta son regard vers les bottes de Maggie, et, tandis que sa femme continuait à en ôter la boue, il vit, avec une certitude qui le glaça, un léger fil d'argent dans l'empreinte des doigts de Maggie. Le visage de Rob se figea subitement.

« Ce n'était peut-être pas dans l'eau », répondit-il.

Maggie remarqua quelque chose de curieux dans le ton de Rob et leva immédiatement les yeux vers lui.

« Peut-être était-ce plus lourd que ça », dit Rob.

Son expression effraya Maggie. « Qu'est-ce que tu veux dire ?

— Regarde tes bottes. »

Magie regarda ses chaussures et vit ce que Rob venait de voir. Elle prit une grosse motte de boue sur la cambrure de sa botte, l'étala dans ses mains et découvrit une minuscule pépite de matière métallique.

« On dirait de l'argent, dit Maggie. On dirait le plombage d'une dent ou quelque chose comme ça.

— C'est mou ? »

Maggie serra la pépite. « Oui.

— L'argent est dur.

— Qu'est-ce que ça peut être alors ?

— Essuie-toi les mains et touche-la de nouveau. »

Maggie sécha rapidement sur son écharpe de laine la main qui était restée libre, puis toucha avec délicatesse la petite boule qui ressemblait à du mastic.

« Est-ce que c'est sec ?

— Oui », répondit Maggie avec étonnement.

Le visage de Rob se durcit sous l'effet de la colère. Mais il avait aussi une expression triomphante.

« Qu'est-ce que c'est ? répéta Maggie.

— C'est la question piège qu'ils nous posaient toujours à l'école de médecine. Je m'en souviens parce que je n'avais pas donné la bonne réponse.

— Qu'est-ce que c'était ?

— Quel est le seul liquide qui ne soit pas humide ?

— Et quelle est la réponse ? »

Le visage de Rob devint tout rouge sous l'effet de l'excitation. Il tenait enfin une piste.

« Le mercure. »

10

Dans la forêt de Manatee, tandis que les créatures nocturnes faisaient leurs ravages sous un pâle clair de lune, Robert Vern travaillait dur dans sa cabane ; il avait le visage illuminé par la lumière blanche et crue d'une lampe au kérosène posée tout près de lui, sur la table de la cuisine. L'énorme pile de livres que Victor Shusette lui avait donnés fournissait à Rob des réponses, lentement et non sans peine. Pendant cinq heures d'affilée, Rob avait dévoré un texte après l'autre, prenant des notes fiévreusement et vérifiant toutes les références, jusqu'à ce que l'énormité de sa découverte finît par avoir un sens. Il était une heure du matin.

Maggie dormait dans la soupente ; le silence religieux qui régnait dans la cabane accentuait encore plus la terrifiante évidence du secret qui se révélait à Robert. Dans l'index d'un ouvrage sur les poisons de nature industrielle, Rob trouva une centaine de symboles représentant les composés chimiques du mercure utilisés dans l'industrie. Rob procéda par élimination. Ses connaissances en matière de chimie étaient à la fois un avantage et un inconvénient : elles lui permettaient de comprendre ce langage mais l'empêchaient en même temps d'aller directement aux conclusions qu'un profane aurait pu tirer.

Rob savait que, pour avoir un effet profond sur des organismes vivants, le produit chimique devait lui-même contenir des organismes vivants. Par conséquent, il élimina les produits synthétiques créés en laboratoire et concentra ses efforts sur les produits biochimiques, c'est-à-dire les cultures vivantes formées à partir de moisissures, de virus et de bactéries. Mais deux heures de recherche dans ce sens n'aboutirent qu'à un sentiment de frustration : après avoir soigneusement étudié l'itinéraire complet de chacun de ces produits, Rob découvrit que leur principale utilisation était pharmaceutique et agricole. Aucune application possible dans l'industrie du bois.

Rob repartit à zéro et se mit à examiner alors les produits synthétiques, les composés chimiques inorganiques les plus couramment employés dans l'industrie, autrement dit les produits caustiques et antiseptiques utilisés à des fins hygiéniques et notamment pour nettoyer des pièces de machines. Peu à peu, l'un de ces composés sortit du lot. Le PMT. Il était utilisé pour combattre l'invasion de la végétation, par exemple pour empêcher les algues d'adhérer à des machines devant fonctionner sous l'eau, telles que les derricks et les pompes d'égouts. Rob se rappela alors qu'Isely lui avait dit que, si le bois trempait trop longtemps dans l'eau, des algues s'y accrochaient et que cela n'était pas souhaitable. Les Papeteries Pitney utilisaient peut-être le PMT ou un composé semblable pour conserver intact le bois retenu dans les étangs.

Mais l'explication n'était pas encore absolument satisfaisante. Le PMT n'était pas une matière organique. C'était un produit synthétique. Inorganique. Et les substances inorganiques ne provoquaient que des dommages externes : c'était ça la « pollution ». Or, ce que Rob recherchait, c'était quelque chose qui pût causer un désordre interne, biologique. Il cherchait une substance organique.

Rob prit alors un ouvrage sur l'analyse chimique, grâce

162

auquel il put décomposer les éléments du PMT et découvrir la clé du problème. PMT était l'abréviation de « mercure de méthyle inorganique ». Et « méthyle » représentait en l'occurrence le nitrate de méthyle. Celui-ci, ingéré par un organisme vivant, pouvait devenir organiquement viable une fois absorbé par le corps. En d'autres termes, le mercure de méthyle inorganique pouvait se transformer en substance *organique*, précisément ce que Rob cherchait depuis le début.

Rapidement, il dessina un graphique pour fixer dans son esprit la réaction en chaîne. Le PMT est déversé dans l'eau. Les grains microscopiques de mercure qu'il contient jouent entre eux un rôle d'aimant, chaque grain s'associant lentement à un autre pour former de petites boules. Selon le même principe magnétique, le plancton, composante végétale microscopique des algues, est attiré dans la chaîne. Au lieu de se fixer sur les bûches submergées, les algues se forment sur les petites boules de *mercure*, lesquelles s'alourdissent et coulent dans les fonds boueux. Les têtards, les vairons et les insectes aquatiques qui consomment les algues avalent en même temps les petites boules ainsi enveloppées, qui, en passant dans le corps de ces créatures, deviennent *organiques*. Ces petites créatures sont à leur tour mangées par de plus grosses. La concentration de mercure de méthyle se fait de plus en plus importante en remontant ainsi la chaîne alimentaire. Un petit vairon va emmagasiner en lui une quantité infime de toxines, mais un saumon avale un millier de vairons. Et un ours mange un millier de saumons. Lorsque le mercure a atteint le sommet de la chaîne alimentaire, les créatures qui l'ont absorbé sont littéralement envahies par les toxines. Leurs déchets passent dans le sol, fertilisent le feuillage et celui-ci est ensuite ingurgité par les herbivores : daims, lapins, souris, vermine. Ainsi, l'environnement tout entier devient toxique.

Mais cette nuit-là, Robert Vern devait en apprendre encore davantage. Le dernier ouvrage qu'il étudia était intitulé *Précédents juridiques dans le domaine industriel* et relatait dans le détail les accidents les plus graves de l'ère technologique. A la table des matières, Rob trouva « MMT ». Abréviation légèrement différente de « PMT », mais Rob comprit très rapidement que cette différence n'était que sémantique et ne faisait que refléter l'évolution du langage de la chimie au cours des vingt dernières années. Le MMT et le PMT étaient une seule et même chose. Du mercure de méthyle inorganique.

Devant ces pages concernant le MMT, Rob sentit le sang se figer dans ses veines. Il s'agissait de la relation détaillée de la catastrophe industrielle ayant fait le plus de ravages dans toute l'histoire de l'humanité. Les photos semblaient provenir d'une période de guerre : photos prises dans des hôpitaux de personnes mutilées et défigurées, enfants nés avec des malformations, vieillards au regard vitreux et au sourire de malades mentaux. Ces photos avaient été prises au Japon, à Minamata, en 1956. Cette année-là, dans cette ville, une communauté de cent mille personnes avait été empoisonnée par du mercure de méthyle, certaines ayant trouvé la mort, d'autres ayant été défigurées ou atteintes de graves maladies. Sur les rives du lac Minamata, une fabrique de papier avait, pendant cinquante ans, déversé du mercure de méthyle dans un réservoir à eau fournissant de l'eau potable à toute la population. Pas un seul homme, une seule femme ou un seul enfant n'avait échappé aux effets catastrophiques du produit chimique. Lorsque les premiers symptômes apparurent, on parla de « Maladie de la boisson », de « Maladie grimaçante » ou encore de « Maladie des chats », cette dernière appellation due au fait que les chats domestiques, exclusivement nourris de poisson venu du lac, avaient été les premiers animaux à être frappés de démence et à mourir.

Cet événement permit de découvrir que le mercure de méthyle inorganique, une fois transformé en mercure de méthyle *organique* lors des opérations digestives, devenait une neurotoxine et un gène de mutation. En tant que neurotoxine, le MMT ou PMT attaque les cellules du cerveau et provoque des pertes de sensations, une perte du sens de l'orientation et, finalement, la paralysie et la mort. En tant que mutagène, il s'attaque au fœtus. Mais, à la différence de tous les autres mutagènes connus et répertoriés, celui-ci a la faculté de passer la barrière du placenta et de s'acheminer par l'intermédiaire du système sanguin qui, en principe, protège le fœtus des impuretés et des poisons ingurgités par la mère. Le PMT *se concentre* véritablement dans les cellules du sang fœtal, concentration supérieure de trente pour cent à celle du sang de la mère. Après des examens très poussés en laboratoire, les scientifiques avaient conclu que le mercure de méthyle était la toxine la plus puissante découverte depuis la fin de la Seconde Guerre mondiale. En conséquence de quoi, son utilisation massive dans l'industrie fut définitivement interdite par la Cour de Justice internationale de La Haye.

La dernière page du chapitre que Rob venait de dévorer était un témoignage éloquent sur le pouvoir du PMT : il s'agissait d'une photo pleine page d'une femme, toute courbée et mutilée, portant un enfant défiguré.

Robert Vern referma l'ouvrage et resta immobile dans le silence de la cabane. Il était trop bouleversé pour pouvoir faire un geste, véritablement paralysé par l'énormité de sa découverte. Mais l'esprit de Rob luttait encore pour saisir toute la vérité, en quelque sorte pour mettre en place les dernières pièces du puzzle. A Minamata, le poison avait pu s'accumuler pendant cinquante ans. Mais dans la forêt de Manatee, la papeterie n'avait que vingt ans d'existence.

Peut-être était-il encore temps d'éviter la catastrophe. Mais il subsistait une inconnue : la puissance du produit chimique utilisé à Minamata et celle du mercure de méthyle employé à Manatee. Si jamais ce dernier était deux fois plus fort, les vingt années pouvaient bien être l'équivalent des cinquante de Minamata.

La dernière question qui vint à l'esprit de Rob le secoua physiquement : comment pouvait-on encore utiliser ce produit à Manatee ? Comment *avaient-ils pu ?* Ignoraient-ils ses effets ? L'évolution de la langue chimique, qui avait fait passer du MMT au PMT avait-elle pu les amener à penser qu'il ne s'agissait pas du même produit ? Ou était-ce au contraire un prétexte pour plaider non coupable ?

« Comment *ont-ils pu ?* », lui répétait une voix intérieure. COMMENT ? Dans un soudain accès de colère, Rob frappa la table de toutes ses forces et fit sauter en l'air tout ce qui s'y trouvait. Puis il se leva brusquement, ouvrit d'un geste violent la porte de la cabane et, d'un pas décidé, sortit dans la nuit. Il resta dehors, les poings serrés, à fixer les étoiles. Il se sentait impuissant.

« Rob... ? »

Il se retourna et vit Maggie qui descendait en chemise de nuit. Puis il vit son regard effrayé lorsqu'elle fut plus près, sur le seuil.

« Qu'est-ce qui se passe ? demanda-t-elle tout bas.

— Le mercure de méthyle inorganique, répondit Rob d'une voix tremblante. Le PMT. C'est un agent qui supprime le limon et les algues sur le bois. »

Rob vit que Maggie n'y comprenait rien. « C'est une neurotoxine, si tu préfères. En 1956, elle a balayé toute une communauté japonaise, cent mille personnes, à Minamata.

— Mais pourquoi diable l'utiliseraient-ils ici ?

— Parce que le produit est efficace et bon marché. N'est-ce pas ce que nous a dit Isely ? " Nous sommes fiers de notre efficacité ? " » Rob recommençait à trembler sous l'effet de la colère.

« Tu es sûr de ce que tu avances ?

— Ecoute, les Indiens se nourrissent de poisson et se comportent ensuite comme des ivrognes alors qu'ils n'ont pas bu une seule goutte d'alcool. N'est-ce pas ce qu'a dit Hawks ? Les gens pensent que les Indiens s'enivrent... ? Mon peuple est un peuple de pêcheurs ", n'est-ce pas ce qu'il nous a dit ? Et à Minamata, ils avaient surnommé ça la " Maladie de la boisson " ! » De plus en plus haletant, Rob se mit à faire les cent pas, visiblement frustré de ne pouvoir passer sa colère autrement. « Un raton laveur devient féroce puis meurt, et on découvre que son cerveau n'est plus que de la bouillie ! Même chose avec un chat ! Tu te rappelles, le chat du garde forestier, qui avait mangé du poisson ? Il *nous l'a dit* ! Et le vieil homme... l'Indien. As-tu remarqué ses brûlures aux doigts ?

— Et ça vient du mercure ?

— Non, ce sont des brûlures de cigarettes ! Mais s'il ne les sent pas, c'est bien à cause du mercure. Il ne sent pas ses mains, rends-toi compte ! Il se nourrit de ce qu'il trouve dans l'étang ! Et c'est un véritable bain de culture chimique ! C'est pour ça que le têtard qu'on y a vu avait la taille d'une grenouille !

— Et c'est la faute du mercure ?

166

« — Oui, c'est la faute du *mercure* ! C'est un mutagène ! Et ça se déverse dans cette eau depuis vingt ans !

— Un mutagène...

— C'est un *désastre*, Maggie !! »

Maggie s'avança sur la véranda, de plus en plus consternée par ce qu'elle entendait. « Tu veux dire... que ça provoque des mutations... ?

— Oui, des mutations... et *de quelle manière*, en plus ! C'est le seul mutagène qui passe la barrière du placenta et se concentre dans les cellules du sang d'un fœtus à un degré de trente pour cent plus élevé que...

— Rob, dit Maggie avec douceur, je voudrais comprendre...

— *Tu* veux comprendre ! *Et moi* donc ! Je veux savoir pourquoi cette fichue fabrique utilise ce produit chimique ici !

— Il y en a dans le poisson, c'est ça ?

— Dans tout ce qui mange le plancton... tout ce qui mange les algues, et toutes les créatures qui mangent celles qui mangent les algues ! Autrement dit, absolument *tout* ! »

Maggie essaya de parler calmement et de ne pas trahir sa peur. « Qu'est-ce que ça signifie... qu'il passe la barrière du placenta ?

— Il adhère aux chromosomes tout comme il adhère aux algues...

— Et ça signifie quoi, concrètement ?

— Des *monstres* ! cria Rob. Des monstres ! »

Maggie se recroquevilla sur elle-même, comme si on l'avait frappée au bas-ventre.

« Voilà ce qui se passe ! s'exclama Rob rageusement. Voilà pourquoi il y avait ce foutu saumon d'un mètre cinquante ! Tu ne me croyais pas ? Mais je l'ai *vu*, moi ! Pourquoi diable ne m'en suis-je pas douté ? »

Maggie se sentit soudain prise de nausée et ferma les yeux, essayant de se maintenir sur ses deux jambes.

« Et les *enfants mort-nés* !

— Quoi ? dit Maggie, pantelante.

— C'est ce qu'a dit l'Indienne. Des enfants mort-nés. Ou nés avec des malformations. De monstrueuses malformations. Des enfants qui avaient l'air d'animaux, c'est ce qu'elle a dit ! Et Dieu sait ce qui peut encore se passer ! »

167

Maggie se sentit secouée dans toutes les fibres de son être et son esprit se mit à vaciller. Mais elle s'agrippait très fort à la réalité, car elle avait besoin de rester forte et d'en savoir plus. « Donc, si un animal fécondé... mange le poisson... il peut...

— Oui, *c'est sûr !* »

Elle frissonna. Se retournant vers elle, Rob vit le regard effrayé de Maggie. Cela le frappa comme la foudre. « Mon Dieu.

— Rob ?

— Est-ce possible ?

— Oui. »

Leurs regards se croisèrent. Ils étaient tous deux terrifiés, mais pas pour les mêmes raisons.

« La taille d'un dragon, murmura Rob.

— Quoi ?

— Ce poème... le garde forestier... la taille d'un dragon. N'est-ce pas ce qu'il a dit ? »

Maggie restait là, complètement ébahie. Mais Rob ne voyait pas à quel point son épouse se tourmentait tant il était lui-même absorbé dans ses pensées.

« Et ce vieillard. Cet Indien. N'a-t-il pas parlé de cette créature comme faisant partie de " tout ce que Dieu a créé " ? N'est-ce pas ce qu'il a dit ? »

Maggie s'assit sur le petit escalier de la véranda.

« Des yeux de chat, dit Rob d'une voix sifflante. C'est ce qu'Isely avait dit à l'aéroport. »

Maggie enfonça sa tête dans ses mains.

« Ecoute-moi bien, Maggie, dit Rob tout bas, mais avec une grande intensité dans la voix, écoute-moi bien.

« Un fœtus passe par différentes phases bien distinctes. Chacune d'elles représente un stade très précis de l'évolution. Je veux parler du fœtus humain. A un certain stade, il est proche du poisson, il a des nageoires et des branchies. A un autre stade, il a un air félin. Un visage de chat. Et ainsi de suite, en remontant tous les échelons de l'évolution, avec toutes les formes différentes que cela implique. Ce produit chimique s'accroche à l'ADN. L'ADN fixe les chromosomes. Il peut " geler " certains éléments à un stade de l'évolution donné, tandis que les autres éléments continuent de croître. » Rob fit une pause. « Tu m'écoutes ?

— Oui, répondit Maggie d'un air absent.

— Un animal fécondé — mettons un ours — ingurgite le poisson... et corrompt le fœtus au point de donner naissance à un monst... » Rob se tourna vers Maggie qui restait assise, sans aucune réaction, le regard éteint. « Maggie ?

— Oui ? murmura-t-elle.

— Il se pourrait bien qu'il y ait un monstre ici même. Un vrai *monstre*. »

Tout à coup, dans le silence, surgit le cri étrange du grand plongeon. L'écho retentit au-dessus du lac et la forêt tout entière s'emplit de ce gémissement.

« Combien de poisson... Rob... marmonna Maggie avec beaucoup d'hésitations, faudrait-il manger... pour donner naissance à un... ?

— Il se concentre dans le sang du fœtus.

— Com...bien ?

— Très peu. »

Maggie sentit qu'elle allait vomir. Elle se leva.

« Il va me falloir des preuves, dit Rob d'un ton complètement éteint, tout en fixant le lac.

— Tu n'es pas sûr de tout ça ?

— Il me faudra faire des prélèvements sanguins. En priorité sur les humains. »

Maggie se retourna vers Rob. Luttant contre la nausée, elle réussit à prononcer : « Combien de temps ? Avant que tu sois absolument sûr ?

— Si l'hôpital du coin a un laboratoire... d'ici demain. »

Maggie pénétra dans la cabane et referma la porte derrière elle. Rob, lui, resta à l'extérieur, à écouter le cri du plongeon.

Tandis qu'il lisait à la lumière du feu de camp, Travis Nelson entendit lui aussi le cri du plongeon. Il vérifia l'heure et nota qu'en principe l'oiseau faisait entendre son cri plus tard. Travis se sourit à lui-même et se demanda ce qui avait poussé le plongeon à se réveiller si tôt. Peut-être avait-il une tâche à accomplir, comme Travis lui-même.

Les trois jours de pluie avaient sérieusement freiné leur

progression vers les chutes. A présent, Travis et sa famille attendaient que le sol fût de nouveau sec avant de s'attaquer à la colline. Pour les enfants, l'idée d'escalader une montagne et de camper près des chutes d'eau avait été très excitante ; pour atténuer leur déception, Travis leur avait suggéré d'explorer les rives du lac et d'en profiter pour apprendre les techniques de survie. Après avoir marché toute la journée, ils se retrouvèrent à un embranchement lointain du fleuve Espee, c'était l'un des trois points où l'eau descendait la montagne en cascade pour rejoindre le lac. C'était une zone abritée, entourée de hautes falaises, une anse naturelle indiquée sur la carte forestière sous le nom de Mary's Bend. La famille Travis était remontée sur quatre à cinq cents mètres en amont et avait dressé les tentes au milieu des arbres, à un endroit où l'on entendait le bruit des cascades. Travis avait repéré en chemin plusieurs pièges à ours et filets de pêche, et il les avait presque tous fait disparaître. La carte des services forestiers indiquait « zone protégée ». C'était une aire de reproduction des poissons, et la chasse et la pêche y étaient interdites. Les filets avaient été posés par des braconniers — probablement indiens — qui ne tenaient pas compte des frontières et des limites tracées par des individus qu'ils considéraient comme des intrus.

Toutefois, les filets et les pièges permirent à Travis d'enseigner à ses enfants les techniques de chasse primitives. Ce petit ours les avait amenés, à la tombée de la nuit, autour du feu de camp, à imaginer le courage et les ressources qu'il avait fallu aux premiers hommes pour survivre dans leur environnement. Finalement, les enfants s'étaient senti capables de passer la nuit tout seuls ; Travis et sa femme Jeanine avaient observé avec amusement, au fur et à mesure de l'escalade, la manière dont leurs enfants faisaient tout pour ne pas « se dégonfler ». les deux adolescents avaient pris chacun leur sac de couchage et s'étaient séparés dans les bois pour bien prouver qu'ils oseraient aller jusqu'au bout.

Travis pensait qu'ils feraient demi-tour en l'espace de quelques minutes. Mais, ne les voyant pas revenir, il partit les chercher. A son grand soulagement, il les trouva à une centaine de mètres de là et vit qu'ils avaient finalement décidé de camper ensemble. Travis leur alluma un feu et les enfants firent la promesse de l'entretenir pendant la nuit pour effrayer les ours ; puis ils se couchèrent côte à côte. Paul s'était, à son habitude, complètement enfermé dans son sac de couchage pour ne pas laisser entrer les moustiques ; Kathleen, au contraire, s'était généreusement aspergée d'insecticide afin de pouvoir garder la tête au-dehors et respirer l'air frais de la nuit.

Travis était retourné jusqu'à sa tente, mais, sur la demande insistante de sa femme, était reparti voir les enfants vers minuit. Tout était calme. Le feu brillait toujours ; Kathleen avait mis son réveil près d'elle, l'aiguille de la sonnerie fixée sur deux heures du matin ; la jeune fille avait certainement l'intention de se lever à ce moment-là pour aller raviver le feu.

Travis avait un peu traîné près de ses deux enfants ; il était ému par le spectacle de leur sommeil, au beau milieu de ce coin désert et plongé dans l'obscurité. Les enfants étaient à la fois vulnérables et courageux, beaux dans leur innocence et attendrissants par leur volonté de prouver leur bravoure. Il y avait là une sensation de paix incomparable, que Travis aurait voulu fixer dans sa mémoire.

Un hibou ulula quelque part dans un arbre ; Travis vit Paul remuer, rouvrir la fermeture Eclair jusqu'à hauteur du nez et jeter un coup d'œil dans la nuit. Mais il referma très vite les yeux et retomba dans un sommeil profond.

Travis resta un long moment auprès de ses enfants, mais il finit par se dire que sa femme pourrait s'inquiéter. Il retourna alors à son campement, cent mètres plus loin. Jeanine s'était elle aussi endormie. Ramassée dans son sac de couchage, elle avait l'air aussi belle et aussi vulnérable que les enfants. Travis aimait rester éveillé dans un tel décor, pendant que sa petite famille dormait profondément. Il prenait alors conscience de son devoir de protection envers les siens, et de la sensation de sécurité qu'ils pouvaient eux-mêmes avoir en s'endormant ainsi, au cœur de lieux étranges. Travis était tellement ravi de son rôle protecteur qu'il n'avait aucune envie de se laisser aller au sommeil. Il resta donc éveillé et lut un ouvrage de Thoreau, auteur qu'il avait toujours aimé.

A deux heures du matin, il entendit la sonnerie du réveil de Kathleen, qui sonna jusqu'au bout. Puis Travis perçut un mouvement à travers les fourrés et pensa avec satisfaction que sa fille s'était levée pour ranimer le feu. Kathleen était la plus sérieuse des deux enfants, Paul ayant toujours été plus impulsif. En somme, ils se complétaient et Travis espéra secrètement que le frère et la sœur s'entendraient toujours aussi bien.

Il referma son livre, s'allongea et se mit à regarder la voûte étoilée. Travis n'avait jamais vu autant d'étoiles. Il se mit à les compter, tout en écoutant le bruit que faisait Kathleen en se déplaçant à travers les arbres, à la recherche de bois sec.

En vérité, Kathleen était toujours dans son sac de couchage et avait elle aussi entendu le bruit dans la forêt. Elle avait été tirée du sommeil par la sonnerie de son réveil, mais s'était sentie tellement au chaud dans son sac de couchage, qu'elle n'avait pas eu le courage de sortir un bras pour arrêter le réveil. Kathleen avait laissé la sonnerie s'évanouir tout doucement, puis avait comparé les mérites relatifs du sac de couchage, chaud et confortable, et de l'obligation de se lever pour refaire du feu. Paul dormait toujours à son côté et seul son nez sortait de la petite ouverture, tout en haut de son sac. Il avait un moustique sur le nez et Kathleen éloigna l'insecte. Paul avait réagi en reniflant, puis avait roulé de l'autre côté et s'était mis à ronfler. Cela irrita sa sœur, qui se dit qu'elle allait devoir le réveiller. Elle était sur le point de le faire lorsqu'elle entendit un bruit de pas dans la forêt. C'était le son de quelque chose de lourd, qui écrasait le sol de sa masse et se rapprochait de Kathleen.

« Papa ? »

Pour toute réponse, le bruit s'estompa. Les criquets arrêtèrent eux aussi leur chant, et l'environnement tout entier tomba dans une sorte de néant. Puis le bruit se fit entendre de nouveau, mais à peine audible cette fois, comme un froissement de feuilles. Comme si la chose lourde avait déplacé sa masse ailleurs, en frôlant le feuillage au passage, juste au-delà de la lumière du feu de camp.

« Papa ? » redemanda Kathleen à voix basse.

Tout était redevenu silencieux. Kathleen se força à

regarder dans la direction des arbres. Mais ce n'était qu'un mur de ténèbres. Toutefois, elle entendit une respiration. Il y avait même une odeur. Une odeur d'humidité, comme dans un sous-sol après la pluie. Kathleen se sentit frissonner et s'aperçut que le feu n'était pratiquement plus que cendres. Il n'y avait en tout cas plus assez de lumière pour éloigner les ours. Kathleen voulut appeler son père à l'aide, mais, en ouvrant la bouche, elle s'aperçut qu'aucun son n'en sortait. Respiration coupée, elle s'efforça de former quelques mots, mais ne réussit qu'à émettre un murmure.

« Papa... ? »

Le bruit se rapprochait. Kathleen sentait une présence. Une ombre était apparue à la lisière des arbres.

Kathleen se mit à pleurnicher et ses larmes coulèrent dans un silence pesant. « Ne me mangez pas, monsieur l'Ours... », murmura-t-elle.

Paul entendit la voix de sa sœur et ouvrit doucement les yeux. Immédiatement après, il entendit un bruit très sourd suivi d'un grognement. Paul bondit pour aller voir Kathleen. Mais l'endroit où elle se trouvait normalement avec son sac de couchage était désert. Par contre, il y avait un liquide qui coulait sur le sol, comme de grosses gouttes de pluie. Mais celles-ci étaient rouges.

Paul crut qu'il traversait un rêve. Les gouttes de pluie rouges furent suivies de flocons de neige : c'était un nuage de plumes de duvet qui sortaient du sac de Kathleen et venaient s'agglutiner sur le sol, dans une mare sanglante de plus en plus grande. Puis il y eut un craquement, quelque chose qui ressemblait à un chien cassant un os. Paul leva lentement les yeux et fut frappé de terreur. La silhouette gigantesque qui le dominait mangeait en silence, presque nonchalamment. La pluie sanguinolente et la neige de plumes tombaient de plus belle. Paul était enfoui dans son sac de couchage, dans un état de stupéfaction totale. La bête le regardait.

Paul tenta de prendre la fuite. Mais il s'empêtra dans le cocon qu'était devenu son sac de couchage. Paul batailla avec la fermeture Eclair, mais elle était coincée et ne descendait pas plus bas que son menton. Puis il entendit le bruit du sac de couchage de Kathleen qui venait de frapper le sol ; un bras en sortait, étendu inerte sur la terre sale. Paul se mit à hurler et partit à cloche-pied pour s'abriter du côte des arbres ; il poussait des cris de désespoir tandis que l'ombre pesante s'abattait sur lui.

A une centaine de mètres de là, Travis Nelson, toujours éveillé auprès de son feu de camp, entendit les cris désespérés et partit comme un bolide dans la forêt en criant lui aussi : « Paul ! Paulie ! »

Le jeune garçon continuait à hurler, de plus en plus fiévreusement. Puis les hurlements cessèrent subitement.

Travis Nelson arriva précipitamment sur les lieux pour voir le corps de son fils voler dans les airs comme un vulgaire fétu de paille et dans un nuage de plumes de plus en plus épais, sur fond de clair de lune. Puis Travis aperçut la forme gigantesque qui sortait d'un massif d'arbres.

« Oh, mon Dieu ! » s'exclama-t-il, au bord des larmes.

Ce furent ses dernières paroles.

John Hawks avait passé la nuit en toute sécurité, dans les excavations creusées dans le sol, entre les tentes de M'rai, et qui servaient d'entrepôts. Les bûcherons s'étaient présentés chez M'rai pour essayer de retrouver Hawks, comme prévu. Ils avaient interrogé M'rai et Romona, avant de repartir, et s'étaient contentés d'apprendre que Hawks n'était plus là. Depuis sa cachette souterraine, Hawks avait entendu le chant funèbre de M'rai, qui égrenait sa complainte, seul dans sa tente.

A l'aube, Romona et Hawks partirent au plus vite dans la forêt, jusqu'au bord du lac, qu'ils traversèrent en radeau jusqu'à l'île où séjournaient Rob et Maggie ; ces derniers les attendaient. Dans la cabane, Rob leur raconta ses découvertes de la veille. John et Romona burent ses paroles, tandis que leur regard exprimait à la fois l'incrédulité et la colère. Pour preuve de ce qui les attendait, Rob leur montra des photos de Minamata. Si les prélèvements de sang qu'il avait l'intention de faire sur les Indiens du village se révélaient positifs, déclara Rob, Manatee connaîtrait une catastrophe de la même portée.

Cette fois, Maggie se força à écouter et à analyser chaque détail. Elle était au bord de la crise nerveuse,

174

mais se dit qu'elle devait essayer de tout saisir pour éviter d'être victime d'un choc émotionnel, ce qui pouvait être d'une certaine manière sécurisant mais aussi irresponsable. Aussi épouvantable que fût la réalité, Maggie était déterminée à s'y accrocher.

Rob avait pris ses bocaux, en avait ôté les échantillons de sol, et avait stérilisé les récipients pour pouvoir y mettre les prélèvements sanguins à la place. Il estimait que dix hommes, dix femmes et dix enfants suffiraient à son analyse. Mais Hawks fut incapable de lui dire si l'hôpital de Manatee possédait effectivement un laboratoire ; aussi Rob et Maggie prirent-ils rapidement quelques affaires personnelles pour passer éventuellement la nuit ailleurs, au cas où ils auraient à apporter les prélèvements jusqu'à l'hôpital de Portland, à une centaine de kilomètres de Manatee.

Ils partirent pour le village à huit heures du matin. Le ciel était lourd et nuageux et l'atmosphère de nouveau oppressante. Les moustiques, cousins et grosses mouches dansaient autour de leur visage tandis que la petite embarcation fendait les eaux du lac ; les insectes étaient rendus agressifs par l'humidité et essayaient de se nourrir dans l'éventualité de nouvelles pluies. Pendant la traversée du lac, Rob dit à Hawks et Romona que, d'après lui, les produits chimiques avaient peut-être provoqué des formes de mutation animales. Mais il pesa soigneusement ses mots pour ne pas trop dramatiser ou paraître complètement farfelu. En plein jour, au milieu d'une forêt qui paraissait parfaitement pacifique, le fait de parler d'un « monstre » rôdeur semblait plutôt fantaisiste et loin de toute réalité scientifique. Mais Romona et Hawks n'avaient pas l'air de cet avis et acceptèrent la version de Rob sans broncher.

Le bateau accosta près de l'endroit où Rob avait garé sa voiture ; une fois à terre, ils empruntèrent une route étroite et peu utilisée qui conduisait jusqu'au village indien à travers la forêt. Mais la végétation y était surabondante et le sol miné de gros cailloux aux arêtes vives, si bien qu'il leur fallut plus d'une heure pour parcourir les quinze ou seize kilomètres qui les séparaient du village.

Aux abords du village, les feuilles des arbres étaient

agitées par une brise qui venait de la montagne et qui était chargée d'une odeur de pluie. Rob défit très rapidement sa trousse médicale et laissa Hawks et Romona arriver les premiers au village pour qu'ils expliquent à leur peuple ce qu'il comptait faire. Rob n'entendit pas un mot, mais d'après les gestes et les réactions des villageois, il comprit qu'il ne serait pas facile de les convaincre. Hawks revint et fit signe à Rob de s'avancer.

« Nous nous rendrons d'abord auprès des malades. Ils n'auront pas la force de résister.

— Ils ont peur ?

—Ils n'ont connu qu'un médecin de toute leur vie, et il les a toujours traités comme des animaux. »

Rob et Maggie suivirent Hawks et Romona jusqu'au centre du village. Celui-ci ne ressemblait en rien à ce qu'on appelait habituellement un village indien. Il était plutôt semblable à un ensemble de taudis à la périphérie d'une grande ville ; des baraquements peu solides, faits de bric et de broc, mal alignés et entourés de toutes parts de pièces de machine rouillées qui jonchaient le sol. Des saumons ouverts séchaient sur des toiles et d'innombrables mouches volaient tout autour. Une bonne douzaine de carcasses d'automobiles hors d'usage étaient éparpillées au milieu des arbres.

Rob se sentit en terrain connu. Les villageois se mirent à le suivre en foule jusqu'à la première habitation où il pénétra ; il y examina un homme terrassé par ce qu'ils appelaient les « katahnas ».

Rob fit en sorte d'être direct et efficace. Il utilisa Maggie comme infirmière, en lui demandant de lui passer ses instruments. Le malade avait une telle fièvre qu'il était secoué de tremblements. Il avait les pupilles dilatées et des réflexes sensoriels presque nuls. Son visage était légèrement déformé par une contraction musculaire qui donnait l'impression d'une grimace, du type même de celle que Rob avait vue sur les habitants de Minamata victimes du mercure de méthyle.

Rob fit au malade une piqûre de phénobarbital pour faire tomber la fièvre, puis lui entoura le bras d'une bande de caoutchouc pour une première prise de sang. Dans les quartiers pauvres de Washington, cette opération aurait fait monter des « oh » et des « ah » de la foule des badauds. Mais ici, Rob était observé dans un silence religieux. Les enfants eux-mêmes ne laissaient transparaître aucune émotion.

Puis Rob rendit visite à deux autres hommes qui présentaient les mêmes symptômes. Il procéda exactement aux mêmes opérations puis sortit de la demeure pour aller dire à Hawks et Romona de mettre une table au centre de la clairière et de choisir dix hommes, dix femmes et dix enfants pour les prises de sang. Rob désirait tout particulièrement qu'on lui amenât les deux femmes enceintes qu'il avait vues au passage. Si le degré de toxicité de leur sang était inférieur à celui des femmes n'attendant pas d'enfant, cela constituerait une preuve supplémentaire de la présence du mercure de méthyle. Si ce dernier agissait comme à Minamata, le poison serait effectivement concentré dans le sang du fœtus et non pas dans celui de la mère.

Mais les villageois étaient encore réticents. Hawks et Romona durent eux-mêmes subir une prise de sang pour que d'autres Indiens fussent consentants. Le premier fut un vieil homme qui s'avança en boitillant sur des jambes arquées ; puis vint une mère tenant un bébé dans ses bras. Et puis, subitement, ils s'avancèrent tous, les bras tendus, ayant compris, d'après l'attitude et la voix douce de Robert que ce dernier était venu les aider. Dans toute sa carrière de médecin, Robert n'avait jamais vu un tel stoïcisme. Les Indiens se mettaient entre ses mains sans broncher.

Rob était assisté de Hawks et Romona d'un côté, et de Maggie de l'autre ; la répartition des tâches était efficace : Hawks demandait le nom et l'âge, Romona les notait par écrit et collait une étiquette sur chaque flacon, enfin Maggie se chargeait du matériel médical, stérilisait les seringues et rangeait les flacons. Une jeune Indienne d'environ douze ans se plaça à côté de Maggie et se mit à l'observer avec une admiration non dissimulée. Maggie et elle échangèrent un sourire, puis Maggie tendit une main à la jeune fille ; ce contact humain semblait aussi important pour l'une que pour l'autre.

Romona approuva d'un regard. « Vous ferez une bonne mère », dit-elle à Maggie. Et celle-ci se retint pour ne pas pleurer.

177

Tout fut terminé en l'espace de vingt minutes et Rob se retrouva avec des flacons pleins ; mais plusieurs dizaines de personnes étaient encore là à attendre, désireuses de prendre part elles aussi à l'opération.

« Sors les plaques de verre, dit Rob en s'adressant à Maggie. Nous piquerons directement les doigts avec une épingle. »

Maggie se mit à fouiller dans la trousse.

« Non, elles sont dans la voiture », dit Rob.

Maggie alla rapidement chercher ces plaques mais entendit soudain un bruit de moteur venant de la forêt. C'étaient plusieurs voitures qui arrivaient de tous les côtés ; leurs roues crissaient tandis que les véhicules tressautaient sur le terrain accidenté.

Romona et Hawks échangèrent un regard effrayé. Instinctivement, Rob se plaça devant eux, comme pour les protéger. C'étaient des voitures de la police ; le shérif en descendit précipitamment, accompagné de ses adjoints. Ces derniers étaient munis de fusils et comptaient encercler le village.

« Qu'est-ce qui se passe ? demanda Rob d'une voix haletante.

— Ils vont nous tuer », répliqua Hawks.

Le shérif s'avança ; il tenait à la main un morceau de papier qui volait au vent. « Que tout le monde sorte des maisons ! cria-t-il. Je veux tout le monde dehors, là devant moi.

— Que se passe-t-il ? » demanda Rob sur un ton qui exigeait une réponse. Le shérif fut scandalisé par la présence d'un homme blanc.

« Qui êtes-vous ? demanda-t-il.

— Je vous ai demandé ce qui se passait !

— Contentez-vous de reculer...

— Je veux une explication !

— Reculez ! »

Une autre voiture arriva sur les lieux. Elle appartenait aux Papeteries Pitney, et Bethel Isely — qui était au volant — en descendit. Il rejoignit le shérif au milieu de la clairière. Il aperçut Rob et se montra visiblement peiné de le trouver là.

« Les femmes à ma droite et les hommes à ma gauche ! » ordonna le shérif.

178

« Je voudrais savoir ce qui se passe ! » cria Rob.

Isely s'approcha rapidement de lui. « Vous vous êtes trompé de lieu et de moment, monsieur Vern, dit-il calmement. Je vous suggère de prendre vos affaires et de partir.

— J'exige de savoir ce qui se passe !

— Il y a eu de nouveaux meurtres dans la forêt, la nuit dernière. Nous n'allons pas tranquillement attendre qu'il y en ait d'autres ! »

Hawks saisit les derniers mots au passage et se crispa car il savait qu'on en était finalement arrivé à ce qu'il craignait le plus. La bataille contre les Papeteries Pitney allait se terminer par la persécution de tous les hommes, toutes les femmes et tous les enfants du village.

« J'ai là une liste de noms et je demande que les personnes nommées sortent du rang en faisant un pas en avant, cria le shérif.

« Qui a été tué ? demanda Rob à Isely sur un ton ferme.

— Toute une famille du côté de Mary's Bend.

— Et qu'est-ce qui vous fait croire que les Indiens en sont responsables ?

— Ils sont dix fois coupables, Vern !

— Vous avez des preuves ?

— Les preuves se trouvent à l'hôpital... en petits morceaux !

— Russell Windraven, avancez ! cria le shérif.

Mais les Indiens restèrent immobiles, à la fois effrayés et désemparés.

« J'ai dit *avancez !* » reprit le shérif sur un ton de commandement.

Un homme sortit lentement du groupe ; Rob reconnut en lui l'un des hommes qui s'étaient trouvés aux côtés de Hawks lors du barrage routier. Rob se retourna vers Hawks et vit que ce dernier n'était plus à son côté. Il faisait une sortie discrète vers les arbres, au fond de la clairière.

« Chester Pinot ! » cria le shérif. Un autre homme s'avança.

Quatre shérifs adjoints s'approchèrent des deux Indiens et leurs passèrent les menottes. « Raphaël Nightwalker ! » appela le shérif. Sa voix était légèrement ridicule car il avait l'air d'annoncer les résultats d'un concours. « M. John Hawks ! M. Stephen Sky ! »

En entendant le nom de Hawks, Rob se précipita vers le centre de la clairière pour tenter de détourner l'attention. « Je veux voir vos mandats d'arrêt ! Immédiatement ! » dit-il.

Le shérif se retourna vers Rob et lui dit : « Je vous ai dit de rester en arrière.

— J'exige de savoir de quel droit...

— Qu'on emmène cet homme ! »

Tous les adjoints du shérif s'avancèrent vers Rob, donnant à Hawks, sans le savoir l'occasion qu'il attendait. L'Indien fila vers les arbres.

« Arrêtez cet homme ! » hurla le shérif. Et aussitôt, trois de ses adjoints coururent en direction de la forêt. Mais Hawks fit un tour sur lui-même, changea de direction et se précipita vers l'une des cabanes. Un son de bris de verre indiqua qu'il était passé par une fenêtre de derrière. Les adjoints y coururent, mais il était trop tard. Hawks avait disparu dans les épais fourrés.

« Il ira plus vite que vous à pied ! cria le shérif à ses hommes. Poursuivez-le en voiture. »

Trois adjoints se précipitèrent vers leur voiture ; le moteur gémit et le véhicule partit en cahotant à travers les arbres. De l'endroit où elle se tenait, Maggie vit que Hawks n'était pas parti dans la forêt mais s'était caché dans une sorte de ravin, derrière la cabane.

« Que personne ne bouge ! lança le shérif en guise d'avertissement. Lorsque vous reverrez votre ami M. Hawks, vous ne regretterez pas de vous être tenus tranquilles ! »

Rob se tourna vers Romona. Mary's Bend, dit Rob sur un ton d'urgence, vous savez où c'est ? »

Romona acquiesça.

« Suivez-moi jusqu'à la voiture, ajouta Rob tout en emballant rapidement ses affaires. Ne regardez ni à droite ni à gauche, restez simplement à côté de moi.

— Ils vont tuer ces hommes, déclara Romona sur un ton plaintif.

— Maggie ? » appela Rob.

Maggie accourut vers son mari, qui lui tendit le paquet

où il avait mis les éprouvettes. « Romona et toi, montez dans la voiture.

— J'ai deux hommes avec moi, il m'en faut cinq ! »

Rob s'avança à grands pas vers le shérif. « Ecoutez-moi bien ! lança-t-il en guise d'avertissement. Vous n'êtes pas seul ici. Je suis témoin de toute cette affaire. Lorsque vous inculperez ces hommes, vous ferez bien de fixer une caution pour leur libération parce que je compte revenir et la payer. Et s'ils ne sortent pas de prison dans l'état où ils y sont entrés, vous le regretterez ! Si *un seul* d'entre eux a reçu des coups ! Vous saisissez ? » Puis Rob fit demi-tour et partit vers sa voiture. On entendit le grincement de la boîte de vitesses tandis que l'automobile s'enfonçait dans la forêt sur les chapeaux de roue.

Le lieu-dit Mary's Bend était inacessible par route ; on ne pouvait y parvenir qu'à pied, après une quinzaine de kilomètres sur des pistes difficiles. Bouillant de colère et de frustration, Rob se dirigea vers l'aéroport en espérant réquisitionner l'hélicoptère des services forestiers qu'il avait vu avec Maggie, à leur arrivée dans la région, alors que l'appareil transportait le chien de chasse. Rob voulait à tout prix arriver à Mary's Bend avant la nuit. Il semblait bien que les pluies allaient reprendre et, dans ce cas, tous les indices seraient lessivés au matin. Rob se dit que s'il pouvait retrouver la trace de l'animal qui, croyait-il, était responsable de la tuerie, il pourrait agir rapidement et efficacement. Sans ces preuves, les théories de Rob apparaîtraient comme de simples hypothèses alarmistes, auxquelles on reprocherait leur démesure. Le terme de « monstre » ne faisait pas partie du vocabulaire d'un homme crédible. Et pourtant, Rob était de plus en plus convaincu que c'était le mot qui s'appliquait à la situation.

« Où se trouve l'hôpital ? » demanda rapidement Rob tandis que la voiture traversait la ville en direction de l'aéroport.

« Au bout de la grand-rue », répondit Romona.

Rob s'arrêta brièvement pour examiner les prétendues preuves dont avait parlé Isely, autrement dit la famille qui avait trouvé la mort à Mary's Bend. Rob voulait examiner les cadavres avant qu'ils ne fussent transportés ailleurs.

L' « hôpital » n'était pas du tout un hôpital. C'était un petit bâtiment en stuc vert, destiné aux urgences et situé au milieu d'un groupe de maisons, à la périphérie de la ville. Un édifice à un seul étage et comprenant sept pièces. L'une d'elles était la salle d'opération, une seconde un bureau, quatre autres possédaient des lits et la septième servait de dépôt. C'est dans cette dernière qu'avaient été conservés les restes de la famille Nelson. Les morceaux les plus gros avaient été placés dans un congélateur et les plus petits empaquetés aux fins d'incinération. Rob était arrivé juste à temps.

Il n'y avait pas de médecin de service. Juste une infirmière ; celle-ci fit venir le Dr Pope qui habitait deux bâtiments plus loin.

Pope était un homme dégingandé, de près de soixante-dix ans. Il était chauve et de santé apparemment fragile ; il fut instantanément intimidé par la hâte dont Rob faisait preuve. Accédant aux demandes de Rob, Pope ouvrit la pièce qui servait de dépôt et étala les restes de la famille sur deux longues tables de bois. Certains morceaux avaient été durcis par le froid ; d'autres étaient au contraire tout ramollis pour avoir été conservés dans des sacs en plastique. On aurait cru les éléments en désordre d'un puzzle grotesque. Depuis qu'il pratiquait la médecine, jamais Rob n'avait été saisi d'une telle sensation de répulsion ; le spectacle qui s'étalait devant lui était plus qu'il ne pouvait supporter. Les corps étaient brisés et vidés de leurs entrailles, comme si l'on avait ouvert le ventre d'une vache et habillé ses organes internes de vêtements d'homme.

« Ce sera tout ? demanda Pope.

— Qu'est-ce qui vous fait croire que ce sont des hommes qui ont fait ça ? demanda Rob avec insistance.

— Je ne vois pas qui d'autre aurait pu le faire.

— Pourquoi pas un animal ?

— Des ours, vous voulez dire ?

— Est-ce qu'un ours pourrait faire ça ?

— Non, un ours ne ferait jamais ça. Jamais quatre personnes à la fois. J'ai été témoin d'une douzaine

182

d'attaques d'ours. Ça n'a rien à voir avec ça. Si l'animal attaque un groupe, il choisit une seule proie.

— Mais ces corps sont complètement étripés ! Des *hommes* ne feraient jamais ça !

— A moins qu'ils essaient de faire croire à une attaque d'animal.

— Vous croyez ça ?

— Les animaux tuent pour se protéger, eux ou leurs petits. Une fois cette protection assurée, ils ne se préoccupent plus de tuer. Mais là, il s'agit bien d'un acte de vengeance. C'est le geste d'un fou.

— Des hommes vont être accusés d'homicide sur la foi de vos déclarations. Vous feriez bien d'être sûr de ce que vous avancez. »

Pope ne répondit pas.

« J'exige que tout soit congelé, ordonna Rob, tous les morceaux. Je vais procéder à une autopsie. J'ai là des prélèvements sanguins que je voudrais également faire congeler. Je reviendrai les prendre ce soir. »

Pope accompagna Rob jusqu'à la voiture et prit les flacons de sang ; Rob, Romona et Maggie repartirent très vite pour l'aéroport. Il s'était mis à pleuvoir légèrement, et les arbres encadrant la piste d'atterrissage commençaient à ployer sous le vent qui se levait. Il y avait deux hélicoptères au sol, tous deux marqués de l'emblème des services forestiers. Les références gouvernementales de Rob permirent de faire venir immédiatement un pilote qui vivait à une quinzaine de kilomètres de là.

Le pilote s'appelait Huntoon. Il était grand, tout en muscles, paraissait de nature agressive et était, de toute évidence, mécontent d'avoir été dérangé par un temps pareil. Il les avertit que le voyage jusqu'à Mary's Bend ne demandait qu'une demi-heure mais que, si le vent soufflait plus fort, l'atterrissage serait impossible. A Mary's Bend, la côte était surplombée de hautes falaises. Un hélicoptère pouvait décoller même si le vent soufflait à une vitesse de 45 km à l'heure, mais non pas s'il courait le risque d'être déporté vers la falaise.

Avant d'embarquer, Rob pria Maggie de se mettre derrière, mais elle refusa. Elle voulait voir tout ce qu'il y aurait à voir. Et elle en exprima le désir avec une force que Robert ne lui avait jamais connue. Il accepta à contrecœur, et ils montèrent à bord. Les vents transportèrent rapidement l'appareil vers les montagnes lointaines.

Au moment où ils arrivèrent au-dessus du lac, le vent avait changé de direction si bien que l'appareil volait à contresens ; les trombes de pluie brouillèrent la vue sur le pare-brise de l'hélicoptère. On ne voyait plus que par les hublots latéraux.

« S'il y avait un gros animal là en bas, on le verrait d'ici ? cria Rob au pilote.

— Gros comment ?

— Gros !

— Vous voulez dire comme un élan ?

— Non, plus gros.

— Il n'y a pas plus grand qu'un élan, par ici.

— Et on pourrait le voir d'ici ?

— Oh, oui ! Elan, daim, ours... ils se mettent tous à courir en entendant l'hélicoptère. On les repère facilement.

— Ouvrez bien les yeux ! Nous ne devons pas atterrir s'il y a quelque chose d'énorme là en bas !

— Nous allons le voir tout de suite. Voilà le tournant. Je vais décrire un cercle sur quatre ou cinq kilomètres. »

L'hélicoptère bascula et dessina une grande courbe à assez basse altitude au-dessus de la cime des arbres ; pendant ce temps, Rob, Maggie et Romona étudiaient le terrain.

« C'est drôle, dit le pilote. Il n'y a sacrément rien ! Même pas un daim ! »

Romona était intriguée, elle aussi. « C'est une zone protégée. Habituellement, c'est *rempli* de gibier.

— Protégée ? dit le pilote en riant. La bonne blague ! C'est là que les Indiens font tout leur braconnage. Ils posent des pièges à ours, à castors... On dirait bien qu'ils ont fini par vider l'endroit de toute sa faune.

— C'est faux, protesta Romona. Mon peuple chasse effectivement par ici, mais c'est précisément parce qu'il y a beaucoup de gibier.

— En tout cas, il ne reste plus rien là en bas, n'est-ce pas, petite sœur ?

— Où est le tournant ? demanda Rob.

— Juste au-dessous. Vous voyez la crevasse entre les falaises ? Juste là où le fleuve réapparaît ?

En fait, ce que Rob aperçut, très loin au-dessous, c'étaient les restes d'une tente, déchirés et flottant au vent. « Pouvons-nous descendre ?

— L'idée ne m'emballe pas !

— Le vent est trop fort ?

— Non, pas encore, mais ces trucs-là peuvent s'envoler rapidement.

— Essayez tout de même. »

Le pilote vérifia ses instruments puis envoya un message radio à l'aéroport pour demander un bulletin météo. Il l'obtint et fit un signe d'approbation de la tête. « Ils disent que ça n'empirera pas.

— Alors, on peut descendre ?

— Ouais ! » Le pilote parla de nouveau dans son casque. « XJ23Y à la base. Interromps contact radio pour l'instant. » Puis il se tourna vers Rob. « Il faut rester au-dessus des montagnes pour pouvoir maintenir le contact radio. Une fois qu'on tombe dans ces couloirs, les signaux ne passent plus. »

L'appareil descendit rapidement à la verticale et fut subitement ballotté par les courants d'air situés plus bas, à tel point que Maggie poussa un cri. L'hélicoptère pivota puis se stabilisa avant d'atterrir très sèchement.

« Merde ! s'exclama le pilote. J'aime pas du tout ça !

— On est en sûreté ?

— Ouais, mais ça ne m'encourage pas pour le décollage. Vous tous, prenez votre temps. Attendons que ça se calme un peu. »

Maggie était encore toute retournée par l'atterrissage et resta avec le pilote tandis que Rob et Romona se dirigèrent en amont du fleuve, vers la crevasse où Rob avait repéré les restes de la tente. L'endroit était balayé par la pluie et, au pied des falaises, la force du vent était bien plus grande qu'en altitude. Maggie descendit de l'hélicoptère, espérant respirer un peu d'air frais et calmer le tumulte de son estomac. Elle mit le capuchon de sa veste de pluie, noua son écharpe de laine et respira profondément en portant son regard le plus loin possible vers l'horizon montagneux. Le sommet des montagnes était obscurci par les nuages et des éclairs traversèrent le ciel. Un grondement de tonnerre retentit au-dessus du lac.

« XJ23Y... vous m'entendez ? dit le pilote dans son micro. XJ23Y... vous m'entendez ? » Puis il débrancha et se tourna vers Maggie. « J'espère que nous ne nous sommes pas fourrés dans de sales draps par ici ! »

Rob et Romona s'arrêtèrent quatre ou cinq cents mètres plus haut en amont, à l'endroit où la crevasse se rétrécissait pour devenir un couloir d'eau bordé d'arbres ; ils restèrent muets, à fixer le lieu de la tuerie. Les signes de violence étaient terrifiants. Des buissons entiers étaient déracinés, des branches d'arbres cassées et des morceaux de vêtements encore accrochés aux buissons et aux arbres. Devant la tente déchirée en morceaux, le sol était noirci par le sang. Une chaussure de tennis d'enfant pendait à un arbre. Le sol était jonché d'énormes mottes d'herbe, comme si une houe était passée dans un vent de folie ; Romona repéra un grand tertre et s'en approcha. Elle se baissa et se mit à creuser.

« Qu'est-ce que c'est ? » demanda Rob tandis qu'elle ôtait les saletés.

Romona se retourna vers lui, le regard intrigué. « Des excréments. » Tandis que la pluie lui tombait sur le visage, Romona fixait Rob, totalement désemparée. « C'est enterré à la manière d'un chat. »

Rob se retourna puis s'avança encore en amont de la rivière, et pénétra dans la zone boisée. Romona fit une longue pause avant de le suivre à nouveau.

Le pilote était descendu de l'hélicoptère pour rejoindre Maggie sous la pluie ; il observait avec inquiétude les nuages qui se formaient.

« Ils arrivent rapidement... peut-être repartiront-ils tout aussi vite ! » Le pilote fit un signe de tête, comme pour se rassurer lui-même. « Ouais, ça va probablement se dégager très vite. » Puis il regarda du côté de la rive marécageuse, à l'endroit où le lac dessinait une courbe vers l'intérieur pour former Mary's Bend. A cet endroit, les cannes de jonc et les hautes herbes s'agitaient avec une incroyable fureur. « Vous vous rappelez ce que j'ai dit à propos des braconniers ? » Il montra du doigt la direction des marécages. « Vous voyez ces poteaux, là-bas ? C'est un piège à castor. On y trouve probablement des cadavres de ces animaux-là. Ils s'y prennent le cou et se noient. »

186

Maggie suivit le geste du regard et aperçut effectivement les poteaux, qui se distinguaient par leur raideur au
milieu des joncs courbés sous le vent.

« Je vais vous dire une bonne chose, reprit le pilote, je
suis large d'esprit comme tout le monde, mais un de ces
jours, il va falloir donner une leçon à ces Indiens.
Autrefois, quand on en attrapait un en train de bracon-
ner, on le pendait par les talons à l'arbre le plus proche.
Mais ça ne se fait plus! Ça devient comme pour les
Noirs... si jamais on touche à un Indien... »

Ne voulant pas entendre un mot de plus, Maggie alla
marcher un peu plus loin, vers le marais. En la voyant
s'éloigner, le pilote ricana intérieurement ; cela l'amusait
d'avoir choqué cette femme.

En amont, Rob et Romona, qui s'enfonçaient de plus en
plus dans la crevasse, découvrirent des traces de violence
à un autre endroit : des lambeaux de deux sacs de
couchage éparpillés dans le feuillage, et un réveille-matin
complètement aplati sur le sol. Le tonnerre grondait. Rob
leva les yeux. Son regard se fixa sur une entaille qui avait
été faite sur un tronc d'arbre, à environ deux mètres au-
dessus du sol. En s'approchant, Rob y vit la trace de trois
griffes énormes. « Romona ? »

Elle courut vers lui.

— Qu'est-ce qui a bien pu faire ça ? demanda-t-il.

— Un ours, peut-être.

— Aussi haut que ça ?

— Il a peut-être grimpé.

— Regardez plus haut. »

Au-dessus de l'entaille se trouvait un morceau de
fourrure noire épaisse, accrochée à un endroit où l'écorce
était découpée. Romona prit un morceau de bois sec et
l'utilisa pour déloger la fourrure ; celle-ci lui tomba dans
les mains. Devant l'expression de Romona, Rob comprit
qu'elle n'avait jamais rien vu de semblable.

« Qu'est-ce que c'est ? » demanda-t-il.

Romona lui tendit le morceau de fourrure ; Rob en
écarta les fibres et découvrit des fibres bien plus dures
au-dessous, comme des tuyaux de plumes. Le tonnerre
grondait de plus belle et Rob fut pris d'un frisson.

« Ce n'est pas un ours, n'est-ce pas ? dit-il calmement.

— Non.

— C'est quoi, alors ? »

Le regard de Romona se fit lointain, comme perdu au fin fond de la forêt. « C'est Katahdin, monsieur Vern, dit-elle avec un air sombre. La légende incarnée. »

Soudain, le feuillage s'agita derrière eux. Romona poussa un cri. Une forme se précipita sur eux.

C'était John Hawks. Il avait le visage couvert de sang séché provenant d'une entaille au front ; ses yeux étaient hagards. Il leur montra un morceau de la même fourrure épaisse qu'il tenait à la main.

« Vous avez vu ça ? cria-t-il.

— Oui, répondit Rob.

— Ça se trouve *ici*. Ce que vous avez dit se trouve *ici* ! »

Romona courut vers Hawks ; ils s'enlacèrent, avec une expression d'angoisse sur le visage.

« Je veux trouver cette chose, dit Rob avec une grande détermination. Je veux que la vérité éclate.

— La vérité ? cria Hawks. Il n'y a pas de vérité ici ! Ça, c'est la concrétisation de tous les *mensonges* ! »

Le fracas du tonnerre se fit très fort ; puis, au bout d'un moment, une fois le bruit évanoui, Rob, Romona et Hawks entendirent quelque chose qui ressemblait à un hurlement. Ils s'immobilisèrent tous trois. Puis le hurlement se fit entendre de nouveau. C'était Maggie. Rob partit comme un bolide, en trébuchant sur des cailloux. Hawks le rattrapa et Romona essaya de suivre, à grand-peine. Puis ils s'arrêtèrent subitement au détour d'un virage. Maggie était là, au beau milieu des joncs toujours aussi agités ; elle avait porté ses mains au visage et son regard était dévoré par la peur. Le pilote se tenait près d'elle, comme paralysé. Tous deux regardaient fixement vers le marécage. Le ciel fut traversé d'un éclair, accompagné d'un vif craquement de tonnerre. Maggie tourna les yeux vers Rob, qui vit qu'elle se trouvait pratiquement dans un état de choc. Il courut vers elle, suivi de Hawks et de Romona ; lorsqu'ils furent près de Maggie, celle-ci leva un doigt tremblant et montra le sol.

Il eurent tous un mouvement de recul devant l'horrible spectacle.

Là, dans le marécage, au bord de l'eau, se trouvaient deux créatures complètement difformes pendues à un filet de braconnier. Leur corps était marbré de rose et de noir ; elles avaient à peu près quarante-cinq centimètres de long. L'une des bêtes était morte, suspendue par ses pattes de derrière, qui étaient comme écourtées. Son corps était long et mince, c'aurait pu être celui d'un quadrupède, mais des morceaux de peau reliaient les mains griffues aux flancs, comme chez les chauves-souris. La tête était longue et sans poils, et des morceaux de cervelle rose sortaient du crâne, formant une étrange protubérance latérale ; le museau était étroit et des dents acérées pointaient en avant, hors d'une mâchoire surbaissée. Les yeux étaient aussi vides que ceux d'un poisson et dominaient tout le visage par leur taille énorme.

La pluie commença à tomber très fort et le vent se levait avec une force également très importante ; le petit groupe restait muet sous l'effet de la stupéfaction. La bouche de Hawks était durcie par l'amertume. Romona était raide comme un piquet et regardait vers le sol.

« Qu'est-ce que ça peut bien être ? » demanda le pilote, haletant.

Personne ne lui répondit.

« Mon peuple a vécu avec cette légende depuis qu'il existe, dit Hawks en serrant les dents, et à présent, on va même le priver de cela.

— Une des bêtes est vivante », dit Romona.

La seconde créature flottait en effet au gré de l'eau, ventre en l'air, les dents accrochées au filet. Elle avait les yeux à demi ouverts et sa poitrine se soulevait avec peine, avec de petits halètements poussifs.

« Il faut la mettre au chaud, dit Rob. Elle est en train de mourir de froid.

— Laissez-la où elle est, lança Hawks, laissez-la mourir. »

Rob se retourna vers lui, dans un soudain accès de colère : « La laisser ici ? Vous savez ce qu'elle représente ? Une *preuve* ! Cette bête va me permettre de sauver votre *forêt* ! »

Hawks regarda longuement Rob, puis le pilote. « Votre couteau...

— Jamais ! cria Rob.

— Je vais la libérer. »

Hawks prit le couteau du pilote, pénétra dans l'eau,

suivi de Rob. La bête fut libérée en l'espace d'un instant. Rob la prit dans ses bras. « Prenez l'autre aussi. »

Obéissant à Rob, Hawks libéra également la bête qui était morte, mais n'osa pas la toucher.

« Prenez-la.

— Pourquoi ?

— Il me les faut toutes les deux.

— Pourquoi ? redemanda Hawks sur un ton de défi.

— Je pourrai la dépecer et voir de quoi elle est faite ! Je verrai de quoi elle s'est nourrie ! Je découvrirai la raison même de son *existence* !

— Mais vous avez déjà celle-ci !

— Celle-ci, je la garde vivante, déclara Rob. Elle ne finira pas dans du formol, sur une étagère ! Si j'arrive à la maintenir en vie, *personne* ne pourra en ignorer l'existence ! »

Hawks saisit la bête morte par les pattes de derrière ; de la vase coula de son nez et de sa bouche.

Maggie observait la scène d'un regard brumeux.

« Il faut l'envelopper dans quelque chose, ordonna Rob en revenant vers la rive. Maggie ? »

Sa femme se tourna vers lui, le visage dépourvu de toute expression.

« Ton châle.

— Quoi ? demanda-t-elle d'une voix faible.

— Passe-le-moi. »

A demi engourdie, Maggie lui tendit son châle en laine et Rob y enveloppa la petite créature. On aurait dit un enfant du diable emmailloté.

« Allons-y ! ordonna Rob.

— Regardez les arbres ! cria le pilote tandis que le vent se levait. Ça souffle à plus de soixante kilomètres/heure ! Je ne peux pas décoller avec un vent pareil ! »

Rob fit une grimace qui exprimait sa frustration. Les arbres étaient en effet balayés par un vent qui hurlait dans toute la crevasse. « Nous devons partir d'ici ! cria Rob.

— Mais nous allons être plaqués contre la falaise ! Vous avez bien vu ce qui s'est passé à l'atterrissage. Et c'est encore *pire* maintenant.

— Mais il faut absolument qu'on aille dans un endroit chaud ! Il faut que la bête reste en vie !

190

— Mettez-vous à l'abri. Le vent finira par tomber.
— Dans combien de temps ?
— Dans quelques heures... peut-être moins !
— Mais c'est beaucoup trop long !
— Je vous dis que je *ne peux pas* décoller ! »
Rob se tourna vers Hawks, en dernier ressort. « Où se trouve votre village ?
— Beaucoup trop loin.
— A seize kilomètres, dit Romona de son côté.
— N'y a-t-il rien de plus près ?
— Rien du tout, répondit Hawks.
— Mon *grand-père !* s'exclama Romona.
— Mais il n'y a que des tentes là-bas.
— On peut y être en deux heures... si nous suivons le fleuve...
— Dans deux heures, la tempête sera peut-être finie, protesta Rob.
— Peut-être pas », dit le pilote pour souligner le côté hasardeux de la chose.
Rob eut un regard désespéré en fixant le ciel tourmenté.
« Le camp de M'rai ! s'exclama Hawks.
— Mais il ne fait pas assez chaud dans ces tentes ! répéta Rob.
— On peut les réchauffer.
— On peut faire du feu à l'intérieur, renchérit Romona.
— Pourrions-nous y aller, *je t'en prie ?* demanda Maggie avec angoisse.
— Je crois que ce serait la meilleure solution, dit le pilote.
— Il n'y a pas le choix, dit Hawks.
— Nous pourrions attendre ici, dans l'hélicoptère, dit Rob.
— Je n'ai pas envie d'attendre ici », dit Hawks sur un ton de mise en garde qui fit réfléchir Rob. Leur groupe était effectivement très vulnérable à cet endroit-là, que ce fût *dans* l'hélicoptère ou à *l'extérieur.* Ils étaient peut-être tout près du repaire de l'animal responsable de toutes ces morts. A en juger par les marques de griffes que Rob avait vues sur l'écorce de l'arbre, la bête devait faire près de cinq mètres de hauteur, au minimum. En somme, s'ils

191

attendaient dans l'hélicoptère, ils seraient peut-être pris au piège.

« Le camp de votre grand-père ! dit Rob en s'adressant à Romona. Allons-y ! »

Cette décision fut immédiatement suivie d'un grondement de tonnerre à donner des frissons dans le dos, et la pluie tomba en un véritable déluge tandis que le petit groupe se dirigeait vers la crevasse. Rob courut jusqu'à l'hélicoptère pour reprendre sa trousse de médecin, et le pilote prit son sac au dos. Puis ils firent tous un gros effort pour affronter la pluie et le vent, pénétrèrent de nouveau dans l'étroite ouverture située entre les falaises et commencèrent un épouvantable cheminement sur des rochers glissants, en amont du fleuve, qui s'était mis lui aussi en colère. Le pilote cheminait aux côtés de Rob et essayait de voir le contenu du paquet bizarre que Rob avait en main.

« Qu'est-ce que c'est que *cette chose ?* »

Rob se contenta de secouer la tête et continua à avancer. Il savait bien qu'il était impossible d'expliquer le phénomène.

Après avoir bien progressé à l'intérieur de la crevasse, ils s'éloignèrent du bord du fleuve pour se diriger vers les arbres, en remontant une pente qui conduisait en pleine forêt.

Romona passa la première, suivie de Hawks qui tenait toujours la bête morte par une des pattes de derrière ; le corps flasque de l'animal se balançait sous les yeux de Maggie qui suivait Hawks de très près. Le museau d'où coulaient toujours des gouttes de vase traînait sur le sol et accumulait encore plus de saletés, ce qui finissait par accrocher comme un sourire à la bouche de l'animal.

Maggie avançait péniblement mais avec ténacité, les bras croisés sur le ventre comme si elle voulait empêcher l'être assoupi en son sein de voir ce qu'elle-même voyait. Maggie sentait le poids à l'intérieur de son corps et essayait de chasser de son esprit les images qui y défilaient à propos de l'être qu'elle allait engendrer. Elle se mit à compter les pas qu'elle faisait, mais le cadavre immonde qui s'agitait sous son nez encourageait ses fantasmes. Maggie baissa la tête et étouffa une terrible envie de pleurer. Elle avait l'esprit totalement perturbé

192

dans la mesure où il lui était impossible de haïr l'être qu'elle portait en elle. Elle lui avait insufflé la vie mais l'avait déjà blessé. Il n'avait pas demandé à venir au monde, et surtout pas à être infirme.

Maggie était à la fois écœurée et effrayée par la gueule de la bête morte qui se trouvait toujours devant elle. Subitement, une image traversa son esprit et Maggie en eut le souffle coupé, elle venait d'imaginer qu'elle se plantait un couteau dans le ventre. Elle recommença à compter ses pas.

La nuit tombait. Le pilote alluma une torche et prit Maggie par le bras car elle commençait à vaciller. Rob, pour sa part, avait placé le fameux paquet dans sa veste ; tout à coup, il sentit une convulsion de la créature qui réagissait probablement à la chaleur de son corps. Pour Rob, c'était bon signe car il désirait par-dessus tout maintenir l'animal en vie.

Plus haut, la voûte des arbres émettait comme un sifflement ; la pluie commençait à s'atténuer mais le vent soufflait au contraire de plus belle.

Le petit groupe progressait en silence ; Hawks scrutait les arbres tout en suivant Romona. Quant à Rob, il jetait souvent un coup d'œil sur Maggie en espérant qu'elle ne devinerait pas pour quelle raison Hawks scrutait ainsi le paysage. Mais Maggie paraissait complètement absente ; elle semblait avoir été encore plus secouée que les autres par la découverte des deux créatures difformes. Son visage était comme un masque mortuaire, dénué de toute expression.

Au bout de trois heures, ils arrivèrent devant un cours d'eau peu profond. Avançant en rang serré, ils traversèrent l'eau qui leur arrivait jusqu'aux chevilles et passèrent de l'autre côté.

A présent, le groupe redescendait la colline et accélérait l'allure au fur et à mesure qu'il approchait du but.

« Sssss ! siffla Romona. Regardez ! »

Ils s'arrêtèrent tous brusquement et s'efforcèrent de regarder au-delà de l'écran des arbres, vers le feu de camp encore lointain qui faisait ressortir les contours des tentes de M'rai.

« Il y a des gens là-bas », dit Romona tout bas.

Hawks et Romona s'avancèrent en rampant jusqu'à

apercevoir la silhouette de deux hommes assis près du feu.

« Qu'est-ce qui ne va pas ? » demanda le pilote.

Rob le fit taire d'un geste. Il avait deviné les craintes de Hawks et de Romona : le deuxième homme pouvait bien être le shérif.

« Mais qu'est-ce qui se passe ? » redemanda Rob.

Romona se releva d'un bond, au milieu du feuillage, et courut jusqu'au camp de son grand-père ; les deux hommes qui étaient près du feu se retournèrent avant de se lever : c'étaient des Indiens. Après avoir échangé quelques mots avec eux, Romona cria :

« John ! Tout va bien ! Il n'y a personne de suspect ! »

Rob prit Maggie par le bras et ils se mirent à courir jusqu'au camp. Grâce à la chaleur du feu, ils se sentirent enfin à l'abri, loin de la pluie, soulagés d'avoir terminé leur terrible voyage.

« Le vieil homme est parti, annonça Romona, et ils ne savent pas où.

— Est-ce qu'ils peuvent nous aider ? demanda Rob pour aller au plus urgent.

— Ils peuvent se rendre jusqu'au village et de là, envoyer quelqu'un à la ville.

— Eh bien, qu'ils aillent au village !

— Mais pour quoi faire ?

— Qu'ils trouvent quelqu'un qui puisse nous sortir de là. »

Romona se tourna vers les Indiens et leur parla dans leur langue.

« Attendez un peu ! s'exclama Rob. Pas seulement quelqu'un... tout le monde ! Je veux que tout le monde *voie* ça, *sache* ça... les Indiens, les gens de la ville... je voudrais que ces deux hommes ramènent ici autant de monde qu'ils pourront. »

Romona se tourna de nouveau vers les Indiens. « N'ya-h'yoentra'ahsh...

— Est-ce qu'il existe un journal dans cette ville ? interrompit Rob.

— Oui.

— Je *les* veux ici même... avec une caméra... et je veux

aussi les gens de la société d'exploitation du bois... et le shérif... et...

— Pas le shérif ! lança Hawks.

— Mais je veux que les gens voient ça ! dit Rob, rageur. Tant que nous le tenons ! Tant que la chose est *en vie* ! C'est un enjeu qui vous concerne encore plus que moi ! »

Soudain, les deux Indiens aperçurent ce que Rob tenait dans ses bras. Leurs visages se tendirent.

« S'il vous plaît, aidez-nous, supplia Rob. S'il vous plaît, c'est urgent ! » Puis il courut vers l'une des tentes, en criant divers ordres à droite et à gauche. « Vous aviez dit qu'on pouvait réchauffer les tentes ?

— Nous allons amener du charbon, répondit Romona.

— Faites-le immédiatement. Et puis faites bouillir des chiffons... Maggie, prends ma trousse... J'ai besoin de lumière à l'intérieur, et d'une table aussi. Quelque chose sur quoi je puisse travailler. »

Maggie et Romona passèrent à l'action ; pour sa part, Hawks se contenta d'observer toute cette activité pendant un bon moment, puis, avec un mouvement de tête indiquant la résignation, il se tourna vers les deux Indiens. Il leur dit de faire tout ce que demandait l'homme du gouvernement, et que les créatures qu'ils transportaient avaient été empoisonnées par le produit chimique qui avait également provoqué les « katahnas » ; Hawks leur dit enfin qu'il fallait immédiatement le plus de monde possible dans la forêt de façon à pouvoir guérir leur peuple.

Les deux Indiens répondirent qu'il n'y avait qu'une automobile en état de marche au village et que, si par hasard elle ne s'y trouvait pas, les gens qu'on enverrait au village devraient y aller à pied. Dans ce cas, ils ne seraient pas arrivés avant minuit.

Hawks acquiesça de la tête. Les Indiens disparurent en silence dans la forêt, après qu'on eut brièvement aperçu leurs silhouettes se détacher sur l'horizon, le ciel ayant été traversé par un bref éclair.

Hawks retourna voir le cadavre de la bête qu'il avait laissé dans les buissons, à l'orée du campement de M'rai. L'animal était allongé sur le dos, complètement raide à présent. Ses pattes de devant étaient dressées à la verticale et ses griffes coupantes comme des lames de rasoir semblaient faire un signe d'invite.

Hawks ramassa la bête et la lança près du feu. Puis il regarda longuement dans la direction de la forêt, pris par la peur de ce qui pouvait s'y trouver.

11

L'orage s'était éloigné vers la montagne, dont les sommets étaient frappés par des éclairs en forme de poignard ou de doigt accusateur, tandis que le tonnerre grondait comme un canon au-dessus du lac. Tout autour du camp de M'rai, la forêt retrouvait le calme, un calme troublé uniquement par d'occasionnelles bouffées de vent qui secouaient les gouttes de pluie encore accrochées aux arbres ; les criquets, pour leur part, tentaient timidement de lancer leur concert nocturne mais ils étaient régulièrement interrompus par le tonnerre.

Au cours des deux heures qui s'étaient écoulées depuis le départ des Indiens, Hawks s'était mis à ramasser du bois, en avait ôté l'écorce humide et avait, au centre du campement, nourri un feu qui atteignait à présent de bonnes proportions. Hawks savait que c'était bien peu pour éloigner une bête de la taille de Katahdin, car c'était au monstre légendaire qu'il pensait.

Il avait également repéré l'arc de M'rai et un carquois contenant quatre flèches. Hawks voulut vérifier sa compétence et s'aperçut qu'il n'avait pas oublié les leçons

reçues dans sa jeunesse Sur les quatre flèches qu'il lança.
il y en eut une qui alla se planter dans un tronc d'arbre et
qui se cassa lorsque Hawks essaya de l'en retirer. Il ne lui
en restait donc plus que trois, et Hawks se dit qu'il fallait
arrêter là ce petit entraînement.

En effet, chaque flèche allait compter pour se défendre
même si c'était une arme dérisoire face au danger qui
menaçait.

L'une des trois tentes de M'rai était bien éclairée, si
bien que les ombres qui se projetaient sur les fines parois
permettaient à Hawks de suivre tout ce qui s'y passait.
Les silhouettes de Rob et de Maggie étaient immobiles
près d'une table, tandis que Romona était agenouillée et
ventilait un foyer de charbons ardents. Le pilote n'était
pas là ; Hawks en conclut qu'il explorait les tunnels
souterrains.

A l'intérieur de la tente, le silence régnait ; l'air était
enfumé par le brasero que Romona entretenait avec
peine tout en ébouillantant des chiffons humides ; Rob
avait les yeux irrités par la chaleur tandis qu'il se
penchait sur un bébé monstrueux et faiblard. L'enfant
était étendu sur une planche à découper ; il était flasque
et moribond ; ses yeux étaient clos et sa poitrine se
soulevait à grand-peine. Sous la lumière blanche et dure
des lampes à kérosène, les malformations du jeune corps
apparaissaient clairement. Encore mouillée, la peau du
bébé avait semblé lisse et marbrée, rose et noir ; mais à
présent, elle avait séché et Rob vit que la partie noire
était en fait une sorte de fourrure, douce comme le duvet
d'un tout jeune poussin. La membrane de peau qui,
comme chez une chauve-souris, s'étendait des hanches
jusqu'aux petites mains griffues, était extrêmement délicate, aussi fine que celle d'un œuf et aisément friable. Les
paupières étaient transparentes, à tel point que les yeux
semblaient vous fixer même lorsqu'elles étaient fermées ;
le nez n'était que deux trous au bout d'une protubérance
ligamenteuse. Les dents étaient acérées et, lorsque Rob
approchait ses mains un peu trop près, la créature
essayait de mordre, bien qu'elle fût inconsciente.

Mais, en dépit de sa monstruosité, cet être était
fascinant. Peut-être parce qu'il était malade et vulnérable. Peut-être parce qu'il était encore si petit.

Rob supposait que les organes internes étaient tout aussi anormaux que l'apparence extérieure, mais il traitait la créature de la seule manière qu'il connût, c'est-à-dire comme s'il s'agissait d'un bébé humain normal. Il lui avait administré cinq centimètres cubes d'adrénaline et le cœur y avait réagi : il se mettait à battre rapidement. Presque trop rapidement. Rob ôta le chiffon tiède qu'il avait placé sur le corps et s'en servit comme un éventail. La peau du bébé se rida, ce qui indiquait qu'il revenait à la vie.

« Est-ce qu'il va mourir ? dit Maggie tout bas, par-dessus l'épaule de Rob.

— Non, je ne crois pas. »

Maggie ne put s'empêcher de se sentir soulagée. Au cours de ces heures de veille, sa façon de voir la petite créature s'était progressivement transformée. Le corps sans forme ne lui semblait plus horrible mais plutôt fascinant dans son horreur, délicat et beau à sa manière. Au fur et à mesure que les heures passaient, Maggie acceptait de mieux en mieux le fait que le bébé ne ressemblât à rien de connu et répertorié ; au-delà de son apparence physique, c'était un être vivant, qui respirait et souffrait. Maggie se sentit subitement protectrice à son égard. Elle s'imagina que la créature avait besoin d'elle.

Mais au fin fond de son subconscient, Maggie vivait un affreux dilemme. D'un côté, c'était l'intolérable réalité et de l'autre les abîmes de la folie. Pour Maggie, se dire que la créature était probablement la réplique de l'être qu'elle portait en son sein, c'était aller tout droit à l'effondrement. Mais, d'autre part, se voiler la face devant cette éventualité, c'était perdre tout contact avec la réalité. Maggie était prise entre deux feux, ce que lui dictait son corps et ce que lui soufflait son esprit, et elle était incapable de pencher dans un sens ou dans l'autre.

Rob avait bien vu que sa femme était tourmentée mais il ignorait encore à quel point. Il savait que Maggie avait beaucoup de compassion pour tous les êtres vivants et qu'elle s'était montrée très fragile, sur le plan émotif, au cours de ces dernières semaines. Il avait été prévisible qu'elle serait bien plus secouée que les autres par la découverte de cette petite créature monstrueuse.

Mais le comportement de Maggie inquiétait de plus en

plus son mari. Elle semblait se replier complètement dans sa coquille pour ne s'occuper que de la créature, comme si plus rien d'autre n'existait autour d'elle.

« Vous voulez un autre chiffon ? » demanda Romona en s'approchant de Rob, un morceau de tissu bouillant à la main.

« Non. Il commence à faire trop chaud. Est-ce qu'on pourrait évacuer un peu la fumée ?

— Je peux accroître la ventilation. »

Subitement, le pilote apparut, couvert de poussière, sortant d'un petit orifice ménagé dans le sol. « Il n'y a rien en dessous, à part les saletés !

— Pas de vivres ? demanda Rob.

— Je n'ai rien vu, en tout cas. Il y a juste assez d'espace pour se déplacer en rampant.

— Il me faut un bocal stérilisé.

— Je vais voir dans les autres tentes, répondit Romona.

— N'importe quel récipient fera l'affaire, pourvu qu'il ferme hermétiquement.

— J'ai un flacon de vitamines, dit le pilote.

— Allez le chercher.

— Il est dans mon sac...

— Regardez ! » cria subitement Maggie, toute haletante. Ses paroles furent suivies d'un petit cri de douleur. La créature avait des convulsions. Ses paupières s'étaient complètement ouvertes et la pupille était partie vers le haut ; le corps du monstre était tout raide et secoué de tremblements, tandis qu'une sorte de bave coulait entre les dents qui claquaient.

« Amenez vite ce flacon ! » cria Rob.

Maggie tendit le bras pour toucher la créature, mais Rob l'en empêcha. « Ne le touche pas !

— Tu ne peux pas arrêter ça ?

— Je n'ose pas lui donner de calmants.

— Mais tu ne peux donc rien faire ? »

Maggie porta ses mains à sa bouche pour étouffer un gémissement ; elle continuait à observer la scène avec angoisse. Le corps de la petite créature se cabrait, tandis que bave et vomissures continuaient à couler de son nez et de sa bouche.

200

« Oh, mon Dieu... mon Dieu..., gémissait Maggie en se cachant le visage dans les mains.

— Voilà le flacon », dit le pilote.

Rob s'en empara rapidement, en jeta le contenu et lança le flacon à Romona. « Ebouillantez-le !... Et donnez-moi quelque chose pour percer le couvercle !

— Mon couteau ! dit le pilote.

— Dans mon sac... Maggie... le tube chirurgical. »

Mais Maggie ne réagit pas. Regard vide, elle fixait la créature qui, subitement, était tombée dans un état comateux.

« Maggie !

— Oui ?

— Le tube chirurgical... dans mon sac !

— Oui. »

Elle fouilla dans la trousse de Rob et en retira le tube ; Rob s'en saisit immédiatement avec force et l'inséra dans le petit trou qu'il avait fait dans la capsule du flacon.

« Je l'ai fait bouillir du mieux que j'ai pu », dit Romona en passant rapidement le petit bocal à Rob.

Rob, armé d'une seringue hypodermique, jeta un coup d'œil incertain sur la créature comateuse. Il avait déjà senti, un peu auparavant, que la température du monstre montait, ce qui expliquait les convulsions. S'il s'était agi d'un bébé normal, Rob l'aurait hydraté par la méthode intraveineuse afin de faire baisser la température. Mais en l'occurrence, il ignorait quelle devait être la température normale et quelles pourraient être les réactions de la créature. Rob toucha la peau. Elle était aussi sèche que du papier de verre et presque brûlante.

« S'il te plaît, fais quelque chose pour lui », implora Maggie.

Rob acquiesça de la tête et mit tout en place pour la perfusion. En cinq minutes, il attacha le tuyau au faible bras du bébé, puis écouta ses battements de cœur ; il poussa immédiatement un soupir de soulagement. La respiration était redevenue normale et la température baissait.

De l'extérieur, Hawks avait suivi l'activité fébrile qui agitait la tente ; il s'inquiéta un instant en entendant le cri aigu poussé par la créature. Le monstre avait une voix puissante qui portait assez loin dans la forêt. Son cri avait fait taire les criquets. Puis la forêt s'était tue tout entière, comme si elle retenait sa respiration.

Hawks fit un effort pour sonder l'obscurité. Il commença à voir des ombres menaçantes, à percevoir des mouvements terrifiants dans le moindre bruissement de feuilles et comprit que son imagination lui jouait des tours. Un bruit soudain le fit sursauter. Ce n'était qu'un petit crapaud qui sortait tranquillement des fourrés ; il avait été attiré par la lueur du feu. L'animal s'avança doucement et s'installa en plein sur une fourmilière ; les fourmis essaimèrent de toutes parts sur le crapaud, en particulier sur la tête et les yeux.

Puis Hawks entendit un autre bruit derrière lui ; il se retourna rapidement et vit les pans de la tente s'ouvrir : quelqu'un en sortait. C'était le pilote. Ce dernier agita sa torche en direction de Hawks, qui s'approcha ; les deux hommes se firent un signe de reconnaissance. Puis le pilote déclara :

« On dirait bien que la pluie a cessé, hein ? »

Hawks se contenta d'acquiescer.

« Tu crois que tes amis vont revenir ?

— Ils ont dit qu'ils reviendraient.

— Ah, tu y crois vraiment ? »

Hawks n'apprécia pas le ton de la question et s'abstint de répéter sa réponse.

« S'ils ne montrent pas leur nez dans peu de temps, je retourne à l'hélico et je fiche le camp d'ici ! »

Hawks ne répondait toujours pas.

« Tu es de par ici ?

— Oui.

— On ne dirait pas, d'après ton accent.

— Non ?

— Tu ne parles pas comme un Indien. »

Hawks lui lança un regard : « Toi non plus.

— Je ne suis pas Indien, moi !

— Ça veut dire que tu n'es pas de par ici ?

— La femme dans la tente..., reprit le pilote, c'est ta squaw ? »

Hawks lui lança un regard dégoûté avant de répondre : « Laquelle ? »

Surpris, le pilote se contenta de renifler et de secouer la tête. Puis il s'éloigna. Hawks entendit le bruit d'un

202

pantalon qu'on défaisait et d'une boucle de ceinture qui cliquetait tandis que le pilote s'était enfoncé dans la forêt.

A l'intérieur de la tente, le flacon suspendu s'était vidé jusqu'à la dernière goutte. Rob le remplit de nouveau, en utilisant cette fois une solution saline pure, sans l'additif d'aménophéline qu'il avait employé la première fois. Ce stimulant avait déjà produit ses effets. La petite créature avait commencé à remuer : un de ses faibles bras battait l'air comme s'il cherchait à s'accrocher quelque part.

Maggie répondit tout de même au geste du bébé : elle lui tendit la main, mais s'arrêta en chemin, le bras hésitant juste au-dessus de la menotte griffue

Rob se tourna vers sa femme et l'observa avec inquiétude. Elle avait le teint pâle et un air égaré. Rob s'aperçut que Maggie était sur le point de s'évanouir.

« Maggie... ? »

Le regard de Maggie parvint jusqu'à Rob, comme s'il venait de très loin.

« Touche-le, murmura-t-elle. Qu'il sache qu'il n'est pas seul. »

Rob prit la main tremblante de Maggie; elle était froide comme la mort.

« Viens t'asseoir, lui dit-il doucement.

— Quel âge a-t-il ? demanda Maggie dans un murmure.

— Je ne sais pas.

— C'est un nouveau-né ?

— Je n'en sais rien.

— C'est un bébé », reprit Maggie, mais d'une voix si faible que Rob eut du mal à comprendre. « C'est un nouveau-né. »

Rob s'apprêtait à prendre un tranquillisant dans sa trousse quand il fut interrompu par le pilote, qui venait d'entrer dans la tente pour récupérer son sac à dos. Il s'adressa à Rob d'un ton péremptoire :

« C'est fini, dehors... la pluie, le vent, tout est redevenu calme. Il faut retourner à l'hélicoptère et quitter les lieux, fissa ! »

— C'est impossible.

— Mais les deux Indiens ne vont jamais revenir !

— Ils reviendront, dit Romona.

— Si on attend après un Indien, on peut attendre trois jours.

— Ils vont arriver, dit Rob.

— Vous perdez votre temps.

— Nous attendons, tout simplement.

— Pas moi, en tout cas ! dit le pilote, en faisant mine de partir.

— Attendez une seconde ! ordonna Rob.

— Si vous voulez partir avec moi, c'est parfait ! »

Rob regarda furtivement Maggie ; il hésitait à dire devant elle ce qu'il aurait voulu dire en pareilles circonstances. Mais, de toute manière, Maggie était comme sourde.

« Vous voyez ce qu'il y a sur cette table ? demanda Rob au pilote sur un ton dramatique.

— Un monstre.

— Non, un mutant.

— Si j'en trouvais un comme ça, je le tuerais et je l'enterrerais en vitesse !

— Il a été engendré par un être qui lui ressemble probablement beaucoup, mais en bien plus gros. Et cette créature se trouve probablement tout près de votre hélicoptère. »

L'ardeur du pilote sembla refroidie tout à coup. Il s'approcha de la table et observa la créature avec dégoût.

« J'essaie de le maintenir en vie, dit Rob, pour être sûr qu'il n'en naîtra plus de pareils. »

Bien qu'elle semblât totalement en dehors de la conversation, Maggie serra les poings.

« Nous avons *besoin* de vous ici, poursuivit Bob. Si nous n'arrivons pas à partir cette nuit, il faudra essayer de rejoindre l'hélicoptère au matin.

— Vous avez dit que je ne devrais pas retourner à l'hélicoptère.

— Je crois que nous avons affaire à un animal nocturne. Ça se voit à la taille de ses yeux. »

Le pilote parut sceptique.

204

« Vous avez entendu parler des disparitions dans la forêt ? demanda Rob.

— Oui.

— Une équipe de nuit de la société d'exploitation du bois... un groupe de secouristes... une famille de campeurs. Ils ont tous disparu de nuit. Aussi, si c'est absolument nécessaire, nous nous risquerons jusqu'à l'hélicoptère au matin seulement.

— J'ai une femme qui m'attend à la maison, dit le pilote. Et un gosse... Ils vont croire que j'ai eu un accident... Ils ont toujours peur que mon appareil ne s'écrase quelque part.

— Si vous approchez cet hélicoptère dans l'obscurité, vous ne rentrerez sans doute jamais chez vous.

— C'est bon, j'attendrai ! » dit-il, avant de ressortir précipitamment de la tente.

Rob regarda Maggie et se félicita qu'elle n'eût rien entendu. Elle avait toujours la même expression et la même pose figées.

« Maggie ?

— Oui.

— Sortons prendre l'air. »

Maggie se montra réticente.

« Romona est là.

— Je surveillerai le bébé », dit Romona.

Rob prit sa femme par le bras et l'emmena à l'extérieur, au cœur de la nuit. L'air était pur et froid ; les flammes du feu de camp étaient très hautes et illuminaient l'enceinte des arbres. Rob aperçut Hawks et le pilote qui faisaient le guet, chacun de son côté. Hawks avait son arc près de lui, posé contre un tronc d'arbre, tandis que le carquois était par terre.

Maggie frissonna et Rob la rapprocha du feu ; puis il prit son châle de laine qui pendait librement autour de son cou et il le resserra sous le menton de Maggie. Celle-ci avait toujours le regard perdu ; elle ne voyait pas son mari et fixait uniquement les flammes. Elle semblait si lointaine et si inaccessible que Rob hésita à lui parler.

« Maggie ? » murmura-t-il enfin.

Sa femme ne répondit pas.

« Je sais bien que c'est un cauchemar... mais ce sera bientôt terminé. »

Maggie restait immobile, comme si elle n'entendait rien.

« Nous serons partis au matin, ajouta doucement Robert. Nous allons rentrer à la maison. Tu pourras oublier tout ça. »

Maggie se raidit mais resta muette.

« Maggie ? »

Elle tourna la tête. Rob commençait à craindre de ne plus pouvoir communiquer avec elle. Il se mit en plein devant elle, mais elle continuait à regarder au-delà.

« Tu te souviens de ce qu'avait dit le vieil homme ? demanda calmement Robert... à propos de cette créature qui se réveillait pour les protéger ? Curieusement, son histoire est vraie. Ce que nous avons trouvé ici va mettre un terme à tout ça. Personne ne pourra plus ignorer les faits. »

Rob attendit une réaction, mais Maggie restait toujours de glace.

« Tu entends ce que je te dis ? Il y a une raison à tous ces événements et à notre présence ici. »

Rob commençait à perdre tout espoir. Il essaya d'attraper Maggie, mais elle se raidit complètement comme si elle voulait lui interdire de la toucher.

« Je sais que cet être est laid, Maggie. Mais il est laid parce qu'il n'aurait pas dû exister. »

Maggie le regarda enfin. Ses yeux étaient durs et brillaient de colère à la lueur du feu.

« Comment en es-tu sûr, Rob ? » demanda-t-elle.

Rob secoua la tête ; il était complètement désemparé.

« Comment sais-tu qu'il n'aurait pas dû exister ? reprit Maggie.

— C'est une chose malade et difforme.

— Cette chose est vivante. De quel droit peux-tu dire qu'elle n'aurait pas dû exister ? »

Maggie avait une expression très dure ; les muscles de son visage et de son cou étaient si tendus qu'elle en tremblait presque.

« Que dit-on déjà ? demanda-t-elle, toute secouée... que Dieu accomplit... des merveilles... non ? »

Puis Maggie se mit à frissonner et sa respiration à s'accélérer ; la voix sifflait sous les dents serrées et le visage se transformait en masque rageur.

« Maggie ? »

Rob lui tendit de nouveau les mains, mais elle l'arrêta en levant ses deux bras, comme pour l'éloigner. Rob resta paralysé face au regard furieux de sa femme.

« Mais qu'est-ce qu'il y a ?

— Je suis enceinte ! explosa Maggie. *Enceinte !* »

Rob devint tout blanc.

« Je suis enceinte ! hurla encore Maggie. Et j'ai mangé... ce qu'ils ont mangé, *eux !* Ce que la mère de ces *créatures* a mangé !

— Mon Dieu... dit Robert, pantelant.

— Du poisson ! dit Maggie en sanglotant. Pendant six jours ! Ce n'est pas *suffisant ?* Est-ce que je couve un monstre, *moi aussi ?* »

Entendant les cris et les pleurs, Romona accourut, de même que Hawks et le pilote.

« Je suis *enceinte !* leur hurlait Maggie. Je l'ai *moi aussi !* J'en ai un *dans mon ventre !* J'en ai un, *moi* aussi ! »

Rob attrapa Maggie, qui tourna sur elle-même et, prise de panique, essaya d'échapper à l'emprise de son mari.

« Non ! » hurla-t-elle. Mais Rob la saisit fermement par la manche et tenta de l'attirer dans ses bras. « Fiche le camp ! cria Maggie.

— Maggie !

— Ne me touche plus ! cria-t-elle de nouveau, complètement désespérée. Laisse-moi tranquille ! »

Dans un sursaut d'énergie, Maggie se déroba et prit ses distances ; elle avait un regard sauvage et effrayé.

« Est-ce que tu as peur de moi ? hurla Maggie. Je suis la mère d'un monstre ! la mère d'un monstre, *moi aussi !*

— Maggie...

— Ne t'approche pas... ne t'approche pas !

— S'il te plaît, Maggie..., implora Robert tout en s'approchant de sa femme.

— Tu *ne le tueras pas !* Je ne *te laisserai pas* faire !

— Maggie...

— C'est *toi* qui as fait ça ! Tu es responsable de ce qui arrive !

— Mais non...

— Tu n'as pas voulu savoir, tu n'as pas voulu *m'écouter !*

— S'il te plaît...

207

— Tu le haïssais ! tu le *haïssais* !

— Maggie !

— C'est un *anormal* à présent ! un *monstre* ! »

Rob ne dit plus rien ; son visage était déchiré par l'angoisse tandis qu'il voyait sa femme délirer devant le feu.

« Il veut naître ! hurlait-elle, il veut naître ! »

Puis, subitement, Maggie poussa un gémissement, porta ses mains à sa bouche et vomit entre ses doigts. Rob accourut jusqu'à elle pour la soutenir ; il tomba avec elle au sol, tandis que Maggie continuait à geindre misérablement. Puis elle finit par s'effondrer dans les bras de son mari. Elle s'agrippa à lui, toute haletante et claquant des dents.

« Serre-moi... dit-elle, pantelante.

— Oui, ne t'en fais pas, je suis là.

— Ne me lâche plus ! Empêche-moi de le tuer... je ne pourrai pas le tuer !

— Non, non », dit Rob pour la calmer et en lui caressant les cheveux. Puis, subitement, Maggie inspira profondément et saisit son ventre de ses deux mains.

« Ça me fait mal ! cria-t-elle dans un accès de panique.

— Allonge-toi.

— Il me mange de l'intérieur !

— Non, c'est simplement le fait de vomir... allonge-toi...

— Empêche-le de me *faire mal* !

— Apportez-moi ma trousse », dit Rob en s'adressant à Romona. Vive comme l'éclair, Romona fit instantanément l'aller-retour jusqu'à la tente et ramena la trousse de Rob.

« Ne lui fais pas de mal », implora Maggie tandis que Rob lui ôtait sa veste et relevait l'une des manches de son pull. « Ne fais pas de mal à mon bébé... »

Avec des gestes désordonnés et des mains tremblantes, Rob prépara une seringue. Le plus faible médicament qu'il eût dans sa trousse était de la morphine ; il en prit donc une très petite quantité et l'injecta dans le bras de Maggie.

« Oh, mon Dieu ! » cria-t-elle. Puis elle se calma d'un coup.

« Maggie...

— Oui.

— Ça va aller... tu verras.

— Non.

— Tout ça va être bientôt fini.

— Non... je ne peux pas le tuer !

— Détends-toi... calme-toi... »

Maggie ferma les yeux et se recroquevilla dans les bras de Rob.

« S'il te plaît... aime-moi », gémit-elle, avant de redevenir complètement muette.

Hawks, Romona et le pilote s'éloignèrent tout doucement et laissèrent Rob bercer Maggie. Rob avait le visage crispé et des sanglots de désespoir montèrent du plus profond de lui-même. Ces larmes étaient de douleur, comme si elles avaient brisé un barrage de chair et d'os pour sortir d'un abîme où la peur les avait enfouies pendant toute une vie. Maintenant qu'elle était sortie au grand jour, cette sensation ne pouvait plus être jugulée. Le corps de Rob en fut secoué tout entier tandis qu'il berçait Maggie et que ses gémissements résonnèrent d'un triste écho dans la forêt.

Rob finit par se calmer, comme si le silence ambiant avait envahi tout son être. La forêt était immobile, tout était immobile, — arrêt du temps, moment d'éternité.

Alors, Rob entendit du bruit qui venait des arbres. Un son lointain, comme celui de pas traînants. D'abord presque inaudible puis de plus en plus perceptible.

Rob secoua Maggie et s'efforça de la faire lever. Le pilote vint l'aider tout en jetant des regards apeurés vers la forêt. Quant à Hawks, il s'avança dans l'obscurité des arbres, à l'affût.

Romona sortit de la tente et tendit l'oreille dans la direction du bruit qui, manifestement, se rapprochait.

« Ce sont des hommes, dit-elle avec soulagement.

— Regardez ! » dit Hawks.

Ils suivirent tous le geste de Hawks, qui indiquait un groupe de petites lumières s'avançant lentement vers eux, au milieu des arbres. Il s'agissait de lampes et de torches regroupées de manière très serrée et qui semblaient flotter dans l'obscurité comme un collier de perles lumineux.

« Ils viennent du village, dit Romona.

« — A quoi vont-ils nous être utiles ? » demanda le pilote avec pessimisme, avant d'ajouter : « C'est de voitures que nous avons besoin. »

Rob conduisit Maggie dans la tente, où il étendit une toile pour la faire asseoir près du feu qui couvait encore. En l'installant, il vit que les effets de la morphine s'estompaient. Le regard de Maggie redevenait clair.

« Empêche-les de lui faire mal, Rob », dit-elle dans un murmure.

Il secoua la tête pour la rassurer et dit : « Attends-moi ici. »

En sortant de la tente, Rob vit apparaître dans la clairière le groupe d'Indiens portant lampes et torches. Certains étaient jeunes, mais la plupart étaient des hommes âgés, aux visages tristes et ridés. Ils se regroupèrent en silence, tandis que la lueur du feu projetait des ombres très haut sur les arbres.

Puis le bruit d'un moteur de voiture se fit entendre au loin. Des phares percèrent l'obscurité et le fracas métallique du véhicule parvint aux oreilles des uns et des autres. Une petite automobile arrivait.

« Enfin ! s'exclama le pilote.

— C'est le shérif, dit Hawks, avant de faire demi-tour vers la tente. Je me cache dans les tunnels jusqu'à ce que vous soyez partis. »

La voiture s'arrêta dans un crissement à l'entrée du campement et quatre hommes en descendirent : le shérif et l'un de ses adjoints, tous deux armés d'un fusil, Bethel Isely et Kelso, le bûcheron qui s'était battu avec Hawks lors du barrage routier.

« Rangez vos fusils, dit Rob en voyant les hommes s'approcher.

— Qu'est-ce que vous voulez faire, Vern ? demanda Isely.

— Laissez vos fusils de côté !

— Je vous ai demandé ce qui se passait...

— Rangez ces fusils ! »

Isely lança un coup d'œil au shérif et lui fit un signe de tête. Le shérif passa son fusil à son adjoint.

« Juste vous deux, dit Rob en s'adressant à Isely et au shérif. Les autres pourront se joindre à vous un peu plus tard. »

210

Dans la tente, Maggie fit un effort pour se mettre sur pieds et occupa une position défensive derrière la table où était allongée la petite créature monstrueuse. Romona était à ses côtés, tenant solidement sur ses deux jambes. Isely et le shérif approchèrent et eurent immédiatement un mouvement de recul, tandis que l'horreur se lisait sur leur visage.

Les yeux de la créature fixèrent les deux hommes à travers les paupières transparentes, puis le corps du monstre se mit à trembler, comme s'il sentait un danger tout proche. Il gémit puis redevint silencieux ; sa poitrine se soulevait rapidement, avec une respiration saccadée et accélérée.

Rob s'approcha d'Isely. « L'œuvre du mercure de méthyle qui sort de votre fabrique. Ça a tout empoisonné dans la forêt et voilà la créature que ça a engendré ! »

Isely resta muet.

« Le saviez-vous ? » demanda Rob.

Isely le regarda d'un air angoissé.

« Le saviez-vous ? » répéta Rob.

Isely jeta un nouveau coup d'œil sur la créature et dit tout bas : « Je... ne voulais pas le savoir. »

Ils restèrent immobiles près de la table et continuèrent à fixer le monstre, directement éclairé par la lampe à kérosène suspendue au-dessus. L'air était enfumé par le charbon qui brûlait encore. L'atmosphère était quasi religieuse.

A l'extérieur, les Indiens restaient également silencieux ; ils avaient le visage illuminé par les flammes et toute la scène était dominée par une énorme lune rougeâtre qui brillait très fort. L'un des Indiens s'avança et pénétra dans la tente ; d'autres le suivirent.

Ils défilèrent tous calmement jusqu'à la table ; le silence était presque total si l'on exceptait le bruit des pas sur le sol, au fur et à mesure que les Indiens s'approchaient pour observer la créature et repartaient. Il n'y avait sur leur visage ni dégoût ni surprise. Ils restaient imperturbables, mais à tout prendre, on pouvait déceler une expression d'indulgence, voire de tendresse.

La créature recommençait à pousser de petits cris aigus et apitoyants ; visiblement, elle luttait pour parvenir à un état de conscience. Les cris devenaient de plus en

211

plus forts, traversaient les fines parois de la tente et parvenaient jusqu'à la forêt.

Un son y répondit à l'extérieur, venu du fin fond des ténèbres. C'était un cri perçant, qui ne dura pas long-temps. A côté de la tente, Kelso et l'adjoint du shérif l'entendirent, de même que les Indiens. Tous les Indiens étaient en effet ressortis de la tente et s'étaient regroupés avec leurs camarades près du feu ; ils regardèrent tous en direction de la forêt lorsque le cri prit de l'ampleur. Le bébé poussait son petit cri dans la tente et, comme un écho, le grand cri y répondait dans la forêt. Le rythme de ce duo s'accéléra tandis que le cri venant de la forêt se rapprochait.

A l'intérieur de la tente, Romona l'entendait bien elle aussi, et, d'un signe de tête, elle amena Rob à prêter également l'oreille. Rob quitta la tente, suivi de Romona, elle-même talonnée par le shérif et Isely. La petite créature continuait à crier, mais, dans la forêt, le grand cri avait cessé. Ils restèrent tous immobiles et attentifs, dans le silence retrouvé.

Rob s'efforçait de voir quelque chose dans la forêt assombrie, mais n'apercevait que les ombres tremblotantes dessinées par les flammes. Puis, soudain, il entendit un mouvement et le feuillage qui craquait comme sous des pas. Quelqu'un — ou quelque chose — arrivait vers eux, à un rythme lent mais régulier, le bruit saccadé devenant de plus en plus fort.

« Qu'est-ce que c'est ? » demanda Isely tout bas. Mais Romona le fit taire d'un geste.

Dans la tente, les petits cris du bébé se faisaient de plus en plus désespérés et de plus en plus aigus, tandis que le bruit des pas venant de la forêt se rapprochait. On le sentait à présent à l'orée du campement, à quelques minutes du sanctuaire que s'étaient constitué Rob et les autres. Rob avala sa salive et serra les poings. Soudain, le feuillage s'écarta.

C'était le vieil homme, M'rai. Il regarda tout autour de lui avec de grands yeux étonnés, surpris de voir autant de monde.

« Soyez le bienvenu ! » M'rai sourit. Rob et Romona se sentirent soulagés.

Mais soudain, ce fut comme une grande explosion. Les

212

arbres étaient comme arrachés au sol et l'air fut traversé d'un hurlement de colère. Une forme noire massive se précipita dans la clairière, faisant voler les feuilles et cassant les branches. C'était une version géante du bébé qu'avait découvert Rob : ses yeux étaient comme des soucoupes qui reflétaient les flammes, sa mâchoire surbaissée crachait de la salive, tandis que la bête hurlait et attrapait au passage des corps qu'elle lançait dans les arbres comme des poupées en chiffon. L'adjoint au shérif fut saisi et projeté en l'air au moment même où il voulut se servir de son fusil. On n'entendait plus que des cris de panique et on ne voyait plus que des individus courir dans tous les sens et se heurter les uns aux autres dans une fuite désespérée et vaine. Rob était littéralement paralysé par ce qu'il voyait et incapable d'intervenir dans ce massacre ; il vit notamment Kelso se faire couper en deux par un coup de griffes de la bête. La moitié supérieure du corps du bûcheron retomba dans les flammes comme un fétu de paille.

Un groupe d'Indiens tenta de fuir en voiture, mais le véhicule fut aussitôt renversé par le monstre. Plusieurs individus hurlèrent en voyant l'automobile rouler sur eux. Des morceaux de corps volaient de partout. La scène n'était plus qu'un immense chaos sanglant.

A l'intérieur de la tente, Maggie s'empara du bébé, qu'elle arracha au système de perfusion improvisé par Rob ; mais elle ne faisait que hurler et tourner sur elle-même sans savoir où aller.

« Le tunnel ! » cria Hawks en passant sa tête par l'ouverture étroite qui se trouvait au sol. Hawks attrapa Maggie et la poussa dans le tunnel, puis il sortit de la tente en courant et hurla : « Mona ! » Mais Romona n'était pas en vue. Le feu avait éclaté en milliers d'étincelles ; tout le monde gémissait, courait ou rampait sur des flaques de sang. « Les tunnels ! cria Hawks. Les tunnels ! Passez par les tentes ! »

Le pilote se précipita vers Hawks mais sa course fut interrompue par les griffes de l'animal, qui le projeta contre un arbre. Puis la bête, dans un hurlement, fondit sur le shérif qui se roulait au sol et tentait de tirer avec son revolver. Mais la patte massive du monstre écrasa instantanément la tête du shérif, faisant gicler le sang tout autour. L'énorme chose se tourna ensuite vers Rob, qui vit alors que sa poitrine était celle d'une femelle, avec deux énormes seins qui se balançaient.

« Attention ! » hurla Hawks.

Rob fit un tour sur lui-même et bondit hors de portée de l'animal ; puis il entendit les mâts d'une tente se briser. « Maggie ! cria Rob.

— Elle est en sécurité ! cria Hawks. Allez jusqu'au tunnel ! »

Rob fila, presque à ras du sol, tandis que la bête s'acharnait sur la tente, qu'elle lacérait comme du papier.

« John ! hurla Romona.

— Aux tunnels ! »

Romona courut vers Hawks, en se heurtant tout le long à des corps saisis à la volée quelques secondes après ; au passage, Romona aperçut M'rai dans un état de choc si profond qu'il ne voyait pas la bête virevolter autour de lui.

« M'rai ! » hurla Romona.

Mais Hawks attrapa sa compagne et l'attira vers une tente, qui fut arrachée au sol avant même qu'ils y parvinssent ; ils changèrent de direction et allèrent vers la seule tente encore dressée. Isely venait d'y arriver aussi ; il était en pleurs et Hawks dut le pousser dans le tunnel avant d'y faire entrer également Romona. Puis l'Indien ressortit et vit qu'il ne restait pratiquement plus personne de vivant. Les hurlements de la bête résonnaient tandis qu'elle déchirait encore des pans de tente. Seul M'rai était encore en vie et observait la scène avec les yeux d'un enfant innocent ; des morceaux de corps étaient éparpillés autour de lui, comme des jouets cassés et abandonnés. Rob était également dehors : il tentait d'attirer le pilote, qui avait le visage tout couvert de sang, vers la dernière tente encore debout. Mais la bête, qui venait de le repérer, se précipita vers lui avec un hurlement rageur.

« Attention ! » hurla Hawks.

Rob fit un bond sur le côté et fila. Les griffes de l'animal labouraient la terre tandis que Hawks gesticulait et hurlait pour tenter de détourner l'attention de la bête. Celle-ci fit un tour sur elle-même, Hawks se plaqua

214

au sol et aperçut le corps sans vie de la petite créature qu'il avait lui-même posé par terre lorsqu'il avait voulu réactiver le feu. Hawks attrapa le petit corps et le tendit en l'air alors que la bête s'apprêtait à charger sur lui. Puis Hawks jeta le corps du bébé sur ce monstre qui devait être sa mère. La petite carcasse vint frapper la poitrine de la bête puis retomba au sol. Et soudain, toute l'agitation cessa. La masse gigantesque devint muette et fixa le corps de son enfant. Du sang et de la salive coulaient de sa bouche ouverte, et la bête émit un petit son, qui avait presque l'air d'une interrogation. Puis elle se mit à quatre pattes et remua le corps minuscule au moyen de son nez.

Tout doucement, Hawks et Rob allèrent à reculons vers la tente ; mais ils s'arrêtèrent encore un instant.

« M'rai ! » cria Hawks.

Mais le vieillard ne répondait pas. Il était juste au-dessous de l'énorme animal.

« M'rai ! »

La bête entendit la voix de Hawks et tourna vers lui ses immenses yeux en forme de soucoupe. Mais elle restait toujours immobile. Elle se contentait de regarder les deux hommes et de gémir. Mais soudain, sans aucune forme d'avertissement, elle chargea. Rob et Hawks bondirent à l'intérieur de la tente et entrèrent rapidement dans le tunnel étroit ; ils avaient fui juste à temps car ils entendirent les mâts de la tente se briser et la toile se déchirer sous les coups de l'animal.

Puis les bruits s'estompèrent tandis qu'ils commençaient à cheminer dans l'obscurité souterraine.

A deux ou trois mètres au-dessous du sol, les trois tunnels convergeaient vers une petite cellule carrée. Maggie s'y trouvait, et tenait contre sa poitrine le petit corps flasque du bébé encore vivant. Isely était accroupi à côté d'elle ; il pleurait contre le mur boueux. Rob arracha la créature des bras de Maggie et attira sa femme vers lui ; Romona et Hawks s'observaient dans l'obscurité silencieuse.

Au-dessus d'eux, au niveau du sol, la bête ne bronchait plus.

Elle s'était détournée de la tente qu'elle avait mise en pièces et était tout doucement repartie vers le corps de son enfant défunt. La bête passa à côté de M'rai sans le toucher ; puis elle s'arrêta devant son bébé, le fit rouler avec son nez et lui lécha la poitrine avec force, comme si elle voulait faire revivre ce petit corps éteint. La bête s'interrompit et gémit de nouveau ; puis elle prit le petit corps raide dans sa gueule et repartit lentement dans la forêt.

M'rai observa l'animal tandis que celui-ci se mêlait aux ombres de la nuit et disparaissait au milieu des arbres. M'rai souriait. Il n'avait plus sa raison.

12

Le jour se levait sur le camp de M'rai et révélait le drame sanglant dans toute son horreur. Cette oasis jadis si belle ressemblait à un champ de bataille. Les tentes étaient réduites en bouillie et le sol jonché de cadavres ; des bras, des jambes apparaissaient çà et là dans le feuillage ; la terre était toute retournée et tachée de sang.

Le feu n'était plus qu'une petite colonne de fumée ; M'rai était assis à côté et psalmodiait.

Tandis que l'appel matinal des plongeons résonnait depuis les rives du lac, les peaux d'animaux qui avaient servi de parois pour les tentes et qui étaient maintenant empilées au sol se mirent à bouger : les survivants sortaient de dessous, un par un, quittant enfin leur cachette souterraine. Hawks émergea en premier et fut suivi de Romona, puis de Rob. Ce dernier était plein de contusions et recouvert de terre sale, et tenait dans ses bras le corps flasque de la petite créature toujours vivante. Arriva ensuite Maggie, le visage lacéré, le regard perdu. Rob l'enlaça et l'obligea à regarder dans la direction de la forêt, de façon à ce qu'elle ne vît pas la

217

scène cauchemardesque. Isely fut le dernier à sortir du tunnel. On aurait dit un autre homme : il avait le visage creusé et les yeux renfoncés. Il avait vieilli d'un seul coup.

Hawks et Romona aperçurent M'rai et s'approchèrent tout doucement de lui. Il les regarda et sourit.

« *A'haniy'aht* Katahdin », dit-il.

Romona s'agenouilla devant son grand-père et le fixa intensément. Puis d'un geste calme, elle ferma la veste du vieil homme pour qu'il ait bien chaud.

« Katahdin *Y'ho'w'atha,* reprit le vieillard dans un murmure.

— Qu'est-ce qu'il dit ? demanda Rob qui arrivait près d'eux.

— Que Katahdin l'aime », répondit Hawks.

Romona tourna la tête pour cacher les larmes qui lui venaient aux yeux.

Rob observa le triste spectacle qui s'offrait à eux : la voiture était renversée et aplatie ; des bras et des jambes dépassaient de dessous le châssis, sans aucune vie ; le shérif n'était plus qu'un cadavre difforme, gisant au pied d'un arbre ; le corps de son adjoint gisait également tout près, sur le dos, le crâne fracassé.

Maggie était toute frissonnante et Rob l'installa sur un rocher, près du feu.

« Je vais rester avec elle », dit Romona.

Maggie tenait son châle de laine ; Rob le prit et y enveloppa la petite créature, qu'il posa sur le sol, à côté de sa femme. Puis, avec Hawks, il alla jusqu'en bordure de la clairière, vers les arbres ; ils étaient suivis d'Isely.

Ils étaient tous muets et regardaient dans la direction de la forêt embrumée.

« Vous croyez que la bête est toujours là ? demanda Isely d'une voix faiblarde.

— Vous savez, elle est nocturne, répondit Rob.

— Plus maintenant, dit Hawks, elle ne dormira pas avant d'avoir récupéré son rejeton. »

Ils regardèrent tous la petite créature, gisant par terre, dans le châle de Maggie.

« Nous devons la détruire, dit Hawks. Il faut la brûler.

— Non !

— Sa mère va revenir. »

218

— Pas avant la nuit. C'est un animal nocturne. Il va d'abord dormir. »

Hawks se hérissa. De toute évidence, la controverse n'était pas terminée.

« John ! » cria Romona, inquiète.

Ils se retournèrent et virent Romona qui pointait son doigt dans la direction de la forêt. Un mouvement était perceptible. Le feuillage bougea et quelqu'un arriva vers la clairière. C'était le pilote. Il était grièvement blessé, à peine conscient et arrivait en rampant.

Rob et Hawks accoururent vers lui et le firent asseoir au pied d'un arbre.

Sa chemise était en lambeaux et certains des morceaux déchirés étaient collés entre eux par du sang coagulé. Le pilote avait les dents d'en haut enfoncées et une bosse de couleur indéfinissable au front. Il ne cessait de marmonner quelque chose d'incompréhensible.

Rob toucha doucement la blessure que le pilote avait subie à la tête ; de la chair lui resta dans les doigts.

« Est-ce qu'il va s'en sortir ? » demanda Hawks.

Rob se releva et s'éloigna un peu, suivi de Hawks.

« Est-ce qu'il va s'en tirer ? répéta Hawks.

— Je n'en sais rien.

— Il va falloir l'abandonner ici. »

Rob regarda le pilote d'un œil triste.

« Il ne peut plus *marcher*, dit Hawks avec insistance.

— On pourrait le porter.

— Nous sommes à vingt-cinq kilomètres de la ville. On n'en fera même pas la moitié d'ici la nuit si nous l'emmenons avec nous.

— Mais il voulait partir d'ici ! Je ne peux pas l'abandonner. »

Hawks secoua la tête comme pour les mettre en garde contre une sottise.

« Vous n'avez qu'à partir devant, dit Rob, vous arriverez en ville avant la tombée de la nuit. Envoyez-nous alors quelqu'un, et nous nous mettrons en route à notre tour.

— Vous ne pourrez pas le transporter tout seul.

— Il y a Isely.

— Je ne peux pas le transporter, dit Isely calmement. Je tiens à peine sur mes jambes. »

219

Il y eut un instant de silence, comme chargé de l'impuissance qui était la leur, d'autant plus qu'ils savaient qu'ils devaient prendre une décision.

« Allons jusqu'à mon village, dit Hawks. Il n'est qu'à trois kilomètres d'ici et nous pourrons nous y abriter, pendant que les miens iront chercher de l'aide.

— Ça leur prendra combien de temps ? demanda Rob.

— La nuit dernière, il a fallu six heures avant qu'une voiture arrive.

— Et les hommes de ton village pourraient être de retour avant la tombée de la nuit ?

— Si nous arrivons nous-mêmes vers midi, oui.

— Attendez une seconde ! dit Isely. L'hélicoptère qui vous a amenés ici... il doit avoir une radio.

— Elle ne fonctionne qu'en altitude, répondit Rob.

— La tour du garde forestier ! reprit Isely. Il y a une radio là-haut ! »

Rob regarda Hawks.

« C'est à douze kilomètres d'ici, souligna Hawks.

— Ça fait moitié moins que pour la ville, reprit Isely avec insistance.

— Oui, mais trois fois plus loin que mon village, répliqua Hawks.

— Mais il y a une *radio* là-bas !

— Vous oubliez ce qui nous sépare de la tour. »

Isely ne trouva plus rien à répondre.

« Douze kilomètres de forêt, ajouta Hawks, et des arbres si larges qu'on ne voit rien à plus d'un mètre de chaque côté ! Nous ne pouvons pas traverser ces douze kilomètres en ignorant où se trouve la bête.

— *Moi* si ! » dit Isely.

Hawks le toisa d'un œil sceptique.

« Je n'ai pas la force de porter le pilote reprit Isely, comme en s'excusant, et la seule façon de me rendre utile est d'aller jusqu'à cette tour. Vous autres, allez au village, de votre côté. Si je peux établir le contact, vous pourrez vous en sortir en quelques heures. »

Rob étudia un moment Isely, en se demandant s'il avait tout à fait conscience du danger.

« Permettez-moi de faire ça », dit Isely, sur un ton qui, de toute évidence, voulait demander le pardon.

« Je vais faire une civière », dit Hawks.

Rob acquiesça de la tête puis dit : « Remuons-nous ! »

Pendant que Hawks ramassait des plants d'arbre et des morceaux de peau d'animal pour fabriquer une litière, Rob examinait les corps qui jonchaient le sol pour voir si certains d'entre eux étaient encore en vie. Mais ils étaient tous morts, et Rob fut en fait soulagé : ils n'auraient jamais pu transporter plus d'un blessé.

Dans la voiture, Rob trouva un fusil encore intact et contenant trois cartouches. Il le prit, mit les cartouches dans sa poche puis alla fouiller dans les restes des tentes pour essayer de retrouver sa trousse de médecin et tout ce qui pouvait encore subsister après le massacre et pouvait être utile, un couteau ou une hache.

Rob ne s'était pas demandé pourquoi il avait vidé le fusil, mais en observant Hawks de loin, il comprit la raison de son geste : il craignait que l'Indien n'utilisât l'arme pour tuer la petite créature.

Tandis que Rob fouillait dans les décombres, Isely fit les poches du bûcheron, du shérif et de son adjoint pour en retirer les papiers d'identité et toutes les affaires personnelles à remettre à leurs familles. Sur le corps du shérif, il trouva un revolver, qu'il chargea avec des balles que le policier avait à sa ceinture. Puis Isely alla aider Hawks à fabriquer la civière ; l'Indien accepta l'aide avec une certaine réticence.

Quant à M'rai, il était toujours assis par terre et psalmodiait d'une voix si douce qu'elle était presque inaudible. Maggie et Romona étaient assises à côté du vieillard, sur de gros cailloux qui entouraient le feu ; elles avaient les yeux rivés sur la créature enveloppée dans le châle.

« Est-ce qu'elle est toujours vivante ? demanda doucement Romona.

— Oui.

— Il ne faut pas l'emporter avec nous. »

Romona se baissa, retira le châle et vit la petite cage thoracique qui se soulevait encore, accrochée à la vie.

« Nous devons le laisser là, reprit Romona.

— Mais il va mourir !

— Monsieur Vern ? » appela Romona. Rob s'approcha et la jeune Indienne se leva pour lui faire face. « Nous ne devons pas emmener ça.

221

— Au contraire, il le faut ! répondit Rob avec fermeté.

— Mais c'est un grand risque pour nous !

— Je ne vais certainement pas renoncer à cette preuve !

— Alors, enterrez-le, et revenez le chercher plus tard.

— Il est *vivant* ! s'exclama Maggie.

— Alors, tuez-le ! » lança Romona.

Hawks arriva et prit le parti de Romona. « Elle a raison. Il faut le détruire.

— On ne peut pas le *tuer* comme ça ! implora Maggie.

— Mais s'il fait du bruit... dit Romona pour justifier son attitude.

— Il ne fera pas de bruit ! protesta Maggie. Regardez-le ! Il en est incapable ! »

Hawks voulut prendre la créature, mais Rob l'en empêcha. Ils se toisèrent pendant un bon moment.

« Vous m'avez demandé un jour si j'étais prêt à mourir pour défendre ce à quoi je crois, dit Rob.

— Vous n'êtes pas seul ici.

— J'en suis tout à fait conscient.

— Vous les sacrifieriez ?

— Non ! » Rob se baissa, prit la petite créature, déboutonna sa veste et plaça le bébé contre sa poitrine. « S'il fait du bruit, je le tuerai. De mes propres mains ! Mais jusque-là, il reste vivant ! »

Isely s'approcha. Il sentait l'atmosphère tendue.

« Vous êtes d'accord ? demanda Rob en s'adressant à Hawks.

— S'il fait le moindre bruit, on le tue. »

Rob acquiesça.

« Je suis prêt à partir, dit Isely.

— La civière est prête aussi, dit Hawks froidement.

— Est-ce qu'on voit la tour du garde forestier de votre village ? demanda Rob en parlant cette fois à Romona.

— Oui. »

Rob se tourna vers Isely. « Lorsque vous aurez réussi à envoyer un message radio, agitez quelque chose... une chemise... un chiffon... ce que vous trouverez. Nous attendrons ce signal. »

Isely acquiesça de la tête et dit : « Je ferai de mon mieux. » Puis il s'apprêta à partir.

« Monsieur Isely ? appela Rob.

222

— Oui ? »

Rob ne répondit pas tout de suite, puis dit : « Merci. »

Isely se dirigea enfin vers la forêt. Ils le suivirent tous du regard jusqu'à ce qu'il eût complètement disparu.

Hawks retrouva l'arc exactement à l'endroit où il l'avait laissé la veille ; il l'accrocha fermement à son épaule, avec le carquois contenant trois flèches. Puis, avec Rob, il se dirigea vers le pilote, qu'ils soulevèrent tous deux pour le placer sur la civière. Rob le trouva plus lourd qu'il n'avait imaginé.

« Je passe devant », dit Hawks. Ils soulevèrent tous deux la civière mais Rob croula sous le poids. Il avait des difficultés à cause de la charge supplémentaire de la petite créature qu'il portait contre sa poitrine.

« Maggie, appela-t-il. Prends ça.

— Je vais le prendre, moi, intervint Romona sur un ton qui ressemblait à un défi.

— Non, vous, vous prenez le fusil ! lui dit Rob. Il est près du feu. »

Maggie s'approcha et soulagea Rob en prenant la créature toujours enveloppée dans son châle ; mais elle eut un frisson en apercevant le petit visage. Le tour de la bouche était plein de salive sèche et la peau commençait à s'affaisser sous l'effet de la déshydratation.

« Je crois qu'il est mort, dit Maggie tout bas.

— Non, il n'est pas mort. Partons ! »

Hawks commença à avancer et Rob suivit en chancelant ; il ne trouva le rythme qu'un moment après. Maggie lui emboîtait le pas. Elle avait le visage tendu car elle s'efforçait de ne pas regarder le petit colis qu'elle avait dans les bras.

De son côté, Romona prit le fusil puis aida M'rai à se lever avant de rejoindre les autres, qui avaient déjà pénétré dans la forêt.

Leur marche fut très lente sur les trois kilomètres qui les séparaient du village, car le chemin était presque totalement en côte. De plus, il était jonché de bois abattu et le petit groupe devait soit sauter par-dessus soit passer en dessous. Rob avait une douleur au cou et ses bras tremblaient sous le poids de la civière. Hawks, lui, avançait sans broncher, balayant la forêt du regard et trouvant le calme trompeur. Des oiseaux chantaient et voletaient, tandis que des écureuils émettaient leurs petits cris, très haut dans les arbres.

Pour éviter de trébucher, Maggie serrait la créature contre sa poitrine de façon à voir où elle mettait les pieds. Elle essayait aussi d'ignorer le mouvement qu'elle sentait entre ses bras. Réchauffée par le corps de Maggie et stimulée par les secousses de la marche, la créature commençait en effet à reprendre vie. Ses muscles se contractaient. L'une des paupières s'était relevée et un seul œil était ouvert dans ce cocon obscur.

« Il faut que je m'arrête ! dit Rob, haletant.

— Non, continuez ! demanda Hawks instamment.

— Je ne peux plus...

— Romona ! »

Romona se précipita vers le bout de la civière tenu par Rob et voulut prendre un des côtés.

« Non ! dit Rob.

— Laissez-la vous aider.

— Non, j'y arrive tout seul !

— Aide-le ! » ordonna Hawks.

Romona posa le fusil sur la civière et prit l'un des deux bâtons. Rob la laissa faire.

« C'est encore loin ? demanda Rob, toujours pantelant.

— En haut de la côte, on sera à mi-chemin », répondit Hawks.

Quarante minutes plus tard, ils étaient au sommet de la côte ; ils s'arrêtèrent pour regarder le lac et le village situés en bas. Le lac était parfaitement calme, de même que le village indien. Il n'y avait pas trace de vie.

« Ils sont partis ! » dit Romona, éberluée.

Hawks était stupéfait lui aussi et une lueur de désespoir passa dans son regard.

« Il n'y a personne ? demanda Rob d'une voix faible.

— Personne !

— La forêt s'est retournée contre eux, dit M'rai. Nous avons provoqué la colère de Katahdin. »

Hawks et Rob posèrent la civière. Rob se laissa rouler par terre. Il était à bout de souffle. Il avait des crampes au cou ; ses mains étaient pleines d'ampoules et sanguinolentes sous l'effet du bois mal taillé des poignées de la civière.

« Voilà la tour ! » s'exclama Romona. Rob leva la tête à grand-peine et aperçut la petite tour du garde forestier qui dépassait les arbres, sur la rive du lac la plus lointaine. « Combien de temps avons-nous marché ? demanda-t-il, tout essoufflé.

— Deux heures... peut-être un peu moins, répondit Hawks.

— Isely devrait y être dans peu de temps.

— A moins qu'il ne soit parti pour la ville, dit Hawks.

— Mais pourquoi aurait-il fait ça ? demanda Maggie craintivement.

— Il savait qu'il pouvait y arriver tout seul, répondit Hawks. Sans nous, il a pu courir et arriver avant la nuit.

— Non, il sera allé à la tour, dit Rob avec conviction. Il y sera ! »

Hawks regarda Rob d'un air sombre. « S'il n'y est pas, nous sommes ici pour toute la nuit. »

Rob se releva avec grand effort. Ils reprirent la civière et commencèrent à descendre vers le village désert.

De son côté, Isely avait commencé par courir mais n'avait pas pu maintenir le rythme. Il était donc parvenu à une sorte de compromis, trois cents pas de course, puis trois cents pas de marche, qu'il comptait intérieurement pour essayer aussi d'oublier le danger couvant probablement quelque part au milieu des arbres.

Pendant le parcours, Isely avait décidé de venir en aide à Robert Vern par tous les moyens possibles. Si besoin était, il subtiliserait les archives des Papeteries Pitney et les apporterait à Washington. Et si on le lui demandait, il irait témoigner et raconter tout ce qu'il savait. Isely se sentait rassuré en s'absolvant ainsi de tous les péchés.

La tour du garde forestier était visible à présent, à deux kilomètres au plus : son toit de chaume apparaissait au-dessus des arbres. Cela redonna de l'énergie à Isely, qui se mit à courir de nouveau. Il se livrait à un véritable slalom entre les arbres, tel un fantassin sur un terrain miné ; mais il eut bientôt de grandes douleurs à la poitrine et aux jambes. Isely ralentit l'allure, ses jambes commençant à chanceler sous l'effet de la fatigue. Il s'arrêta et se reposa contre un arbre pour reprendre son souffle. Il avait le gosier et les lèvres complètement secs.

Alors qu'il respirait de nouveau normalement, Isely perçut un bruit. C'était un bourdonnement, comme s'il y avait un nid de frelons tout près. Isely se releva et se mit à marcher en vacillant le long d'un chemin étroit qui semblait conduire à la tour. Le bourdonnement était déjà plus fort et Isely vit, à même le sol, un monticule grouillant d'insectes, des mouches qui virevoltaient tout autour et des fourmis allant et venant dans tous les sens.

Il se rapprocha et commença à sentir une odeur. Une odeur de charogne. Avançant encore, Isely finit par voir, sous le linceul scintillant des vers et des mouches, la carcasse rosâtre et noire dont ils se nourrissaient. Il fit encore un pas en avant, ce qui provoqua l'envol d'un nuage de mouches et lui fit découvrir une forme qui le stupéfia.

A ses pieds se trouvait en effet le squelette pourrissant d'une petite créature qui était la copie conforme de celle qu'il avait vue la veille dans le camp de M'rai.

Isely ignorait l'existence d'une seconde créature de ce genre, et, à sa connaissance, la bête n'avait pas emporté la première avec elle. C'est pourquoi il resta décontenancé un moment, puis il eut un frisson après avoir senti une odeur d'humidité tout autour de lui. Soudain, il se raidit et comprit que sa dernière heure était venue.

Isely perçut encore un mouvement très rapide dans les fourrés, derrière lui, puis un hurlement rageur à lui fracasser les tympans.

Il ne se retourna pas car il ne voulait rien voir. Mais dans la fraction de seconde qui suivit sa décapitation, ses yeux virent son torse arraché au reste du corps se faire mettre en pièces.

Vers la fin de l'après-midi, une obscurité prématurée, amenée par un groupe de nuages, s'empara du village indien où s'étaient rassemblés Rob, Maggie et les autres. Comme ils l'avaient entrevu au premier abord, le village était complètement désert, tous ses habitants l'ayant abandonné en emportant leurs biens avec eux.

226

Rob avait fait le guet sans faillir une seule minute à sa tâche ; sa vue commençait à être floue sous l'effet de la fatigue, mais il continuait à surveiller la lointaine tour du garde forestier. Il était presque quatre heures et il n'y avait toujours aucune trace d'Isely.

Romona se trouvait à l'intérieur d'une des habitations — sortes de cabanes très fragiles — et s'occupait du pilote, lequel était étendu sur le sol terreux. Il reprenait conscience par moments, et se mettait à pleurer, avant de regagner le néant.

Un petit feu brûlait dans la cheminée. Maggie s'assit tout près et se mit à fixer les flammes. La petite créature était toujours enveloppée dans son châle, que Maggie avait bien serré pour s'assurer que le bébé ne bougerait pas. Elle avait également plié le châle de façon à ce qu'il n'y ait plus d'ouverture, car elle voulait éviter le regard des deux petits yeux.

A l'autre extrémité de la cabane, M'rai chantait son chant funèbre en se balançant tout doucement.

En s'agenouillant près du pilote pour lui mettre une serviette froide sur le front, Romona jeta un coup d'œil par la porte ouverte et vit que le ciel était tout gris. Elle s'inquiéta au sujet de Hawks, qui avait quitté le village depuis plus d'une heure pour aller chercher de l'aide.

Le pilote gémit et secoua la tête, comme pour faire tomber la serviette. Romona s'approcha pour voir ses yeux. Ils étaient rouverts et le regard semblait plus clair qu'un moment auparavant.

« L'avion... », murmura-t-il.

Romona lui prit la main et la massa doucement.

« Je peux le faire décoller, poursuivit le pilote, comme demandant une faveur.

— Nous serons bientôt sortis de ce pétrin, dit Romona.

— Je peux vous emmener tous... d'ici...

— Ne vous en faites pas ! On vient nous chercher.

— Elle va croire que j'ai eu un accident...

— Non, non ! »

Puis le pilote se remit à geindre et à grimacer en s'efforçant de contenir ses larmes. « Je suis désolé...

— Vous allez être bien, maintenant. »

Il se mit à pleurer et perdit de nouveau conscience. Romona se leva et sortit.

Rob était debout, en plein centre du village, et avait le regard rivé vers le ciel.

« Toujours aucun signe ? » demanda Romona.

Il secoua la tête de manière négative, puis dit : « Nous aurions dû prendre la route.

— Nous n'aurions pas pu transporter la civière sur vingt-cinq kilomètres.

— A présent, il va falloir passer la nuit ici. »

Rob et Romona eurent chacun un regard rempli de terreur. Puis le silence fut rompu par John Hawks, qui arrivait en courant.

« Monsieur Vern ! cria-t-il en se précipitant dans la clairière. A un kilomètre d'ici..., dit-il, essoufflé, là où ils font le relevé des arbres... ils ont laissé un glisseur.

— Un glisseur ?

— Oui, c'est une machine qu'ils utilisent pour transporter le matériel. C'est comme un char, ça passe partout.

— Et il est en état de marche ? demanda Rob, allant au plus pressé.

— Je peux arranger les fils.

— Ça prendra combien de temps ?

— C'est un terrain plat... nous pourrons y être en une demi-heure.

— Non, je veux dire pour *la ville*.

— Trois heures, peut-être quatre.

— Il fera nuit d'ici là, dit Romona.

— Il fera nuit ici aussi, souligna Rob.

— Oui, mais ici nous sommes à l'abri, répliqua Romona.

— Ces cabanes ne sont pas plus solides que des boîtes d'allumettes ! Si nous devons affronter la nuit, autant être à proximité de la ville.

— Je suis d'accord, dit Hawks.

— C'est bon ! reprit Romona.

— Allons-y ! »

Ils coururent jusqu'à la cabane et en ressortirent avec la civière ; une fois de plus, Romona aida M'rai, et Maggie prit dans ses bras la petite créature enveloppée. Hawks avait toujours l'arc et les flèches accrochés au dos, tandis que le fusil était posé sur la civière. Le soir descendait, mais à présent, le petit groupe avançait avec énergie. Le fait d'entrevoir une chance de s'en sortir avait décuplé ses forces.

Maggie s'efforçait de suivre le rythme de Rob. En avançant à son côté, elle étudia son visage. Les veines de son cou étaient apparentes alors qu'il luttait pour soutenir la civière ; ses mâchoires étaient serrées, du fait du nouvel objectif fixé. Rob et Maggie échangèrent un signe de tête approbateur et plein d'assurance. Mais Rob était à peine capable de parler tant il peinait sur la civière.

« On va s'en sortir, Maggie ! dit-il enfin.

— Oui, je sais ! »

Devant eux, les rangées d'arbres semblaient interminables, profondes et obscures comme l'éternité. Le petit groupe avait l'impression de faire du sur-place, car il n'y avait aucun changement de paysage pour marquer une quelconque progression.

Maggie sentit que le corps de la petite créature était traversé d'un spasme ; elle ouvrit le châle et vit les deux petits yeux ouverts, qui la fixaient avec le regard affectueux ou encore cette sorte de confiance aveugle d'un bébé tout entier tourné vers sa mère. Maggie lui recouvrit rapidement le visage et recommença à regarder la forêt, droit devant elle. Elle pria pour que la jeune créature ne pleurât pas, car Maggie se dit qu'elle ne supporterait pas de la voir massacrer.

« Regardez, là ! » cria tout à coup Hawks.

Ils avaient débouché sur une piste conduisant au sommet d'une colline. Arrivés en haut, ils dominèrent une zone de la forêt qui avait été complètement rasée. Les arbres n'étaient plus que des souches et la terre un vaste bourbier malaxé par les bottes des hommes et les roues des machines. Sans compter les boîtes de bière ou d'autres boissons ainsi que les vieux papiers qui jonchaient le sol. Au centre de ce terrain se trouvait un véhicule gigantesque, qui avait l'air du seigneur mécanique de ce domaine.

« Vous avez vu la taille de l'engin ! » s'exclama Rob.

Gros comme un rouleau compresseur, le véhicule était fait d'un acier d'une épaisseur considérable et avait des pneus ayant au moins un mètre cinquante de circonférence. Tout en haut se trouvait la petite cabine du chauffeur et une demi-douzaine de leviers de commande autour du volant.

« Vous savez conduire ça ? demanda Rob à Hawks.

— Non, mais je vais apprendre tout de suite ! Attendez-moi ici jusqu'à ce que je l'aie mis en marche. »

Rob et Hawks posèrent la civière, puis Hawks traversa le terrain en courant, jusqu'au véhicule ; il disparut dans la cabine du chauffeur.

Tout en observant la scène, Maggie entendit subitement un petit cri feutré venant du « paquet » qu'elle tenait dans ses bras. Elle souleva brusquement le châle qui couvrait le petit visage, mais ne réussit qu'à faire crier encore plus la créature, qui se mit aussi à gesticuler. Rob l'entendit, ainsi que Romona. Celle-ci s'approcha, en lançant à Rob un regard entendu.

« Vous avez dit que...

— Par pitié ! interrompit Maggie.

— Maggie...

— Il va finir par s'arrêter !

— *Tuez-le !* » ordonna Romona.

Mais, tout à coup, leurs voix furent noyées sous le bruit de moteur du glisseur, que Hawks avait mis en marche. Une fumée sortit d'un pot d'échappement vertical, et Hawks descendit de l'engin.

« Allons-y ! cria l'Indien en accourant vers les autres.

— John ! cria Romona sur un ton de protestation.

— Partons ! » répéta Hawks en interrompant sa compagne.

D'un bond, Romona se retourna rageusement vers Maggie.

« Il s'est tu ! fit remarquer Maggie. Il s'est arrêté !

— *Partons !* » ordonna à son tour Rob.

Ils coururent tous vers le glisseur. Rob et Hawks attachèrent la civière avec des cordes. Romona monta sur la plate-forme arrière du véhicule, qui était protégée par une solide rampe métallique. Elle prit le vieux M'rai à ses côtés. Rob entraîna également Maggie, tandis que Hawks grimpait dans la cabine du chauffeur. Il fut gêné un instant par l'arc qu'il avait gardé accroché au dos.

« Je vais vous tenir ça ! » lui cria Rob.

Hawks acquiesça, puis s'installa confortablement derrière le volant. Il se mit à actionner les leviers, ce qui fit subitement avancer le véhicule. Puis il y eut un petit coup en marche arrière, ce qui fit perdre son équilibre à M'rai. Rob le rattrapa à temps avant qu'il ne tombe.

« Accrochez-vous ferme à la rampe ! cria Rob en essayant de couvrir le vacarme du moteur. Que tout le monde fasse bien attention ! »

Maggie s'installa près de la rampe métallique et, dans le mouvement, amena malgré elle tout près de son visage le « paquet » qu'elle tenait dans les bras. Elle entendit alors un son émanant de la créature. Ce n'était plus un cri, mais plutôt une sorte de ronronnement que Maggie sentit juste au-dessous de son menton.

« Passez-moi le fusil ! » dit Rob en s'adressant à Romona.

La jeune Indienne prit l'arme qui était sur la civière et la remit à Rob. Puis, avec toute la vigueur dont elle était capable, elle se plaça derrière M'rai afin de l'installer lui-même le plus confortablement possible.

« Tout le monde est prêt ? demanda Hawks.

— Partons ! » ordonna Rob.

Le véhicule fit demi-tour dans une grande embardée, et tous les passagers s'accrochèrent fermement jusqu'à ce que l'engin retrouvât sa stabilité et se remît à avancer. Le bruit du moteur fut à son maximum lorsque Hawks embraya, puis le véhicule vibra comme une perforatrice en passant sur les énormes cailloux dont le sol était jonché. Rob passa soudain par-dessus la rampe et se fit un chemin jusqu'à la cabine de conduite.

« Par quel chemin y allons-nous ? demanda-t-il à Hawks.

— Il y a un cours d'eau qui conduit au lac. Nous le suivrons jusqu'à la route.

— Ma voiture est par là-bas, dit Rob.

— Je préférerais encore voyager *là-dedans !* » répondit Hawks, en frappant du poing le tableau de bord en acier trempé. Rob acquiesça et repartit vers la plate-forme où se trouvaient tous les autres. Il se mit derrière Maggie en la tenant fermement dans ses bras, comme Romona l'avait fait avec le vieux M'rai.

La nuit tomba très vite, tandis qu'un vent très vif se levait et soufflait sur les feuilles des arbres. Perchés sur leur étalon métallique, les membres du petit groupe étaient épuisés comme des soldats ayant survécu à une dure bataille.

Dans la cabine du chauffeur, Hawks sentit son corps vibrer tandis qu'il attrapait le levier de vitesses. Puis Hawks jeta un coup d'œil sur l'indicateur du niveau d'essence : le réservoir n'était même pas à moitié plein. Hawks remarqua un ruban très large qui traînait à ses pieds ; il l'attrapa, en arracha un morceau avec les dents et le colla sur l'indicateur du niveau d'essence. Il voulait se cacher la vérité.

Alors que l'obscurité commençait à s'épaissir, le véhicule sortit d'une zone peu boisée pour pénétrer sur un espace vallonné. Hawks savait bien que les massifs d'arbres touffus, à leur droite, mettaient un obstacle entre le lac et eux. Mais il savait aussi qu'un cours d'eau à sec traversait ces bois jusqu'aux rives du lac : lorsqu'il était enfant, il avait l'habitude d'y courir depuis le sommet de la colline jusqu'à la rive, de prendre son élan sur le dernier bout du parcours et de sauter dans le lac la tête la première. Hawks cherchait à retrouver ce lit sec, mais dans l'obscurité envahissante, le paysage lui sembla soudain complètement inconnu.

Hawks jeta un coup d'œil derrière lui pour voir s'ils n'avaient pas dépassé le cours d'eau ; il remarqua en fait que les nuages s'étaient dissipés au-dessus des montagnes lointaines et avaient laissé la place à une pleine lune resplendissante. Lorsque la nuit serait complètement tombée, l'astre éclairerait le paysage comme la lumière du jour. Le moment le plus délicat était cette transition, avant que les ombres ne s'installent et ne viennent définir avec précision le tracé du chemin. Puis Hawks aperçut une bande jaune, au-devant, à travers les arbres et sur la droite. C'était le reflet de la lune dans le lac, qui s'étendait, paisible, un peu plus bas. Hawks vit même, au milieu du lac, un monticule plongé dans l'obscurité qui n'était autre que l'île où se trouvait la cabane de Rob et de Maggie. Mais cette vision du lac était contrariante pour Hawks car il ne parvenait pas à voir la route qui y donnait accès.

« Voilà le lac ! s'exclama Rob, juste en dessous !
— Oui, je l'ai vu ! cria Hawks à son tour.
— Mais où est le lit à sec ?

232

— Justement, je ne l'ai pas retrouvé.

— Allumez les phares. »

Dans son effort désespéré pour voir dans l'obscurité, Hawks avait en effet oublié que le véhicule avait des phares. Il repéra le bouton et les alluma ; une raie de lumière se projeta immédiatement sur le sol qui grondait sous les roues. Hawks trouva également un levier au-dessus de sa tête ; il l'actionna et put ainsi diriger la lumière des phares, en la faisant balayer la zone boisée. Puis, soudain, avec un grand soulagement, Hawks reconnut un point de repère qu'on appelait autrefois « M'ahay'ah », ou le « protecteur » : c'était un énorme rocher qui avait à peu près la forme d'une pointe de flèche. Le cours d'eau n'était plus qu'à quelques centaines de mètres de là.

« On va y arriver ! cria Hawks. On a fait plus de la moitié du chemin ! »

A l'arrière du véhicule, tous les autres membres du groupe savouraient cette victoire, excepté M'rai qui regardait fixement les arbres tout autour. Rob le remarqua et s'approcha du vieil homme.

« Vous voyez quelque chose de particulier ?

— Je vois tout !

— Mais nous allons nous en sortir !

— Non », répliqua M'rai. Puis il se tourna vers Rob et lui demanda : « Pouvez-vous arrêter le véhicule ? »

Rob lui lança un regard de stupéfaction.

— Je voudrais descendre ici, dit M'rai. Vous serez tous sauvés si je peux descendre ici.

— Mais *pourquoi ?*

— Ici, je pourrai parler à Katahdin, qui connaît mon amour pour lui. Je lui ferai comprendre à propos de son enfant... »

Le véhicule s'arrêta subitement dans une grande secousse et les phares tournèrent dans plusieurs directions.

« Merci », dit M'rai.

Romona voulut retenir son grand-père. « M'rai ! cria-t-elle.

— Il m'attend ici même », déclara M'rai sur un ton fataliste.

Mais Rob attrapa fermement le vieil homme par le

bras, avant de crier à l'adresse de Hawks : « Pourquoi avez-vous arrêté ?

— Le raccourci vers le lac ! En principe, c'est ici !

— C'est tout recouvert de fougères..., cria Romona.

— S'il vous plaît, laissez-moi descendre avant qu'il ne se mette en colère, protesta M'rai.

— Attachez-le à la rampe ! ordonna Rob. Attachez-le bien fort ! » Puis Rob alla vers la cabine du chauffeur et cria : « Continuez à avancer ! N'arrêtez pas la machine !

— On ne peut aller nulle part si l'on contourne le cours d'eau !

— A ta droite, dit Romona. Cherche les fougères.

— Où ça ? cria Hawks tout en faisant rayonner la lumière des phares.

— Ça devrait être par là ! »

A côté de Romona, un petit cri aigu monta du « paquet » que tenait Maggie. Celle-ci s'efforça de couvrir le visage de la créature, mais le monstre se mit à gesticuler et son cri d'angoisse devint encore plus aigu. « Jetez-le ! cria Romona. Il va être notre mort à tous !

— Katahdin est là ! s'exclama M'rai.

— Continuez ! ordonna Rob à l'intention de Hawks. N'arrêtez pas !

— Mais il n'y a plus de chemin ! cria Hawks.

— Contentez-vous de *faire marcher* l'engin ! »

Hawks actionna le levier de vitesses et le puissant véhicule fit une embardée en arrière, tandis que tous les passagers s'agrippèrent à la rampe pour ne pas tomber. L'une des pattes de la petite créature sortit du paquet et vint se balancer juste sous les yeux de Maggie. Mais celle-ci, accrochée à la rampe, sentait qu'elle ne pouvait rien faire.

« Rob ! appela-t-elle.

— Jette-le ! » ordonna Rob en s'approchant de sa femme.

Maggie voulut se débarrasser du paquet, mais les griffes de la créature s'accrochèrent à son chemisier et le petit monstre se mit à pousser des cris perçants.

« Jetez-le ! hurla Romona.

— Je ne peux pas !

— Voilà le raccourci ! cria Hawks de son côté. Voilà les fougères ! »

234

La lumière des phares fut projetée sur un côté et Romona eut le souffle coupé devant le spectacle qui s'offrait à eux. Ils tournèrent tous la tête dans la même direction et virent au centre du rayon de lumière le reflet de deux yeux énormes comme des soucoupes.

« Mon Dieu ! hurla Maggie.

— Bougeons de là ! cria Rob. Vite !

— Par la Sainte Vierge... » grommela Hawks tout en actionnant le levier de vitesses. Le véhicule s'avança dans une grande secousse. Romona et M'rai tombèrent sur la plate-forme.

« La bête arrive ! » cria Maggie.

Elle agrippa le paquet qu'elle avait dans les bras puis leva les yeux ; elle vit alors le feuillage remuer comme sous l'effet d'une tempête et l'énorme spectre pénétrer dans la clairière. Hawks appuya à fond sur l'accélérateur ; le véhicule fila à toute vitesse et en secouant tout le monde. Pendant ce temps, la bête gagnait du terrain par-derrière. Au clair de lune, elle apparaissait comme une ombre gigantesque, qui grandissait encore de seconde en seconde. Puis le glisseur heurta une souche d'arbre et tous les passagers tombèrent sur le sol de la plate-forme. Hawks joua de nouveau avec les vitesses et l'engin repartit à toute allure dans la direction des arbres.

Maggie sanglotait tout en s'agrippant au sol, avec le paquet gesticulant sous son corps. Rob fouilla dans sa poche et en sortit une balle qu'il logea dans le fusil. En s'accrochant à la rampe, il visa l'ombre géante, mais le véhicule fit une embardée juste au moment où Rob tira. Le coup fut raté. La bête les avait presque rejoints, tandis que le véhicule roulait penché, au bas d'une colline, dans une position fragile.

« Rentrez-lui dedans ! cria Rob. Faites demi-tour et rentrez-lui dedans ! »

Hawks essaya de tourner le volant mais s'abstint de donner un trop grand coup de peur de renverser le véhicule.

« La bête est *sur nous !* » cria Rob.

Elle était à quelques centimètres du cours d'eau sec ; de la bave lui coulait de la bouche, entre ses dents brillantes. Puis tout à coup, la bête bifurqua et vint courir en parallèle avec la machine, sur la colline.

« Elle va nous *renverser* ! cria Rob.

— Jetez le bébé ! dit Romona en sanglotant et en rampant vers Maggie. *Jetez*-le-lui !

— Jette-le, Maggie ! » renchérit Rob.

Mais Maggie était incapable de faire le moindre mouvement. Elle était accrochée de ses deux mains au plancher de la plate-forme. Rob se baissa et fit rouler sa femme, tandis que Romona lui arrachait le châle qui enveloppait la créature. Dans un grognement soudain, le petit monstre sauta au cou de Maggie et y enfonça ses griffes et ses dents. Maggie se mit à hurler en essayant de se dégager, et Rob tenta également d'arracher la créature à son cou. Mais il n'y réussit pas. Les dents étaient toujours enfoncées dans la chair de Maggie.

« Attention ! » cria subitement Hawks.

La bête chargeait la machine. Elle la heurta sur le côté et le véhicule perdit sa stabilité.

« *Sautez* ! » hurla Rob.

Les corps s'envolèrent littéralement en l'air, dans tous les sens, tandis que le véhicule s'écrasait sur le côté de tout son poids et continuait à dévaler jusqu'aux arbres. En tombant, Rob vit que Hawks était toujours bloqué dans la cabine du chauffeur et que le pilote était encore accroché à la plate-forme de l'engin. La bête attaquait directement la machine, avec toute sa fureur.

Le véhicule termina sa folle course au pied d'un gros rocher ; Hawks s'efforça de sortir par la fenêtre cassée de la cabine, mais il fut retenu par l'arc toujours attaché à son dos. L'ombre géante fondit sur le pilote et l'étripa d'un seul geste tandis que Hawks parvenait enfin à se libérer car l'arc était tombé, sa corde ayant été sectionnée par la vitre brisée. Hawks ramassa ce qui restait de l'arc et fila dans l'obscurité en essayant de retrouver son chemin.

Maggie courait vers le lac et hurlait sous l'effet de la terreur : elle avait encore la créature bien accrochée au cou. Rob rampa au sol pour récupérer son fusil, puis courut vers sa femme, tout en essayant de placer une nouvelle balle dans le chargeur. Puis il aperçut Romona qui trébuchait à chaque pas qu'elle faisait dans les ténèbres et appelait M'rai très fort.

« Le lac ! cria Hawks. Le lac ! Nageons jusqu'à l'île ! »

Rob rattrapa Maggie et essaya d'arrêter sa course folle, mais sa femme était complètement hystérique et le repoussait en hurlant. Rob tenta alors de viser directement la créature avec son fusil, mais Maggie ne cessait de remuer dans tous les sens, à tel point que son visage fut à un moment tout près du canon de l'arme.

« Je ne peux pas m'en débarrasser ! hurlait-elle. Je ne peux pas m'en débarrasser !

— Entre dans l'eau ! cria Rob. Noie-le ! »

Ils entendirent un peu plus loin derrière un fracas métallique : c'était la bête énorme qui écrasait la machine. Rob pria Dieu que le monstre y fût suffisamment occupé pour leur laisser le temps de pénétrer dans l'eau.

Hawks fut le premier à atteindre la rive ; il s'arrêta un instant et jeta un coup d'œil sur les arbres qu'il laissait derrière lui. « Romona ! cria-t-il.

— M'rai ! criait Romona de son côté. Je ne trouve plus M'rai. »

Hawks remonta la colline et retrouva Romona ; il l'entraîna malgré elle jusqu'au lac et la lança à l'eau.

« On ne peut pas l'abandonner ! hurlait-elle.

— Nage jusqu'à l'île ! »

Hawks retourna encore une fois vers la colline pour voir Rob et Maggie arriver en courant et se jeter à l'eau un instant plus tard.

« Allons jusqu'à l'île ! cria Rob.

— Arrachez-le ! Arrachez-le ! hurlait Maggie.

— *Nage !*

— Je ne peux pas ! »

Rob se plaça derrière sa femme, serra le fusil sur la poitrine de Maggie et la fit tomber en arrière, ce qui la plongea dans l'eau avec la créature.

De son côté, Hawks était encore sur la colline, où il aperçut la silhouette du vieux M'rai : celui-ci était immobile, comme éberlué, et observait la bête qui détruisait le glisseur.

« M'rai ! cria Hawks en accourant vers lui. Viens par ici !

— Non, je vais parler à Katahdin », répondit le vieil homme avec le plus grand calme.

Hawks l'attrapa et l'entraîna vers lui. Ils redescendirent la colline, mais la bête les repéra. Elle s'était relevée et avait tourné toute sa masse vers les deux hommes.

« Nage ! » dit Hawks, pantelant, au vieux M'rai, une fois qu'ils furent parvenus à la rive.

« Non, je ne nagerai pas ! répondit M'rai.

— Tu veux mourir ? lui hurla Hawks.

— Il ne me fera pas de mal. Je l'appellerai par son nom. »

Hawks attrapa de nouveau le vieil homme, mais celui-ci résista. Ils entendirent les arbres craquer ; la bête descendait la colline.

« Il t'épargnera si je lui parle », reprit M'rai.

Hawks souleva le vieil homme et le lança à l'eau, avant d'y sauter lui-même. Mais le vieux M'rai retourna immédiatement vers la rive.

« M'rai ! » hurla Hawks.

Mais le vieillard continua son chemin jusqu'à la terre ferme et, une fois sorti du lac, se mit à attendre Katahdin.

« Que le diable t'emporte, M'rai ! cria Hawks exaspéré.

— Je ne te suivrai pas ! »

Complètement désespéré, Hawks fit demi-tour. Il se mit à nager de toutes ses forces jusqu'à l'île, tout en tenant encore à la main l'arc et trois flèches.

Rob et Maggie avaient déjà atteint la partie profonde du lac, mais ils commençaient à avoir de sérieuses difficultés. En effet, Rob avait enlacé Maggie et n'avait pas les mains libres pour chasser la petite créature, toujours accrochée à Maggie. Rob sentait ses forces le lâcher tandis que sa femme se démenait dans ses bras.

« Mon Dieu... Mon Dieu ! criait-elle.

— Ne bouge pas !

— Mais il est en train de me tuer ! »

Rob avait les yeux exactement au même niveau que ceux du monstre ; celui-ci soutenait le regard de Rob, tandis que ses petits crocs étaient toujours solidement enfoncés dans la chair de Maggie.

« A l'aide ! » criait Maggie en s'agitant dans tous les sens et en essayant même de s'arracher à l'emprise de son mari.

« Non, Maggie, non... »

Mais Maggie lui échappait. Rob tenta de la rattraper et se mit à crier :

« Au secours !... Hawks ! »

John Hawks vit l'agitation de loin et commença à nager rapidement vers Rob et Maggie ; il était suivi de très près par Romona.

« Elle s'enfonce ! hurlait Rob. Elle s'enfonce ! »

Hawks lâcha l'arc et les flèches pour pouvoir plonger ; pendant ce temps, Romona parvint jusqu'à Rob et le soulagea de son fusil, ce qui lui permit de plonger lui aussi. Très vite, ils refirent tous trois surface, Maggie respirant encore mal et recrachant de l'eau ; la petite créature était toujours accrochée à son cou.

« Mets-lui le visage sous l'eau ! » cria Rob tout en attrapant Maggie par les cheveux.

De toutes ses forces, Hawks enfonça la petite tête sous l'eau. Maggie avait la bouche grande ouverte et les yeux écarquillés.

« Aidez... moi... » dit-elle péniblement, ne parvenant pas encore à maintenir sa tête complètement hors de l'eau.

Soudain, les dents acérées de la petite créature donnèrent un coup dans le vide, au-dessus de la surface. Maggie était enfin libérée et soulagée. Rob attrapa sa femme par la poitrine et l'entraîna avec lui. Le petit monstre mordit alors Hawks à la main et l'Indien lutta pour la lui reprendre.

« Le vieil homme ! » cria subitement Romona alors qu'elle regardait vers la rive. Au clair de lune, on apercevait la silhouette de M'rai : il était debout, très digne et apparemment très calme tandis que la bête massive s'approchait entre les arbres.

De loin, Romona vit M'rai s'avancer vers la bête et lever la tête vers elle, comme pour entamer une conversation. Puis la bête leva une patte et l'abattit sur la minuscule silhouette du vieil homme, qu'elle écrasa comme une simple mouche. Romona préféra fermer les yeux. Et sans se retourner, en tenant le fusil au-dessus de sa tête, elle commença à nager vers l'île.

Le monticule obscur qui émergeait au centre du lac n'était qu'à quatre ou cinq cents mètres de la rive ; Romona distinguait nettement la cabane tandis qu'elle nageait en silence sur le côté. Elle aperçut également Hawks un peu plus loin devant elle et la petite créature flasque embrochée sur l'une des flèches que Hawks tenait, avec l'arc, au-dessus de sa tête. Mais Romona ne vit ni Rob ni Maggie car il se formait une légère brume au-dessus de l'eau. Cela bloqua la vue de Romona et l'isola même de tout bruit ; elle n'entendait plus que sa propre respiration. En quelques minutes, le lac fut complètement recouvert d'un joli manteau de brume et Romona se retrouva totalement isolée.

Tout en nageant, la jeune Indienne pensa qu'il serait très facile de se laisser couler tranquillement. L'eau était tiède et semblait accueillante et paisible. Au-dessus, au contraire, le monde était dur et cruel. Romona ralentit son allure. La brume l'enveloppa, telle une couche nuageuse qui se fût formée de nuit. Romona se dit qu'il lui était égal de ne pas atteindre l'île. Avec la mort du vieil homme, elle avait perdu le seul être humain en qui elle avait eu totalement confiance. Il ne lui restait plus grand-chose à présent, que cette lutte interminable que Romona ne se sentait plus la force de mener.

« Romona ! » appela Hawks.

Mais l'Indienne ne répondait pas.

« Vern ! cria Hawks, désespéré.

— Je suis là ! répondit Rob.

— Où est Romona ?

— Je ne sais pas, je n'arrive pas à la voir !

— Romona ! cria Hawks d'une voix cassée par l'émotion. Oh, mon Dieu, Romona !

— Je suis là, John, répondit-elle enfin.

— Romona ! s'exclama Hawks en sanglotant.

— Je suis là ! répéta-t-elle pour le rassurer. Tout va bien ! »

Et Romona se remit à nager vers l'île.

Tandis que Rob et Maggie accédaient péniblement à la rive et tombaient d'épuisement sur la terre boueuse, ils entendirent le cri de la bête qui parvenait jusque par-delà le lac. Le son semblait envoyer des vibrations dans l'eau et pénétrer l'île ; ces vibrations se faisaient sentir jusque sous la terre, sous le visage de Rob, tandis que ce dernier s'agrippait à la boue. Maggie était à son côté et gémissait en essayant d'atteindre un terrain plus sec. Rob rampa jusqu'à elle et la prit dans ses bras.

Hawks bascula en avant, alors qu'il transportait

Romona à moitié ; il tomba sur les genoux et se révéla incapable d'avancer de nouveau. Il déposa Romona à son côté, dans la zone peu profonde du lac. Hawks prit ensuite le fusil, auquel sa compagne était toujours agrippée, et le lança sur la rive, avec l'arc, les flèches et la créature embrochée et sans vie. Puis il aida Romona à se relever et ils rejoignirent tous deux Rob et Maggie, en s'effondrant dans la boue à leurs côtés.

La bête continuait à gronder de l'autre côté du lac, mais ils avaient tous conscience, à présent, d'être enfin en sécurité. Ils restèrent allongés sans mot dire, appréciant la sensation de solidité que leur donnait la terre sur laquelle ils reprenaient leurs forces. Leur respiration saccadée s'estompa elle-même tout doucement.

La bête s'était également tue. Le calme général n'était troublé que par la douce musique de l'eau venant lécher le rivage.

Soudain, Hawks entendit quelque chose dans l'eau, une sorte de clapotis feutré, comme quelqu'un qui aurait plongé et qui nagerait à présent dans leur direction. Hawks se redressa et sonda la nappe brumeuse, qui se déroulait à l'infini. Le bruit avait disparu, mais Hawks resta immobile et aux aguets.

Alertée par la tension de Hawks, Romona se releva à son tour. Le bruit se fit entendre de nouveau. Un léger éclaboussement, plus proche cette fois.

« Quelque chose qui ne va pas ? demanda Rob.

— Ecoutez », murmura Hawks.

Rob se redressa et regarda du côté de la zone brumeuse. Le choc de l'eau sur la rive s'accentua légèrement, mais, pour Hawks, c'était suffisant pour sentir un changement.

« Qu'est-ce qui se passe ? » demanda Rob tout bas, après avoir remarqué l'expression de l'Indien.

« Les vaguelettes deviennent plus grosses. »

Rob regarda Hawks avec perplexité.

« Il n'y a pas de vent ! »

Maggie se releva en s'appuyant sur des coudes tremblants, puis suivit la scène.

« C'est la bête qui nage vers nous ! déclara Romona à voix basse.

— Mais on la verrait ! dit Rob déjà haletant.

— Non !

— Elle ne peut pas nager ! gémit Rob, elle ne peut pas nager ! » Mais ce n'était pas un fait. C'était un désir.

Puis ils entendirent la chose de plus en plus clairement, avec des grognements de respiration dénotant l'épuisement, tandis que le clapotis de l'eau faisait un bruit de plus en plus fort.

« Non..., dit Maggie, plaintive.

— Réfugie-toi dans la cabane, lui ordonna Rob.

— Je ne peux pas, dit Maggie en sanglotant.

— Le fusil..., demanda Rob.

— Il est là-haut. »

Rob se remit péniblement sur ses pieds.

« Non ! répéta Maggie, toujours en larmes.

— Lève-toi ! lui dit Rob, pantelant.

— La voilà ! » cria Romona.

Ils se retournèrent tous et virent, à travers le voile brumeux, deux lueurs ambrées avançant inexorablement vers eux. « Mon Dieu, non ! » gémit encore Maggie.

La bête répondit par une sorte de gargouillement plaintif, tandis que l'eau jaillissait de plus belle.

« Tirez-lui dessus ! » cria Hawks en s'adressant à Rob. Mais à ce moment précis, les yeux luisants disparurent et la brume se referma en un mur épais.

« Je ne la vois pas ! » cria Rob en chargeant son arme.

Puis tous les bruits s'estompèrent subitement. L'eau retrouva son calme et les vaguelettes léchaient de nouveau le rivage dans un rythme doux et régulier. Ils retinrent tous leur respiration dans le silence revenu.

« Où est-elle ? » demanda Maggie. Mais Hawks leva la main pour lui faire signe de se taire. Pourtant, il n'y avait plus rien à entendre.

« Est-ce qu'elle s'est noyée ? » demanda Rob en n'osant pas y croire lui-même.

Maggie se remit debout tout doucement, de même que Romona. Puis ils avancèrent tous ensemble pour aller regarder l'eau calme et lisse.

« Elle s'est noyée, dit Rob. Elle s'est noyée. » Puis il se tourna vers Maggie, satisfait. « Elle... »

Mais, subitement, une énorme bulle d'air troua la surface du lac, juste devant le petit groupe. Et, dans un déluge d'eau écumeuse, la bête apparut soudain, battant des bras et hurlant de rage. Ils poussèrent tous des cris et se mirent à courir dans la direction opposée, tandis que les pattes massives de la bête pétrissaient déjà la boue du rivage. Ils continuèrent à courir, en glissant parfois et en rampant à certains moments, pour se mettre hors de danger.

« A la cabane ! » hurlait Rob en traînant Maggie derrière lui.

Hawks réussit à attraper ses armes et débarrassa l'une de ses flèches du bébé mort qu'il y avait empalé. Romona trébucha puis se ressaisit et poursuivit sa course en boitillant.

Derrière eux, la bête fit une pause, en se mettant un instant à quatre pattes pour renifler le cadavre de son bébé. Elle le prit dans la bouche et le secoua férocement, puis coupa le petit corps en morceaux qu'elle jeta à l'eau. Puis la bête se remit debout et fixa les quatre petites silhouettes qui couraient à grand-peine vers la cabane. Avec un cri vengeur et dans une véritable explosion de boue, la bête recommença à avancer.

La cabane était à une centaine de mètres plus loin. Ses contours ressortaient grâce au clair de lune. Le petit groupe continuait à courir vers ce but et était stimulé par le bruit de pas qui se faisait entendre derrière lui. Aucun des membres n'osait se retourner, car ils sentaient tous que la bête gagnait du terrain.

Rob jeta un coup d'œil vers Maggie et vit que sa femme avait un regard terrifié ; elle traînait de plus en plus à l'arrière. La bête l'avait presque rattrapée ; l'animal avançait à présent dans la partie peu profonde du lac, tout le long de la rive, et finit par dépasser le groupe, comme s'il voulait arriver le premier à la cabane.

« Elle va faire demi-tour et revenir vers nous ! » cria Hawks.

Ils étaient presque arrivés à la cabane, mais la bête les devançait d'environ deux mètres et commençait à pencher la tête pour retourner dans l'autre direction. Mais elle se cogna à une jetée en bois, ce qui provoqua une véritable pluie de bouts de bois et d'eau. La bête gémit et fit un tour sur elle-même.

Cela leur donna le temps d'atteindre la cabane. Hawks sauta par-dessus la rampe de la véranda et entra à toute allure dans l'humble habitation, bientôt suivi par tous les autres.

« Barricadons-nous ! cria Hawks.

— Je ne vois rien ! » hurla Romona.

Dans l'obscurité, Rob courut jusqu'à la table de cuisine et tâtonna pour trouver la lampe à kérosène.

« Elle arrive ! » cria Maggie, le souffle coupé, en regardant par la fenêtre.

La bête chargea avec toute la force que lui donnait sa rage ; la cabane trembla tout entière dès le premier contact de l'animal.

« Barricadez la fenêtre ! » cria Hawks.

De son côté, Rob réussit à allumer la lampe. Il courut ensuite jusqu'aux placards où il avait repéré un marteau et des clous ; puis Hawks arriva, attrapa furieusement la table de la cuisine, en cassa les pieds et alla clouer ces planches de fortune sur l'ouverture de la fenêtre. Rob le suivit juste au moment où la cabane fut de nouveau heurtée ; des pierres tombèrent de la cheminée et un hurlement de colère retentit à l'extérieur.

« Des planches ! s'écria Hawks.

— Le lit ! hurla Rob en se tournant vers Maggie.

— Le lit ?

— Le sommier ! » cria de nouveau Rob, avant de filer vers la fenêtre et d'enfoncer le plus possible les clous sur les premières planches.

Maggie monta l'escalier quatre à quatre jusqu'à la soupente ; elle jeta en l'air le matelas et prit les planches qui formaient le sommier. Mais juste à ce moment-là, le plafond se mit à craquer et à se courber sous un poids apparemment énorme.

« Rob ! » cria Maggie.

Rob se précipita en haut, tandis qu'une patte énorme apparut entre deux poutres et en cassa une.

« Le fusil ! » s'exclama Rob.

Mais il était trop tard. Une autre poutre cassa et la patte massive de la bête plongea dans la soupente. Maggie hurla et tomba par terre ; Rob saisit une lampe à essence et la jeta en l'air.

« Non ! hurla Hawks, ne l'incendiez pas ! »

De toute manière, la lampe s'écrasa contre le plafond. Hawks accourut à l'étage, muni d'une hache. La bête

244

enfonçait encore plus sa patte à l'intérieur, si bien que Hawks put frapper fort. Un jet de sang gicla, la hache ayant profondément pénétré dans la fourrure. La patte se retira aussitôt et la cabine vibra sous l'effet d'un grognement de colère. Puis tout redevint calme.

Rob attrapa Maggie et l'entraîna au bas de l'escalier ; Hawks resta dans la soupente, encore prêt à frapper, tenant très fermement sa hache. Mais à présent, on ne voyait plus que la lune par le trou que la bête avait fait dans le toit.

Romona avait démonté un tuyau d'aération du poêle et, munie de cet instrument de fortune, regarda par le petit trou situé à l'endroit où le tuyau était normalement relié au mur. « Je la vois ! s'exclama-t-elle. Elle s'en va ! »

Romona vit la bête massive s'éloigner lentement et en boitant. Mais en arrivant près du premier massif d'arbres, la bête fit subitement demi-tour et chargea de nouveau à toute allure.

« Non ! » cria Romona.

La cabane fut secouée avec la force d'un tremblement de terre. Romona fut envoyée à l'autre bout de la pièce tandis que la cheminée s'effondrait tout entière dans un énorme fracas de pierres et de poussière. Puis les fondations de la cabane commencèrent à trembler et le petit groupe de réfugiés se voyait déjà englouti.

« Nous chavirons ! » hurla Maggie.

Au plafond, les poutres se courbaient sous le choc. Dans la cabane même, chaises et tables glissaient d'un bout à l'autre de la pièce. Puis, dans une secousse subite, une partie de la cabane s'effondra et fit basculer toute la structure.

« Ça ne va pas tenir ! cria Hawks, qui était toujours en haut, dans la soupente. Tout va s'effondrer ! »

Rob, Maggie et Romona restèrent adossés au mur voûté. Hawks sauta de la soupente dans la pièce principale, puis retrouva son arc au milieu des débris. La corde en était cassée et traînait par terre ; mais Hawks remonta le sol en pente pour aller prendre le violoncelle de Maggie. Il souleva l'instrument de musique, le cassa en morceaux et en arracha les cordes.

Puis un grondement leur parvint de l'extérieur, comme un énorme train qui aurait dévalé directement sur eux ;

245

la cabane en fut toute secouée et le mur de devant se démantela littéralement.

« Le fusil ! cria Hawks. La bête va entrer ! »

Rob courut chercher son arme. Pendant ce temps, Hawks plaçait son arc entre ses jambes et, au moyen de ses mains et de ses dents, tentait de nouer de nouveau les deux bouts de la corde cassée. L'Indien hurlait de désespoir tant il était évident que la bête était à deux doigts de les achever tous. Ses pattes massives passèrent par le mur démantelé et par le toit, et le petit groupe put voir les deux yeux meurtriers. Le cri horrible de l'animal fendait l'air.

Romona attira Maggie vers elle, tandis que Rob mettait son fusil en joue ; au même moment, Hawks réussit à faire un nœud très serré, à tel point qu'il en tomba à la renverse en tirant.

D'un seul coup de patte, la bête fit céder la moitié du toit ; ils la virent alors nettement, avec sa bouche pleine de bave et ses bras tendus, prêts à tout attraper. De plus, l'animal poussait un cri de triomphe.

« Tirez ! » cria Hawks. C'est ce que fit Rob. La mâchoire de la bête se démembra dans une véritable explosion de chair et de sang. Puis le monstre vacilla en arrière. Rob reprit rapidement le fusil et visa de nouveau. Pour sa part, Hawks s'était relevé et avait placé une flèche sur son arc. Son bras tremblait sous la force qui bandait l'arc. Tout à coup, la bête chargea de nouveau.

« Tirez encore ! » cria Hawks. Et il décrocha la flèche au moment même où Rob tirait. La balle fit un trou dans la poitrine du monstre tandis que la flèche vint se planter dans le cou. Après avoir chancelé un instant, la bête se releva.

« Feu ! » cria Hawks, en prenant lui-même une autre flèche.

« Mon chargeur est *vide !* » hurla Rob.

Avec un bruit de gargouillement ayant la force d'une trombe d'eau, la bouche de la bête s'ouvrit complètement et libéra le contenu de son estomac.

Hawks lança sa seconde flèche, qui alla directement dans le museau de l'animal. Celui-ci se mit à hurler de douleur, remuant les bras dans tous les sens et arrachant au passage de gros morceaux de bois dans l'un des murs de la cabane.

« Filez ! » cria Hawks. Mais on ne pouvait plus filer nulle part ! Cette fois, la cabane s'effondrait complètement, certaines des poutres tombant avec une telle force qu'elles en traversèrent le plancher.

Hawks resta à l'écart du groupe ; sa dernière flèche était déjà placée sur son arc, prête à partir au moment opportun. Mais subitement, la bête attrapa Hawks avec une de ses pattes et le projeta contre le mur.

« Non ! » hurla Romona.

Rob rampa jusqu'à l'Indien, mais les griffes de la bête étaient allées plus vite, avaient empalé Hawks et l'avaient lancé en l'air. Le corps de l'Indien vint s'écraser juste à côté de Rob. La main mutilée de Hawks tenait encore l'arc et la flèche. Rob délogea celle-ci, mais la patte de la bête fondit sur lui.

« Rob ! » hurla Maggie.

Il se retourna et tenta de fuir, mais les griffes le saisirent lui aussi, et Rob fut projeté en l'air.

« Non ! » hurla de nouveau Maggie. Mais elle restait totalement passive et était incapable d'intervenir. La bête portait Rob à sa bouche et s'apprêtait à le manger.

« Mon Dieu ! Mon Dieu ! » gémit Maggie. Puis elle vit Rob projeter l'un de ses bras en arrière. Il tenait encore la flèche. De toutes ses forces, il l'enfonça dans l'œil de la bête et continua à pousser jusqu'à sentir quelque chose de solide.

Tout mouvement cessa pendant une fraction de seconde. La bête resta paralysée, puis un jet de sang gicla de son œil meurtri. Elle poussa un hurlement de douleur et lâcha Rob. Puis l'animal fit un tour sur lui-même et vacilla, en mettant sa patte sur son œil.

Rob resta à l'extérieur, encore complètement sous l'effet du choc, et vit la bête tourner et gesticuler dans tous les sens ; elle chancelait, trébuchait, tentait de conserver son équilibre. Mais elle finit par basculer contre la cabane et par faire tomber tout le mur de devant, ou du moins ce qu'il en restait. Rob entendit le cri des deux femmes. Puis plus rien.

La bête s'affaissait et tombait sur les genoux. Ses seins énormes balayèrent le sol tandis que l'animal rampait vers le lac. Il finit par s'effondrer dans l'eau. Son corps flasque dériva tout doucement, puis des bulles se formèrent à la surface du lac : la bête venait de s'enfoncer sous l'eau.

La bête avait complètement disparu.

Tout redevint calme. Le ciel commençait à s'éclaircir ; le cri du plongeon résonna dans la forêt.

Derrière Rob, la cabane n'était plus que ruines ; Rob perçut un mouvement à l'intérieur. Il vit Romona qui émergeait de sous les décombres ; elle avait le visage ensanglanté et le regard vide.

« Votre femme est encore dedans, dit-elle tout bas, d'un ton complètement éteint. La cabane lui est tombée dessus. »

Sous le soleil matinal, un groupe d'oies du Canada survolant le lac Mary se sépara, effrayé par le bruit des hélicoptères qui approchaient. Les recherches entamées vingt-quatre heures plus tôt, au moment où le shérif avait été porté disparu, avaient été interrompues par la nuit et par le fait qu'il n'y avait plus aucune trace de survie.

En apercevant l'île, les hommes qui se trouvaient dans les hélicoptères n'en surent guère davantage sur la mystérieuse série de morts et de destructions. Il ne restait qu'un tas de bois à l'endroit où il y avait autrefois une cabane, et deux silhouettes solitaires, debout, sur la rive.

13

A la suite du coup de téléphone que lui avait passé Robert Vern, Victor Shusette était très inquiet. La conversation de Rob lui avait paru plutôt absurde, mais il était évident, d'après le ton de Rob, que ce dernier avait dit la vérité.

Shusette avait immédiatement quitté Washington et pris un avion pour Portland, dans le Maine ; à l'aéroport, il avait sauté dans un taxi pour se rendre à l'hôpital où Rob l'attendait. Shusette n'avait pas encore informé Rob de l'évolution du contentieux entre les sociétés d'exploitation du bois et les Indiens ; et il avait l'intention de ne mettre Rob au courant que lorsqu'il serait dans un meilleur état physique et psychologique pour « encaisser le coup ». En effet, un tribunal du Middle West avait rendu un jugement reconnaissant les droits des Indiens sur les terres qu'ils avaient revendiquées et qui les avaient vu naître. Cette juridiction constituait un précédent qui, selon toute probabilité, serait également respecté dans l'Etat du Maine. Mais, si les Papeteries Pitney allaient être condamnées à payer une amende et forcées à

249

fermer leurs portes jusqu'à ce qu'elles pussent prouver leur respect des normes d'hygiène et de sécurité, il était évident aussi qu'elles finiraient par rouvrir et par revendiquer de nouveau la propriété de la forêt de Manatee.

Dans le taxi qui l'emmenait à l'hôpital, Shusette regardait la pluie d'une humeur pensive. Il se demanda combien de gens, en dehors des spécialistes de l'environnement, se doutaient ou même se préoccupaient du fait que ces gouttes de pluie étaient les mêmes depuis la création. Les gouttes étaient en effet absorbées par la terre molle puis finalement vaporisées ; sous cette forme, elles remontaient dans l'atmosphère, où elles étaient ionisées et formaient de nouveaux nuages avant de se déverser une fois de plus sur la terre assoiffée. Par la vitre du taxi, Shusette continuait à observer la pluie qui formait de petites mares sur le trottoir et finissait par s'écouler dans les rigoles, jusqu'aux égouts.

Le ciel commençait à s'assombrir. Shusette regarda sa montre. Il était presque huit heures. Maggie avait dû passer en salle d'opération à six heures.

Maggie sentit les premiers éclairs de conscience bien après minuit. En retrouvant progressivement son identité et en reconnaissant les lieux, Maggie eut l'esprit traversé d'images très brèves reconstituant l'écoulement du temps entre le moment où la bête les avait attaqués et l'instant présent. Ces flashes se succédaient, s'entremêlaient ou se répétaient, comme dans un rêve. Maggie revit ainsi l'effondrement de la cabane puis la descente des hélicoptères vers le lac. Elle eut aussi une image du visage de Rob qui se penchait sur elle et lui criait de rester en vie. Et puis, il y avait eu d'autres visages, en partie masqués, et derrière eux une lumière forte comme le soleil.

Les yeux encore fermés, Maggie toucha son cou puis l'ensemble de son corps, comme pour s'assurer que tout était bien là. Elle avait le torse tout entier serré dans des bandes, ce qui l'empêchait de faire le moindre mouvement. Puis, en ouvrant tout doucement les paupières, Maggie entrevit des tuyaux qui partaient des deux côtés de son lit et, au pied du lit, des poids métalliques suspendus par des ficelles. Les bandes indiquaient qu'elle avait subi une opération et les poids, qu'on lui faisait faire des tractions.

Ses sensations redevenant de plus en plus vives, Maggie prit encore conscience d'un autre phénomène. Mais ce n'était plus quelque chose qu'elle voyait ou ressentait. C'était purement intuitif. Son ventre était vide. Sa grossesse appartenait au passé.

Puis Maggie ferma les yeux et eut l'impression de flotter dans l'obscurité ; progressivement, elle prit conscience qu'il y avait quelqu'un d'autre dans la pièce. Un bruit de pas s'approchant tout doucement du lit. Des pas légers, des pas de femme.

« Est-ce qu'elle va s'en remettre ? murmura une voix.

— Oui, je crois. »

Rob était assis dans un coin sombre de la chambre d'hôpital. Romona était installée à côté du lit. Ils avaient des voix faibles, paralysées par l'épuisement.

« Et vous ? demanda Rob.

— Je vais retourner chez moi, à présent. Il y a de nouveau des problèmes. » Puis elle hésita à ennuyer Rob davantage. Mais elle ajouta finalement : « La police veut à tout prix examiner le corps. Mais c'est contraire à la loi indienne. Cela signifie que nous ne pourrons pas enterrer John comme il l'aurait souhaité. » La voix de Romona trembla. La jeune fille s'arrêta de parler un instant, pour retrouver son calme. « Il n'a pas pu vivre comme il le voulait... et il n'aura pas non plus la paix dans la mort.

— Il n'y aura pas d'autopsie. »

Romona fit un signe de tête ; elle était incapable de prononcer d'autres mots. Rob se leva et s'approcha d'elle ; ils savaient tous deux qu'il n'y avait plus rien à dire. Rob lui tendit la main et Romona la tint très fort. Puis Rob serra dans ses bras la jeune Indienne. Après cette étreinte, ils n'osèrent plus se regarder, et la jeune fille quitta tout doucement la chambre.

Rob observa Maggie et s'approcha tout doucement du lit ; il s'assit au bord et continua à fixer le visage assoupi de sa femme. Elle était pâle et pleine de contusions. Une infirmière lui avait mis un ruban bleu aux cheveux. Rob le retira doucement et la chevelure de sa femme descendit sur le coussin. Puis il se pencha en avant et baissa la tête.

Il sentit une des mains de Maggie contre sa joue : elle était toute froide. Rob leva les yeux et vit que sa femme avait ouvert les siens. Ils se fixèrent en silence ; Rob lui prit une main et la porta à ses lèvres.

« Ça va aller ! dit-elle dans un murmure.

— Je... je sais. »

Ils restèrent ainsi à se regarder, tandis que la pluie frappait contre les vitres.

« Je l'ai... perdu..., n'est-ce pas ? demanda-t-elle d'une voix faible. Le... bébé...

— Oui.

— Ça me semble si vide !

— On n'a rien pu faire.

— C'était un...? » La question était incomplète, mais Rob comprit parfaitement ce que Maggie voulait dire.

« Je ne l'ai pas vu.

— Quelqu'un l'a vu ? »

Il fit oui de la tête.

« Est-ce qu'il était...?

— Oui, il était anormal. »

Maggie referma les yeux. Des larmes perlèrent aux coins. Rob les essuya et eut un nœud à la gorge qui l'empêcha de parler un moment.

« Maggie ?

— Oui.

— Tu auras un autre bébé.

— Oui.

— *Nous* aurons un bébé.

— Oui, dit-elle de nouveau d'un ton plaintif.

— Ce sera différent, Maggie.

— Je sais ! »

Elle serra très fort la main de son mari.

« Tu m'as manqué, Robert, murmura-t-elle.

— Je suis là, maintenant ! »

Puis Maggie relâcha progressivement la main de Rob et se rendormit.

Dans son perchoir, bien au-dessus de la cime des arbres, le garde-forestier était assis dans un fauteuil à bascule ; de ses yeux rougis, il vit le jour se lever sur la forêt de Manatee. En bas, le lac était calme et reflétait l'orange des premiers rayons de soleil ; la paix régnait partout. Il n'y avait même pas un souffle de vent.

Mais, dans son champ de vision quelque peu brouillé, le garde détecta un mouvement. Il prit des jumelles et, en balayant le paysage de verdure, il s'arrêta sur un monticule de terre gris brunâtre. Cela semblait remuer, comme quelqu'un sortant d'un long sommeil.

La chose prenait forme sous les yeux du garde : elle se mettait sur ses pattes et atteignait sa hauteur complète au milieu des arbres. Le garde-forestier avait déjà eu la même vision quelque part. Mais cette fois, c'était plus grand, plus puissant à tous les points de vue. De plus, la chose était accompagnée de cinq petits êtres, qui sortaient de dessous en courant et suivaient l'énorme créature jusqu'au lac.

Le garde-forestier posa les jumelles et ferma les yeux, comme pour éloigner cette image. Il savait que s'il en parlait à d'autres, on le prendrait pour un ivrogne.

Et il craignait fort que ce ne fût la vérité.

Épilogue

Rétrospectivement, toutes choses semblent inévitables. C'est là une façon de se rassurer lorsque les choses ont « déraillé » quelque part.

On peut ainsi faire remonter un accident de voiture au moment où la victime a fait l'acquisition du véhicule, ou, plus loin encore, à la toute première fois où cet individu avait rêvé d'une automobile. De cette manière, les détails de dernière minute, tels que les feux rouges brûlés, les limitations de vitesse violées ou les freins défectueux peuvent être considérés comme anodins par rapport au résultat final.

L'histoire de notre environnement peut également être envisagée dans cette perspective, de cette manière fataliste, comme l'aboutissement d'un vieillissement imperceptible et néanmoins inévitable. Mais on peut aussi l'étudier dans les moindres détails, en prenant en considération les myriades de signes dont aucun ne devrait être négligé si l'on voulait éviter la catastrophe finale.

La détérioration de l'environnement biologique d'un simple aquarium d'appartement apparaît à l'œil nu, selon une séquence d'événements clairs : pourrissement des plantes, de l'eau, brunissement du verre et, finalement, spectacle de toute une communauté de poissons flottant à la surface et cherchant vainement de l'oxygène. Même pour un œil parfaitement profane, ce démantèlement de la vie apparaît avec évidence. Si nous pouvons y remédier seuls, nous corrigeons généralement l'erreur. Mais si cette opération doit être effectuée obligatoirement par deux personnes ou plus, alors elle sera probablement négligée. En un mot, la mort d'un environnement est le résultat d'une conspiration de l'indifférence.

Lors de son examen de la terre près des rives du lac Rudolf, au Kenya, l'anthropologue Richard Leakey a retrouvé les preuves d'une coopération humaine datant d'une époque où l'homme ne s'appelait pas encore l'Homme. Nous devons donc nous demander à quel stade de l'évolution, la « coopération » est devenue un concept antipathique pour l'homme. Sur le plan religieux et psychologique, l'être humain semble obéir à une dynamique interne qu'on a appelée le « moi » ; un mécanisme qui fait que chaque membre de l'espèce se croit singulier et se prend pour une espèce à lui tout seul. C'est ce mécanisme qui nous a fait passer du cours normal de l'évolution à la recherche frénétique d'une « mobilité verticale », cette soif de confort et de luxe qui s'assouvit pour chaque individu aux dépens de la communauté tout entière.

Si l'on croit que c'est là le résultat inévitable de notre intelligence, il faut savoir qu'il existe une autre espèce animale ayant — si l'on se fonde sur le critère du langage — une intelligence comparable (ou même supérieure, selon certains) à celle de l'Homme. Il s'agit des dauphins, dont les facultés de communication et de résolution des problèmes sont développées au plus haut point ; mais, chez ces animaux, l'idée du « moi » n'existe pas, du moins pas au point de mettre l'espèce en danger. Même si nous oublions l'exemple des dauphins, nous devons nous demander par quelle perverse équation l'intelligence est devenue synonyme d'autodestruction. Si nous sommes assez intelligents pour concevoir des systèmes d'alarme, pourquoi les ignorons-nous de manière aussi évidente ?

L'histoire que vous venez de lire est fondée — en ce qui concerne l'aspect écologique — sur des faits authentiques. En effet, de nombreuses revues canadiennes ont signalé que les compagnies d'exploitation du bois du pays utilisent depuis plusieurs années du mercure de méthyle — la substance qui a provoqué la catastrophe de Minamata, au Japon — et le déversent dans des réservoirs à eau. Les maladies, physiques et mentales, des populations indiennes locales, ont été classées dans la rubrique « alcoolisme ». Mais les Indiens ont protesté en faisant valoir qu'ils ne buvaient pas d'alcool.

Pour ce qui est des drames de l'environnement, le terme « science-fiction » sera bientôt archaïque. Notre imagination a des limites, tandis que la réalité la rattrape.

Chez NéO

Collection «Fantastique / SF / Aventure»
191 titres parus

Collection «Le miroir obscur / policiers»
137 titres parus

Harry Dickson / L'intégrale / Reliée
complète en 21 volumes

Néo/Plus:

1) Graham Masterton: **Le démon des morts**
2) Wilkie Collins: **La dame en blanc**
3) H. Rider Haggard: **La fille de Montezuma**
4) Ambrose Bierce: **La fille du bourreau**
5) Francis Marion Crawford: **La sorcière de Prague**
6) Erle Cox: **La sphère d'or**
7) Wilkie Collins: **La pierre de lune**
8) Ann Radcliffe: **Les mystères d'Udolpho**

et

EDGAR RICE BURROUGHS
L'intégrale de Tarzan en 24 volumes
(6 volumes parus)

SIR ARTHUR CONAN DOYLE
L'intégrale des œuvres de fiction, ésotériques,
fantastiques et d'aventures
(7 volumes parus)

Cet ouvrage reproduit par procédé photomécanique
a été achevé d'imprimer en juin 1987
sur les presses de l'Imprimerie Bussière
à Saint-Amand (Cher)

Dépôt légal : juin 1987.
N° d'édition : 436.
N° d'impression : 1564.
Imprimé en France